À propos de l'auteur

Nora Roberts est l'un des auteurs les plus lus dans le monde, avec plus de 400 millions de livres vendus dans 34 pays. Elle a su comme nulle autre apporter au roman féminin une dimension nouvelle ; elle fascine par ses multiples facettes et s'appuie sur une extraordinaire vivacité d'écriture pour captiver ses lecteurs.

D0802667

Nora Roberts

Une voix dans l'ombre

Nora Roberts

Une voix dans l'ombre

Traduction française de
JEANNE DESCHAMP

Titre original :
NIGHT SHIFT

Ce roman a déjà été publié en 2016

HARPERCOLLINS FRANCE
83-85, boulevard Vincent-Auriol, 75646 PARIS CEDEX 13
Service Lectrices — Tél. : 01 45 82 47 47

www.harlequin.fr

ISBN 978-2-2804-2946-7

1

— Toujours avec moi, les noctambules de Denver ? Vous êtes à l'écoute de Radio KHIP et c'est Cilla O'Roarke qui vous parle. Et maintenant, voici mon cadeau de la nuit : je vais vous faire entendre cinq morceaux inoubliables. Dans quelques minutes, il sera minuit. Et la nuit sera chaude sur Radio KHIP...

La voix de Cilla se fit encore plus rauque, plus enveloppante.

— ... et à présent, chéri, ouvre bien les oreilles, car celle-ci est pour toi — et rien que pour toi.

Cilla connaissait le pouvoir de sa voix. Elle la savait grave, veloutée, bruissante de sensualité. Elle savait aussi que chacun de ses auditeurs masculins en éprouvait la caresse comme si elle s'adressait à lui seul. Avec un léger sourire, elle envoya le premier titre qu'elle avait programmé et les accords d'une guitare électrique envahirent le studio. La jeune femme aurait pu retirer son casque et s'accorder trois minutes et vingt-deux secondes de silence. Mais elle préférait la musique. C'était sa passion pour le rock qui avait fait, entre autres, sa réputation de disc-jockey.

A dix-huit ans déjà, elle était entrée dans une petite radio locale, au cœur de sa Géorgie natale — sans expérience, sans relations, et avec le baccalauréat pour unique bagage. Cilla n'ignorait pas que c'était le timbre si particulier de sa voix qui lui avait ouvert cette première porte. Ensuite, elle avait accepté de travailler dur pour un salaire ridicule, de faire le café plus souvent qu'à son tour et de remplir les fonctions de secrétaire standardiste chaque fois que le besoin s'en faisait ressentir. Dix années s'étaient écoulées et Cilla avait appris ainsi le métier sur le tas. Mais même si elle pouvait compter désormais sur son expérience et son savoir-faire, sa voix restait pour elle un atout majeur.

Cilla n'avait toujours pas trouvé le temps de préparer la licence en communication qu'elle ne désespérait pas d'obtenir un jour. Par contre, le fonctionnement d'une station de radio n'avait plus de secret pour elle. Remplacer le chef opérateur, présenter le journal, conduire des interviews ou prendre la place au pied levé du directeur des programmes ne lui faisait pas peur. Il lui était même arrivé de cumuler toutes ces fonctions. Mais l'animation d'émissions musicales restait son domaine de prédilection. Cilla avait une mémoire d'éléphant en matière de titres, de dates et de tout ce qui concernait la vie des groupes et la carrière des chanteurs. La radio était toute sa vie depuis qu'elle avait dix-huit ans et elle ne concevait pas d'exercer un autre métier.

Et qu'importe si l'image provocante qu'elle donnait d'elle à l'antenne ne correspondait pas à la réalité ! Le contraste entre la femme publique et la femme privée l'amusait. La Cilla O'Roarke qu'on entendait sur les ondes était très libre dans ses propos et jouait ouvertement le jeu de la séduction, passant volontiers pour une femme fatale, outrageusement sexy, un peu garce, amie des stars du monde entier. Alors que la femme réelle était avant tout une « bosseuse », méthodique et organisée, travaillant dix heures par jour, ne dormant que six heures par nuit et prenant rarement le temps de manger autre chose qu'un sandwich avalé sur le pouce. Son plus gros souci était d'assurer l'avenir de sa sœur Deborah et de veiller à ce que la jeune fille termine ses études universitaires dans les meilleures conditions. Quant aux hommes de sa vie, on les comptait sur les doigts de la main. D'ailleurs, elle ne fréquentait plus personne depuis deux ans. Ses auditeurs auraient eu du mal à le croire, mais Cilla O'Roarke menait une existence quasi monacale.

Reposant ses écouteurs, Cilla vérifia sa programmation. Un silence total régnait dans le studio. Seules les lumières clignotantes de la console donnaient un semblant de vie à la pièce. Le studio était comme un îlot dans la nuit où elle officiait librement, à la fois invisible et présente.

Lorsqu'elle avait commencé ses animations sur Radio KHIP, à Denver, six mois plus tôt, Cilla avait insisté pour qu'on lui accorde le créneau 22 heures/2 heures du matin, une tranche horaire habituellement réservée aux disc-jockeys débutants. Avec sa réputation et son expérience, elle aurait pu exiger de travailler de jour, aux heures confortables où les taux d'écoute atteignaient leur maximum. Mais la nuit et Cilla O'Roarke avaient toujours fait bon ménage. C'était au cours de ces heures solitaires qu'elle s'était forgé un nom.

Elle aimait partager sa musique avec les oiseaux de nuit, les insomniaques, les inquiets, les veilleurs — avec tous ceux qui gardaient les yeux ouverts lorsque le reste de l'humanité dormait sur ses deux oreilles.

L'œil rivé sur le chrono, Cilla remit ses écouteurs et

cadra son annonce entre la fin du quatrième morceau et l'intro du cinquième. Elle rappellerait ensuite la fréquence de Radio KHIP ainsi que le numéro de téléphone de la station. Puis, après un flash d'informations préenregistré, elle passerait à la « La Nuit pour vous », la partie préférée de son émission. Entre minuit et 2 heures du matin, les auditeurs téléphonaient et elle passait les disques à la demande.

Cilla aimait voir les voyants s'allumer sur le standard et elle avait toujours plaisir à échanger quelques mots avec les gens qui l'écoutaient. Pendant un peu moins d'une heure, ses auditeurs anonymes devenaient des personnes réelles avec un nom, une voix, une histoire. Elle alluma une cigarette et se renversa contre le dossier de sa chaise. Il lui restait une minute de calme pour fumer en attendant les premiers appels.

Le calme était cependant une notion relative pour Cilla. Elle n'avait jamais été quelqu'un de très serein. Quant à la femme fatale aux poses alanguies qu'évoquait sa voix, elle n'existait que dans l'imagination de ses auditeurs. « Energique » était sans doute le mot qui revenait le plus souvent, lorsque l'un de ses proches cherchait à la décrire. Elle était grande, mince et sa nervosité ne laissait aucune place à la langueur. Ses ongles étaient coupés court et jamais vernis. Elle ignorait de même l'usage du rouge à lèvres. Avec un emploi du temps aussi serré que le sien, se maquiller était un luxe qu'elle ne pouvait pas se permettre. Les yeux à demi fermés, elle se détendit quelques instants pour recharger ses batteries. Cilla avait hérité des yeux marron de son père et de ses longs cils recourbés et soyeux. Avec sa peau claire et délicate, ils étaient les seuls éléments de douceur dans son visage aux traits marqués et volontaires. La nature l'avait dotée par ailleurs d'une chevelure de rêve : noire, ondoyante, lustrée, qu'elle laissait rarement flotter sur ses épaules, préférant la relever en arrière et la maintenir à l'aide d'une barrette de manière à pouvoir mettre et ôter ses écouteurs sans être gênée.

Elle jeta un coup d'œil au chrono et constata que le dernier morceau touchait à sa fin. Le temps d'éteindre sa cigarette et de prendre une gorgée d'eau et elle se penchait de nouveau vers le micro. Une lumière verte s'alluma, indiquant qu'elle était à l'antenne.

— Ce morceau-là était tout spécialement destiné aux amoureux... à ceux qui ont quelqu'un contre qui se blottir cette nuit, et aux autres qui rêvent en attendant l'âme sœur. Restez bien à l'écoute. C'est Cilla O'Roarke qui vous parle sur KHIP. Et dans quelques minutes, c'est vous qui prendrez l'émission en main pour faire votre programme. N'oubliez pas... j'attends vos appels.

Cilla mit une cassette de publicités préenregistrées et se retourna en sentant une présence derrière elle.

— Ah, c'est toi, Nick ! Ça va ?

Nick Peters, étudiant et stagiaire à Radio KHIP, sourit avec bonne humeur.

— Impec ! J'ai eu une super note à mon partiel de littérature, finalement. Je n'en espérais pas tant.

— Félicitations.

Cilla accepta distraitement la tasse de café fumant qu'il lui tendait.

— Merci. Il neige toujours dehors ?

— Non. Ça s'est arrêté, il y a une heure.

Soulagée, Cilla le gratifia d'un rapide sourire. Elle ne pouvait pas s'empêcher de se faire du souci pour Deborah, sa sœur cadette.

— Et les routes ne sont pas trop glissantes ?

— Non. Apparemment, ça circule plutôt bien. Tu veux grignoter quelque chose avec ton café ?

Elle secoua la tête, trop absorbée par le déroulement de son émission pour remarquer la lueur d'adoration dans le regard de Nick.

— Non, ça va, merci. Tu n'auras qu'à emporter les viennoiseries qui restent avant de partir.

Elle attendit la fin du jingle et fit une rapide intervention au micro. Nick l'observa pendant qu'elle énumérait les concerts qui se donneraient prochainement dans la région. Il savait que c'était stupide et sans espoir, mais il était fou amoureux d'elle. Pour lui, c'était clair : pas une femme au monde ne lui arrivait à la cheville. Les filles qu'il connaissait à l'université manquaient tellement d'intérêt à côté de Cilla ! La DJ vedette de Radio KHIP était son idole, son idéal féminin. Mais Nick se demandait parfois si elle avait *réellement* conscience de son existence. Non qu'elle soit hautaine ou méprisante… La célébrité ne lui était pas montée à la tête et elle était restée très naturelle malgré sa beauté et son succès auprès des hommes. D'ailleurs, les rares fois où elle s'apercevait de sa présence, elle ne manquait jamais de lui adresser un sourire ou un signe amical, mais, en réalité, seuls ses auditeurs invisibles semblaient compter à ses yeux.

Depuis trois mois, Nick cherchait une occasion pour l'inviter à boire un pot ou peut-être même — comble de l'audace — lui proposer un dîner au restaurant. La perspective d'avoir Cilla une soirée entière pour lui seul lui apparaissait comme un océan ininterrompu de délices. Et tant qu'il ne lui avait pas posé la question et qu'elle ne lui avait pas dit non, tout espoir restait permis...

Cilla n'avait aucune conscience des tourments et des hésitations de Nick. Mais si elle avait su ce qui se passait dans la tête du jeune stagiaire, elle aurait été plus amusée que flattée. Avec ses vingt et un ans, Nick faisait encore figure d'adolescent à ses yeux. Leur différence d'âge entrait en ligne de compte, bien sûr. Mais, plus que les sept années qui les séparaient, c'était tout un monde d'expérience qui creusait un fossé entre eux.

Cela étant, Cilla n'avait rien contre Nick. Il était discret, efficace et le travail ne lui faisait pas peur. Elle en était venue à apprécier le petit café qu'il lui apportait chaque soir avant de quitter les studios. Tout en étant ravie de savoir qu'elle serait seule pour le boire...

Nick jeta un coup d'œil à la pendule.

— Eh bien, Cilla, euh... A demain ?

— Mmm ? Ah oui, à demain.

Dès l'instant où il eut passé la porte, elle oublia son existence. Elle enfonça l'une des touches qui venaient de s'allumer sur le téléphone.

— Ici Radio KHIP, vous êtes à l'antenne.

— Cilla ?

— Elle-même.

— Bonjour, je m'appelle Kate.

— Ravie de vous entendre, Kate. Et d'où appelez-vous si tard ?

— De chez moi, à Lakewood. Mon mari est chauffeur de taxi et il travaille de nuit. Comme je sais qu'il écoute votre émission, j'ai envie de lui faire un petit signe... Vous pourriez passer *Peaceful, easy feelings* pour Ray et Kate ?

— C'est comme si c'était fait. Ce soir, Radio KHIP

va réunir Ray et Kate. Continuez à vous aimer comme ça, tous les deux, et terminez bien la nuit.

Cilla enfonça la touche suivante.

— Ici Radio KHIP. Vous êtes à l'antenne…

L'émission se déroulait sans heurt, dans une ambiance détendue et Cilla se sentait très en forme. Comme chaque soir, elle notait les noms et les titres, griffonnait les dédicaces et sélectionnait les disques pendant les publicités. Le choix musical était impressionnant et les parois du studio étaient entièrement tapissées d'étagères bourrées d'albums, de singles et de CD, tous soigneusement classés et étiquetés.

Quelques-uns des auditeurs étaient des fidèles et appelaient régulièrement. Cilla s'attardait de temps à autre à plaisanter avec eux en direct. Il y avait aussi les solitaires — ceux qui trouvaient la nuit trop longue et rompaient leur isolement en échangeant quelques paroles sur les ondes. Parmi ceux-là, se trouvaient parfois quelques individus étranges dont Cilla se débarrassait en blaguant ou en coupant tout simplement la communication. Depuis le temps qu'elle animait cette séquence réservée aux auditeurs, elle n'avait jamais connu un seul instant d'ennui.

Elle adorait ce programme. Loin des regards et en sécurité dans son studio, elle se laissait aller au micro avec une liberté qui l'étonnait elle-même. Personne ne se serait douté, à l'entendre, qu'elle manquait à ce point de confiance en elle.

— Ici Radio KHIP. Cilla O'Roarke dans « La Nuit pour vous ».

Elle perçut une sorte de grognement inaudible.

— Il va falloir parler un peu plus fort, l'ami. Comment vous appelez-vous ?

— Mon nom n'a pas d'importance.

— Libre à vous, monsieur X...

Les paumes moites, Cilla frotta ses mains sur son jean. D'instinct, elle posa le doigt sur le bouton qui lui permettait, en cas de problème, de basculer sur une bande préenregistrée.

— Vous souhaitez entendre quelque chose de particulier, monsieur X ? Une chanson pour la femme de vos rêves ?

A l'autre bout de la ligne, l'homme ricana.

— La femme de mes rêves, c'est toi, espèce de sale garce, et l'air que je vais te jouer, je te garantis que tu ne l'oublieras pas de sitôt. Quand j'en aurai fini avec toi, ta propre sœur ne te reconnaîtra même pas...

Pétrifiée par la violence des paroles de l'inconnu, Cilla tardait à appuyer sur le bouton. Enfin, se ressaisissant, elle coupa la communication et enchaîna d'un ton enjoué :

— Oups ! Quelle richesse de vocabulaire ! J'ai l'impression que monsieur X était un peu énervé, ce soir. En tout cas, je me demande bien de qui il s'agit... En y réfléchissant, je ne vois qu'une personne qui puisse m'en vouloir à ce point, c'est l'officier de police Stanley Marks... Mais je vous jure que je vais faire un effort pour payer mes contraventions. En attendant voici une chanson pour Joyce et Larry.

Elle mit un disque de Bruce Springsteen sur la console, ôta ses écouteurs d'une main tremblante et se leva pour sélectionner le morceau suivant. Elle aperçut son reflet dans la vitre du studio...

— Calme-toi, espèce d'idiote ! murmura-t-elle.

Après tout, ce n'était pas la première fois que ce genre de chose arrivait. Des coups de téléphone bizarres, elle en recevait au moins un par soir et son émission attirait immanquablement les cinglés de tout poil. Avec l'expérience, elle avait appris à rester calme et à se débarrasser avec diplomatie des psychopathes, des pervers, des frustrés et des obsédés en tout genre qui la harcelaient. Ses talents pour repousser les propositions douteuses étaient presque aussi légendaires que son habileté à manier les platines.

Quand on avait choisi un créneau comme le sien, il fallait s'attendre à ce genre d'incident. C'était la rançon de la célébrité, en quelque sorte. Mais Cilla avait beau essayer de se raisonner, elle ne pouvait pas s'empêcher de jeter derrière elle des coups d'œil inquiets. A part l'éclairage de sécurité, rien n'était allumé en dehors du studio. L'ombre et le silence régnaient dans la station déserte. Malgré son épais pull-over en laine, Cilla sentit des gouttes de sueur glacée couler entre ses omoplates. Elle était seule dans le bâtiment obscur.

Elle songea que la station de radio était inaccessible de l'extérieur. A la moindre tentative d'effraction, l'alarme se déclencherait et la police surgirait en quelques minutes. Elle était aussi en sécurité dans ce studio que dans le coffre d'une banque.

Mais rien ne pouvait rassurer Cilla. La peur restait tapie en elle et, jusqu'à la fin de l'émission, elle resta sur le qui-vive, guettant le moindre son, se crispant chaque fois qu'elle recevait un nouvel appel…

Le ciel s'était dégagé, mais l'odeur de la neige flottait encore dans l'air. Cilla traversa le parking de la station à grands pas, se fit violence pour ne pas courir et se réfugia en frissonnant dans sa voiture. On avait beau être en mars, le printemps tardait à arriver. Et le fait que Denver soit située à 1600 mètres d'altitude et que les montagnes Rocheuses ne soient pas loin n'arrangeait pas les choses. Tout en conduisant, Cilla baissa sa vitre de quelques centimètres et mit Radio KHIP à fond. L'air frais et la musique l'aidèrent à reprendre peu à peu le contrôle d'elle-même.

En quittant l'avenue principale pour s'enfoncer dans le quartier résidentiel où elle avait acheté un logement six mois plus tôt, Cilla se demanda si sa sœur était couchée. Elle se gara dans l'allée, juste devant la maison, et constata avec un mélange de soulagement et de contrariété que les lumières brillaient encore aux fenêtres du rez-de-chaussée.

Dans un sens, elle aurait préféré que Deborah dorme à cette heure tardive. Mais il fallait bien reconnaître que le spectacle de la maison éclairée avait ce soir-là quelque chose de réconfortant. La rue endormie lui avait soudain paru sinistre, comme si chaque zone de ténèbres entre deux lampadaires cachait un agresseur invisible.

Cilla coupa le contact et le vrombissement du moteur se tut en même temps que la voix rassurante de son collègue Jim Jackson dont l'émission venait juste après la sienne. Dans le silence qui tomba, elle se sentit soudain si vulnérable que son cœur bondit dans sa poitrine.

Se traitant tout bas de lâche et d'imbécile, elle fit claquer sa portière, serra les pans de son manteau contre elle pour se protéger du froid et gravit en courant les marches du perron.

Sa sœur l'attendait à la porte et se hâta de refermer derrière elle.

— Non mais je rêve ! s'exclama Cilla. Qu'est-ce que tu fais debout à une heure pareille ? Je croyais que tu avais cours à 9 heures demain matin.

En retirant sa parka pour l'accrocher dans la penderie, Cilla sentit une odeur de dépoussiérant. Elle soupira. Le ménage était un des remèdes favoris de Deborah contre l'angoisse.

— Peux-tu m'expliquer pourquoi tu es obligée d'épousseter les meubles en pleine nuit, Deb ? Tu devrais être couchée depuis des heures.

— J'ai entendu ton émission. Et cet homme...

— Debbie, voyons... Tu ne vas quand même pas t'inquiéter parce qu'un illuminé a déliré pendant cinq secondes au téléphone !

En voyant la mine désolée de sa sœur, Cilla eut envie brusquement de la prendre dans ses bras. Enfouie dans son peignoir en éponge, elle ressemblait toujours à l'enfant de douze ans qu'elle avait recueillie à la mort de leurs parents. Elle songea qu'elle l'aimait plus que n'importe qui au monde...

— Tu vas arrêter de penser à ce type, O.K. ? C'était juste un cinglé inoffensif comme il en existe tant.

— Inoffensif ? Ce n'est pas l'impression que j'ai eue en l'écoutant, Cilla. Ce détraqué avait la haine au ventre.

— Tu as peut-être raison. Mais ce n'est pas forcément contre moi que cette haine était dirigée. Il lui fallait une cible, c'est tout. Et il m'a appelée parce qu'il était en train d'écouter Radio KHIP et que je venais de donner le numéro de téléphone de la station.

— Tu crois ?

Cilla haussa les épaules et les deux sœurs se regardèrent un instant en silence. A part la bouche aux lèvres pleines et sensuelles et la couleur sombre de leurs cheveux, elles n'avaient pas grand-chose en commun. Deborah était moins grande, moins anguleuse que sa sœur, avec des courbes plus douces, une allure plus féminine, et ses yeux étaient d'un bleu intense.

— Promets-moi quand même de porter plainte, Cilla. Il ne faut pas plaisanter avec ce genre de choses.

— Porter plainte !

Cilla éclata de rire. Cette idée ne lui avait même pas traversé l'esprit.

— Tu voudrais que j'aille déranger la police pour un simple coup de fil un peu agressif ? Je suis une grande fille, tu sais. Je suis capable de me défendre toute seule.

Deborah enfonça nerveusement les mains dans les poches de son peignoir.

— Je ne plaisante pas, Cilla.

— Je sais. D'ailleurs, je suis comme toi. Je ne trouve pas cela drôle du tout. Mais je doute que la police me soit d'une grande utilité. Je ne vais tout de même pas leur demander d'intervenir pour quelques insultes téléphoniques lancées en pleine nuit au cours d'une émission de radio.

Avec un soupir d'impatience, Deborah détourna la tête.

— N'empêche qu'il y avait quelque chose de terrifiant dans la voix de ce type. Il m'a fait froid dans le dos.

— A moi aussi.

Deborah laissa échapper un petit rire moqueur.

— Toi ? Mais tu n'as jamais peur de rien.

« Tu te trompes, ma belle, songea Cilla. J'ai peur tout le temps. » Et elle ajouta en essayant de donner un ton léger à sa voix :

— Eh bien, cette fois-ci, je peux te garantir que j'ai eu la frayeur de ma vie. Ce dingue m'a tellement secouée que je me suis même demandé si j'allais pouvoir continuer l'émission. La seule chose qui me rassure, c'est qu'il n'a pas rappelé. J'en conclus qu'il m'a déjà oubliée et que je n'entendrai plus jamais parler de lui.

Cilla ébouriffa en riant les cheveux courts de sa sœur et conclut d'un ton léger :

— Va vite te coucher maintenant et fais de beaux rêves, ma belle. Sinon tu ne seras jamais la meilleure avocate de tout le Colorado !

— Pas question que je me couche si tu restes debout.

Consciente qu'elle était bien trop énervée pour espérer fermer l'œil avant des heures, Cilla passa un bras autour des épaules de Deborah et se dirigea avec elle vers l'escalier.

— Marché conclu. C'est comme si je dormais déjà.

La nuit, lorsqu'il veillait dans le silence de la chambre, il allumait rarement le plafonnier. La timide lueur des cierges lui suffisait. Il aimait le tremblement des flammes et leur odeur d'église. De l'encens brûlait dans une coupelle, contribuant à créer une atmosphère mystique. La pièce n'était pas très grande, mais il n'avait pas besoin de beaucoup d'espace pour vivre. Tout ce qui avait encore de la valeur à ses yeux était là, autour de lui. Son passé — ou ce qui en tenait lieu — l'accompagnait sous forme de lettres et de photos. Il avait aussi sa collection d'animaux en porcelaine, quelques rubans aux couleurs passées, deux ou trois livres jamais ouverts. Et puis le grand couteau de chasse qu'il tenait sur ses genoux et dont, chaque soir, il astiquait la lame. Un 45 automatique entretenu avec un soin maniaque reposait sur la table basse, sur un napperon brodé.

Il tenait une photo dans un cadre de bois de rose. Soir après soir, il parlait au portrait et versait des larmes de chagrin en contemplant le visage du disparu. John, le seul être qu'il avait aimé était parti... Trop tôt, trop vite. Et il ne lui restait plus désormais de lui que ce cliché qu'il pressait contre sa poitrine.

John. Si confiant. Si innocent, dans son extrême jeunesse. John qu'une femme avait séduit, utilisé puis trahi.

La haine et l'amour se mêlaient en lui, tandis qu'il se balançait doucement d'avant en arrière. John serait vengé. La mort d'un innocent ne devait pas rester impunie. La femme payerait. De sa vie. Mais d'abord, elle allait souffrir comme il avait souffert.

Contrairement à ce qu'elle espérait, le « cinglé » n'avait pas oublié Cilla.

Dès le lendemain, elle reçut un nouvel appel. Suivi d'un autre le jour suivant, et ainsi de suite tous les soirs de la semaine. Loin de s'habituer, Cilla paniquait un peu plus à chaque nouveau coup de fil. Au bout de trois jours, elle n'arrivait plus à plaisanter au sujet de son « monsieur X », que ce soit à l'antenne ou en privé. Elle reconnaissait sa voix tout de suite — une voix étouffée, haineuse, terrifiante. Mais même si elle coupait rapidement la communication, l'empêchant de déverser sur elle son torrent d'injures, l'écho de ses menaces la hantait jour et nuit.

Le plus terrible, c'était de savoir qu'il allait appeler, que sa voix se cachait quelque part, derrière l'un des voyants qui clignotaient sur son téléphone...

Quand le vendredi soir arriva, Cilla était à bout de forces. Une demi-heure avant la fin de l'émission, elle posa les coudes sur la table et enfouit son visage dans ses mains. Elle avait déjà du mal à dormir en temps ordinaire, mais depuis que ce fou furieux la harcelait, elle ne fermait pratiquement plus l'œil de la nuit. Peu à peu, la fatigue s'accumulait et elle avait de plus en plus de difficultés à se contrôler nerveusement.

De quel crime s'était-elle donc rendue coupable ?

La question la tourmentait, la hantait sans relâche. Quel acte terrible avait-elle bien pu commettre pour que cet homme lui voue une haine aussi implacable ? Bien sûr, elle n'avait pas un caractère facile. Elle pouvait se montrer tranchante, irritable et la gentillesse n'était pas sa principale qualité. Mais elle n'avait jamais fait de tort à personne. Pas consciemment, en tout cas. Alors pourquoi cet homme la menaçait-il ainsi ?

Cilla jura tout bas. Voilà qu'elle recommençait à se ronger les ongles... Elle tourna la tête en entendant un bruit léger dans son dos et perçut un mouvement dans le couloir. La bouche sèche, elle se leva lentement. Mais elle était prisonnière de son studio, enfermée dans sa cage sans issue. La voix haineuse de l'inconnu résonna à ses oreilles. Il avait appelé une heure plus tôt... Elle chercha à se remémorer ses dernières menaces. N'avait-il pas promis qu'il allait venir ? Elle retint son souffle et fixa la poignée de la porte, les yeux exorbités.

— Cilla ?

Les jambes flageolantes, elle s'effondra dans son fauteuil.

— C'est toi, Mark ? Tu aurais pu prévenir !

— Désolé. Je t'ai fait peur ?

— C'est le moins qu'on puisse dire !

Cilla réussit à se ressaisir et à sourire au directeur de la station. Mark avait trente-cinq ans, une beauté sauvage d'Indien et un look à damner une sainte : hâlé, les cheveux assez longs mais entretenus à la perfection, des tenues branchées chic.

— Je ne m'attendais certainement pas à te voir débarquer ici à une heure pareille, admit-elle en se passant une main sur le front. Tu viens de raccourcir mon espérance de vie de dix ans.

— Justement. C'est signe que tu ne peux pas continuer plus longtemps à te laisser harceler par ce détraqué.

— Mais nous avons déjà abordé le sujet à la réunion d'avant-hier, protesta Cilla. Je t'ai dit que…

— Oui, tu as tenu toutes sortes de raisonnements, en effet. Et j'ai eu le tort de t'écouter. Tu es une fille très persuasive, Cilla. Mais j'ai décidé que cette histoire avait assez duré.

— Ecoute, Mark… Je refuse de prendre des vacances. Je n'ai aucun endroit où aller de toute façon.

— Tout le monde a un endroit où aller. Je suis désolé, Cilla, je sais que c'est un concept que tu as du mal à avaler, mais ici, c'est moi qui commande.

— Et que vas-tu faire ? Me jeter à la porte ?

Cilla retint son souffle. Sous son indifférence apparente, elle se sentait en insécurité totale. Elle respira mieux lorsque Mark secoua la tête.

— Jamais de la vie, quelle idée ! Je suis bien trop content du nouveau dynamisme que tu as insufflé à la station.

Il s'avança pour lui poser une main sur l'épaule.

— Je me fais du souci à ton sujet, Cilla. Et je ne suis pas le seul.

Elle fut touchée à la fois par le geste et par les paroles. Et surprise, comme chaque fois que quelqu'un lui témoignait estime et amitié.

— A part proférer des menaces, on ne peut pas dire

qu'il fasse grand-chose, murmura-t-elle, stupidement émue, en faisant pivoter sa chaise de manière à se placer face aux platines.

— Proférer ce genre de menaces est déjà un délit en soi. Et pas des moindres. Je vais donc prendre la mesure qui s'impose : demander l'aide de la police.

Cilla se leva d'un bond.

— Mais enfin, Mark ! Je t'ai déjà dit que…

— Oui, je sais, tu m'as fait part de tes positions et maintenant je t'impose les miennes. A quoi bon revenir là-dessus, puisque nous en avons déjà parlé, de toute façon ? J'apprécie ton boulot et j'estime que tu représentes un atout majeur pour la station. J'aimerais également pouvoir penser que toi et moi, nous sommes amis.

Cilla se rassit et allongea les jambes.

— Une seconde, O.K. ?

Se concentrant non sans mal, elle débita rapidement la pub maison pour KHIP et introduisit le morceau qu'elle avait programmé. Puis elle désigna l'horloge.

— Et voilà. Tu as trois minutes et quinze secondes pour me convaincre.

— C'est très simple, Cilla. Le harcèlement est contraire à la loi. On ne peut pas le laisser continuer indéfiniment à émettre ses menaces et ses imprécations.

— Si nous continuons à l'ignorer, il finira par se lasser de lui-même.

— C'est ce que tu dis depuis le début. Résultat : il appelle tous les soirs. Puisque ta méthode ne fonctionne pas, nous allons tester la mienne : soit tu acceptes que la police intervienne, soit tu te mets en congé.

Cilla comprit qu'elle perdrait son temps à essayer de le faire changer d'avis. Il avait l'air si déterminé qu'elle se surprit à sourire.

— Tu es aussi tyrannique avec ta femme ?

— Tout le temps, oui.

Mark se pencha pour lui poser un baiser amical sur le front.

— Et elle adore ça.

— Hum… Excusez-moi.

Cilla tressaillit au son de la voix et se rejeta en arrière avec une nervosité qui aurait aisément pu passer pour de la culpabilité. Un homme et une femme se tenaient à la porte du studio et les observaient avec un détachement tout professionnel. En voyant leurs badges, elle comprit que Mark avait déjà mis la police sur le coup.

La femme avait une allure étonnante pour une personne de sa profession. Vêtue avec élégance, elle avait une magnifique chevelure rousse cascadant sur ses épaules et portait d'élégantes boucles d'oreille en saphir, qui lui donnaient plus l'air d'une gravure de mode que d'un flic.

Son compagnon, en revanche, semblait totalement détaché de toute préoccupation de type vestimentaire. Ses cheveux blonds éclaircis par le soleil flirtaient avec le col de sa chemise délavée. Son jean dont l'ourlet s'effilochait avait connu des jours meilleurs et tombait bas sur les hanches. Alors que sa compagne se tenait très droite, dans une attitude quasi militaire, il s'était adossé nonchalamment contre la cloison. Ses bottes étaient éraflées, mais il portait un coûteux veston en tweed d'une coupe classique sur sa vieille chemise en toile bleue.

L'homme ne souriait pas. Cilla se surprit à l'observer avec attention et plus longuement que nécessaire. Il avait un visage viril avec un creux prononcé sous les pommettes et l'ombre d'une fossette au menton. Sa

bouche était grande, plutôt ferme et attirante. Quant
à ses yeux d'un vert limpide, ils étaient rivés sur elle.
Et son regard était d'une telle intensité que Cilla finit
par détourner le sien.

Ce fut la femme qui prit la parole. Une lueur d'amusement brilla dans ses yeux lorsqu'elle fit un pas dans
le studio.

— J'espère que nous vous avons laissé suffisamment
de temps pour préparer votre collaboratrice à notre
arrivée, monsieur Harrison.

Les bras croisés sur la poitrine, Cilla se tourna vers
Mark.

— Tu m'avais fait part de ton intention de t'adresser
à la police. Je ne crois pas t'avoir entendu dire qu'ils
étaient déjà là !

— Hum... Eh bien, maintenant tu es au courant.

La main de Mark se resserra sur son épaule comme
s'il craignait quelque réaction agressive de sa part.

— Je vous présente Cilla O'Roarke, la fameuse DJ
de « La Nuit pour vous ».

— Je suis l'inspecteur Grayson, déclara la femme.
Althea Grayson. Et voici mon équipier, l'inspecteur
Boyd Fletcher.

Mark sourit aux policiers et leur fit signe d'entrer.

— Merci d'avoir accepté d'attendre quelques instants.

La femme s'avança jusqu'aux platines et le dénommé
Fletcher daigna déployer sa haute silhouette pour la
rejoindre.

— L'attente fait partie de notre métier, répliqua Althea
Grayson en s'adressant à Mark. Nous aurions besoin de
nous entretenir quelques instants avec Mlle O'Roarke
afin d'obtenir le maximum d'informations utiles.

— Comme vous le savez, Mlle O'Roarke a reçu

une série de coups de fil que je juge particulièrement inquiétants.

Combien de temps allaient-ils continuer à parler d'elle ainsi à la troisième personne, comme si elle ne se trouvait pas dans la pièce ? Irritée, Cilla intervint sèchement :

— J'ai souvent affaire à des illuminés dans mon métier. Mark n'aurait pas dû vous ennuyer avec cette histoire.

— Nous sommes payés pour être ennuyés avec les histoires des autres, intervint Fletcher. C'est ici que vous travaillez ?

La touche d'insolence dans sa voix acheva de remonter Cilla contre lui.

— Mmm… Brillante déduction. Vous avez deviné cela tout seul, inspecteur ?

— Cilla…

Mark lui jeta un regard d'avertissement puis l'ignora pour reporter son attention vers les deux inspecteurs.

— Les appels ont commencé mardi soir dernier. Au début, nous avons cru à un incident isolé. Mais ils ont continué jusqu'à ce soir compris. Le dernier remonte à 0 h 35, aujourd'hui.

— Vous avez les cassettes ? demanda Althea Grayson en tirant un calepin de son sac.

Mark hocha la tête.

— Au troisième appel, j'ai commencé à procéder à des enregistrements, précisa-t-il en réponse au regard surpris de Cilla. Simple mesure de précaution. Je les ai gardés dans mon bureau.

— Accompagne-le, Thea, proposa Boyd Fletcher. Pendant ce temps, je recueillerai le témoignage de Mlle O'Roarke.

— Je compte sur toi pour coopérer, d'accord ? lança Mark à Cilla avant de quitter le studio à la suite de l'inspecteur Grayson.

Dans le silence qui suivit leur départ, Cilla tira l'avant-dernière cigarette de son paquet et l'alluma avec des gestes nerveux et saccadés. Non sans nostalgie, Boyd prit une profonde inspiration. Il avait arrêté de fumer depuis seulement six mois, trois jours et douze heures.

— C'est la mort lente, ce truc-là, commenta-t-il en désignant la cigarette du menton.

Cilla l'observa froidement à travers l'écran de fumée.

— Vous vouliez que je vous parle des menaces dont je suis l'objet, je crois ?

— En effet.

Curieux, il s'approcha pour effleurer une commande. La réaction de Cilla fut immédiate. Il se fit taper sur les doigts au sens propre comme au figuré.

— Pas touche, inspecteur.

Boyd sourit. Il avait la très nette impression que l'interdit valait pour sa personne autant que pour son équipement. Elle envoya plusieurs titres à la suite, prit le micro pour annoncer sa sélection, puis se tourna vers lui.

— Bon, allez-y, mais faites vite, d'accord ? Je n'aime pas être dérangée quand je travaille. Ça me déconcentre.

— J'avoue que vous me surprenez.

— Je vous demande pardon ?

Boyd était fasciné.

— Il m'est arrivé d'entendre votre émission ici et là, expliqua-t-il avec un léger sourire.

En vérité, il avait perdu d'innombrables heures de sommeil à l'écouter. Se laisser envelopper par la voix de velours de Cilla O'Roarke, c'était de la volupté à l'état pur. Un plaisir auquel il succombait régulièrement, pour ne pas dire tous les soirs !

— Vous savez ce que c'est : je m'étais fait une image de vous d'après la voix. Je vous voyais très grande, ce qui est effectivement votre cas. Mais avec un rideau de cheveux blonds et lisses tombant jusque sur les reins, des yeux bleus, une personnalité… envoûtante.

Boyd sourit, amusé par la lueur de contrariété dans ses yeux. De grands yeux *bruns*, mais infiniment plus expressifs que ceux qu'il s'était imaginés.

— Je suis désolée de vous décevoir.

— Je n'ai pas dit que j'étais déçu.

Cilla tira une bouffée de sa cigarette et lui souffla froidement la fumée à la figure. Décourager les assiduités masculines avait toujours été un de ses sports préférés.

— Alors, Sherlock Holmes ? Vous m'interrogez, oui ou non ?

— Je suis là pour ça, répondit-il en sortant un bloc-notes et un bout de crayon de sa poche. Allez-y, je vous écoute.

En quelques phrases sèches, Cilla lui énuméra les appels en précisant l'heure exacte à laquelle ils avaient été passés, le ton qu'avait employé son interlocuteur et les termes qu'il avait choisis. Tout en parlant, elle continuait à animer son émission avec un calme et un professionnalisme qui firent une forte impression sur Boyd. Il était ravi, d'autre part, que la belle Cilla O'Roarke soit douée d'une aussi bonne mémoire. C'était une qualité rare qu'il avait appris à apprécier depuis qu'il exerçait son métier.

— Cela fait combien de temps que vous vivez à Denver ? Six mois ?

— Plus ou moins, oui.

— Vous vous êtes fait des ennemis ici ?

— Un vendeur à domicile qui voulait me fourguer une encyclopédie. Je lui ai heurté le pied en lui claquant la porte au nez.

Boyd lui jeta un regard en coin. Elle prenait la situation avec humour, comme s'il fallait plus que quelques coups de fil anonymes pour entamer sa sérénité. Mais elle avait écrasé sa cigarette après avoir tiré quatre ou cinq bouffées à peine. Et elle se mordillait l'ongle du pouce tout en maniant ses platines.

— Vous avez largué quelqu'un, récemment ?

— Non.

— Y a-t-il un homme dans votre vie ?

Elle lui jeta un regard exaspéré.

— Vous êtes flic, non ? Vous n'avez qu'à découvrir cela par vous-même.

— Je le ferais si la curiosité que vous m'inspirez était de nature personnelle.

Il s'interrompit pour la regarder droit dans les yeux.

— Pour le moment, je me contente de faire mon métier. La jalousie et le rejet peuvent amener des gens, normaux en apparence, à adopter des comportements extrêmes. Or d'après ce que vous venez de me déclarer, les propos de votre correspondant anonyme se référeraient principalement à vos habitudes sexuelles.

Même si Cilla avait pour principe de ne jamais mâcher ses mots, elle ne jugea pas utile de lui répondre que sa seule habitude sexuelle du moment était l'abstinence.

— Je dors seule, se contenta-t-elle de répliquer.

Il griffonna quelques notes, releva la tête et commenta avec l'ombre d'un sourire :

— Vous m'en voyez ravi.

— Ecoutez, inspecteur. Je ne...

— Du calme, O'Roarke, rétorqua-t-il d'un ton aimable. Je suis en service en ce moment, comme vous pouvez le constater. Et il me faudra une liste des hommes qui ont tenu une place dans votre vie. Au cours des six derniers mois, pour commencer. Vous pouvez d'ores et déjà mettre une croix sur le vendeur d'encyclopédies.

Cilla se leva d'un mouvement brusque. Boyd nota qu'elle avait les poings crispés.

— Il n'y a eu personne, en l'occurrence. Parce que je n'en avais pas le désir.

— Le désir n'est pas toujours chose réciproque. Il fonctionne parfois à sens unique.

Boyd songea que c'était justement le cas pour lui en ce moment. S'il avait été sous le charme de sa voix, il était encore plus sensible à sa vulnérabilité, à sa nervosité, aux failles qu'il découvrait sous la cuirasse.

Cilla se sentit soudain submergée par une immense fatigue. A bout de force, elle se passa une main dans les cheveux.

— Vous ne voyez pas que nous perdons notre temps l'un et l'autre ? Ce type fait simplement une fixation sur moi parce qu'il m'a entendue à la radio. Je suis persuadée qu'il ne m'a même jamais vue. Vous le disiez vous-même tout à l'heure, on a tendance à se faire de fausses idées en entendant ma voix. Ça arrive tout le temps, dans ce boulot. Je n'ai fait de mal à personne.

— Je n'ai jamais prétendu que c'était le cas.

Il n'y avait plus la moindre nuance d'ironie dans la voix de Boyd Fletcher. Mais beaucoup de gentillesse, au contraire. Cilla se détourna très vite, serrant les poings pour contenir les larmes qui étaient montées d'un coup, sans prévenir. « C'est le surmenage », se dit-elle. Elle était épuisée par le stress, les nuits blanches, l'angoisse.

Boyd regarda son dos et songea que Cilla O'Roarke n'avait rien d'une petite nature. C'était une personnalité étonnante — déchirée, tourmentée, mais combative. Et pas seulement un concentré de sexualité à l'état pur, comme sa voix le laissait présager. La façon dont Cilla dominait ses émotions était infiniment plus touchante que les longs soupirs brisés et les manifestations larmoyantes. Il se serait volontiers approché pour lui murmurer quelques paroles de réconfort et passer doucement la main dans ses cheveux. Mais elle l'aurait assurément mordu jusqu'au sang.

— Je vais vous demander de réfléchir aux événements de ces six derniers mois, reprit-il d'un ton neutre. Si un détail vous revient, même s'il vous paraît anodin, n'hésitez pas à le mentionner. Nous ne pouvons pas convoquer tous les individus masculins résidant à Denver ou dans la région pour les interroger au poste un à un.

— Je connais les méthodes de la police.

La soudaine amertume dans sa voix surprit Boyd. Mais ce n'était pas le moment de la questionner sur ses rapports avec les forces de l'ordre.

— Vous reconnaîtriez la voix si vous l'entendiez de nouveau ?

— Sans difficulté.

— Vous paraît-elle familière ?

— Non.

— Vous croyez qu'elle est déguisée ?

Cilla finit par se tourner vers lui. Elle avait l'air nerveuse, épuisée, mais elle avait remporté la bataille : ses yeux étaient secs et aucune trace d'émotion ne se lisait plus sur son visage.

— C'est une voix qui reste étouffée, en tout cas.

Et il se contente de chuchoter. Un chuchotement un peu sifflant.

— Vous verriez un inconvénient à ce que j'assiste à votre émission demain ?

— Pas un, non. Des *tonnes* d'inconvénients.

Il hocha la tête.

— J'irai voir votre directeur.

Avec un soupir d'exaspération, elle tendit la main vers sa dernière cigarette. Boyd l'arrêta d'un geste et serra ses doigts entre les siens. Trop surprise pour réagir sur-le-champ, Cilla contempla leurs deux mains jointes. Son cœur, étrangement, battait deux fois plus vite que d'habitude.

— Laissez-nous faire notre boulot, Cilla. Ce serait tellement plus simple pour vous comme pour moi.

— Je suis assez grande pour gérer ma vie. Et je n'ai besoin de personne, rétorqua-t-elle en retirant sa main pour la fourrer dans sa poche.

— C'est un leurre de penser que l'on peut *tout* faire seul, Cilla, murmura Boyd.

Il glissa une mèche de ses cheveux derrière son oreille.

— Rentrez chez vous, maintenant, et accordez-vous quelques heures de sommeil. Vous avez l'air épuisée.

Elle recula d'un pas et reprit d'un ton grinçant :

— Arrêtez de jouer les papas poules, Holmes. Ce n'est pas votre style.

Malgré l'air renfrogné de Cilla, Boyd attendit qu'elle ait cédé la place à Jim Jackson qui animait l'émission suivante, avant de quitter les lieux à sa suite et de l'escorter jusqu'à sa voiture. Puis il lui recommanda de bien fermer de l'intérieur et resta planté là jusqu'à ce qu'elle ait démarré. Cilla ne put s'empêcher de l'observer dans son rétroviseur.

— Il ne me manquait plus que lui, maugréa-t-elle en donnant un coup d'accélérateur brutal. Un flic avec des allures de héros au grand cœur qui décide de prendre ma vie en main. On aura vraiment tout vu…

Quelques minutes plus tard, Althea rejoignit Boyd sur le parking. Elle avait récupéré les cassettes et pris la déposition de Mark Harrison.

— Alors, Fletcher ? demanda-t-elle en posant une main amicale sur son épaule. Tes impressions ?

— Mmm… Ce n'est pas une tendre. Elle est ombrageuse, rétive, désagréable au possible et effroyablement susceptible.

Pensif, Boyd glissa les mains dans ses poches et ajouta avec l'ombre d'un sourire :

— Et elle me fait complètement craquer.

2

Boyd regarda comment Cilla procédait. Elle était compétente, vraiment très compétente… Ses automatismes témoignaient d'une longue expérience de l'animation radiophonique. Sans la moindre hésitation, elle jonglait entre ses propres annonces, la musique et les bandes préenregistrées. Elle avait son émission bien en main, plaisantait avec ses auditeurs comme à l'accoutumée, donnait l'impression d'être calme et enjouée. Une sérénité que démentaient ses ongles rongés jusqu'au sang et ses mouvements saccadés.

Car, contrairement aux apparences, Cilla O'Roarke était un paquet de nerfs et un concentré d'agressivité. Elle arrivait à peu près à contrôler sa nervosité, mais on ne pouvait pas en dire autant de l'hostilité instinctive qu'elle ressentait envers quiconque empiétait sur son petit territoire. Cela faisait bientôt deux heures que Boyd partageait son studio et elle ne lui avait pas encore adressé une seule fois la parole. Un véritable exploit, cela dit, car la pièce était minuscule et ils étaient littéralement collés à sur l'autre.

Malgré l'inconfort de la situation, Boyd s'en accommodait assez bien. Depuis dix ans qu'il faisait ce boulot, il savait que les mots « flic » et « indésirable » étaient quasiment synonymes pour la plupart des gens.

Comme il avait un esprit de contradiction très déve-
loppé, il éprouvait même un certain plaisir à affronter
les situations hostiles, et il y avait longtemps que les
réactions agressives et les attaques verbales avaient
cessé de l'affecter. Depuis qu'il avait vu de très près le
canon d'un 45 automatique braqué sur lui, Boyd était
devenu relativement philosophe. A tel point qu'il avait
tendance maintenant à analyser les gens et les situations en les réduisant à leur plus simple expression. Il
se contentait de distinguer ce qui était juste de ce qui
ne l'était pas et, pour parler en termes clairs, tout se
résumait pour lui désormais à la bonne vieille lutte
entre le bien et le mal.

Boyd n'était pas naïf : il savait que le crime, souvent,
payait, et même qu'il payait bien. Mais il était patient.
Qu'il faille six heures ou six mois pour faire tomber un
malfaiteur, le résultat final était le même : les « bons »
arrivaient toujours à marquer des points même si le
combat n'en finissait jamais.

Il allongea les jambes et continua à tourner les pages
de son livre tout en se laissant porter par les tonalités
caractéristiques de la voix de Cilla. Lorsqu'il fermait
les yeux, il avait l'impression d'être dans le Sud, en
train de se balancer dans un rocking-chair en rotin,
sous une véranda de bois. La chaleur d'une nuit d'été
l'enveloppait d'une douce torpeur, tandis qu'il entendait,
en contrebas, le bruit rafraîchissant d'une rivière aux
méandres paresseux. Lorsqu'il les rouvrait, encore tout
imprégné par une sensation de voluptueux bien-être,
l'énergie nerveuse et la tension qui émanaient de la
jeune femme lui faisaient l'effet d'une douche froide.

Le contraste entre sa voix et son attitude en général
n'en était que plus frappant et, sans se poser plus de

questions, Boyd se contentait de savourer la première tout en subissant, imperturbable, la seconde.

Ce type la rendait folle. Même ses silences l'exaspéraient, même sa passivité... Elle ne supportait tout simplement pas sa présence. Enchaînant sur une série de publicités, Cilla vérifia sa liste de titres et continua stoïquement à feindre d'ignorer la présence de Boyd près d'elle. En fait, elle n'arrivait pas à l'oublier, ne serait-ce qu'une seconde. Elle n'avait jamais supporté que quiconque vienne l'envahir dans *son* studio. Et le fait qu'il se tienne tranquille ne changeait rien au problème. Au début, cet imbécile avait même essayé d'engager la conversation. Mais, heureusement, elle lui avait vite fait comprendre qu'elle préférait le silence et il n'avait pas insisté. Elle jeta un coup d'œil vers lui et vit qu'il avait sorti un livre de la poche de son veston. Il lisait, comme si de rien n'était. Apparemment, il était du genre patient. Etonnée, elle constata que le roman dans lequel il s'était plongé n'était ni une série noire, ni un livre de science-fiction ou d'aventures. Non, contre toute attente, « monsieur l'inspecteur » était plongé dans *A l'est d'Eden* de John Steinbeck.

Mais Boyd Fletcher avait beau respecter sa tranquillité et s'intéresser à la bonne littérature, il n'en prenait pas moins beaucoup trop de place à son goût.

Peut-être était-ce tout simplement parce que sa présence lui ôtait jusqu'à l'*illusion* de la normalité. Jusque-là, protégée par l'intimité de son studio, elle avait encore réussi à se raconter des histoires : que les appels allaient bientôt cesser, qu'ils étaient inoffensifs et sans importance, que sa vie était sur le point de reprendre son cours ordinaire… Mais maintenant que cette espèce de grand cow-boy était venu s'installer dans un coin de son minuscule espace, elle ne pouvait plus échapper à la réalité. C'était tout juste si elle ne devait pas lui grimper sur les genoux pour attraper les albums rangés sur les étagères du fond ! Comment contrôler ses nerfs dans des conditions pareilles ?

Elle lui en voulait de cette intrusion dans son univers si secret. Et elle lui en voulait surtout d'appartenir à la police.

Mais elle ne devait pas pour autant se laisser distraire par des considérations personnelles. Elle se rappela mentalement à l'ordre et se pencha vers le micro :

— Les amis, vous venez d'entendre les INXS qui vous ont menés en douceur jusqu'à minuit. Les douze coups fatidiques ont sonné et c'est une nouvelle journée qui commence à Denver. Nous sommes le 28 mars mais n'en profitez pas pour vous assoupir. La température extérieure avoisine les zéro degrés centigrades, une bonne raison pour rester avec nous sur Radio KHIP et nous tenir chaud les uns les autres. Vous écoutez KHIP, la radio qui vous offre le plus de hits à l'heure. Tout de suite après les informations, on attaque « La Nuit pour vous », alors faites exploser le standard et soyez rock and roll !

Boyd attendit la fin de la cassette préenregistrée pour marquer sa page et prendre place sur la chaise à côté de celle de Cilla. Aussitôt, une tension palpable envahit l'atmosphère.

— S'il appelle, ne coupez pas, O.K. ? Laissez-le parler jusqu'au bout.

— C'est ça. Vous croyez peut-être que c'est le genre

de discours que mes auditeurs ont envie d'entendre, inspecteur ?

— Vous pouvez le garder en ligne sans qu'il passe nécessairement sur les ondes, non ?

— Bien sûr, mais je n'ai pas envie de…

— Il suffit de balancer un morceau de musique ou une pub. Avec un peu de chance, nous pourrons repérer d'où vient l'appel.

Les mains de Cilla se crispèrent sur ses genoux tandis qu'elle regardait fixement les voyants qui, déjà, s'allumaient un à un sur le standard. Il avait raison, bien sûr. Mais elle avait du mal à le reconnaître.

— Vous ne croyez pas que vous en faites un peu trop, Holmes ? Toute cette dépense d'énergie pour un pauvre type à qui il manque simplement une case ?

Boyd haussa les épaules.

— Qu'il lui en manque une ou qu'il lui en manque dix, je gagne la même chose, de toute façon.

— Très drôle !

Elle baissa les yeux, vit l'heure à la pendule et s'éclaircit la voix.

— Salut à vous, mes oiseaux de la nuit. C'est Cilla O'Roarke sur KHIP. Vous écoutez la radio la plus chaude de toutes les Rocheuses. Et c'est à vous maintenant de faire monter encore un peu plus la température. Je vais mettre tous les disques que vous voulez entendre. Le standard est prêt, alors appelez-moi au 55-55-447.

Ses doigts tremblaient légèrement lorsqu'elle prit le premier appel.

— Ici Cilla O'Roarke. Vous êtes à l'antenne.

— Salut, Cilla. C'est Bob d'Englewood.

L'espace d'une seconde, elle ferma les yeux et frissonna de soulagement. Bob était un habitué.

— Tiens, Bob! Ça faisait longtemps! Alors, comment va la vie?

— Ah, aujourd'hui, ça baigne. Ce soir, ma petite femme et moi, nous célébrons notre quinzième anniversaire de mariage.

— Et dire qu'il y a des pessimistes qui disent que ça ne peut pas durer! Toutes mes félicitations, Bob. Qu'est-ce que vous voulez entendre ce soir pour fêter ça?

— J'ai pensé à *Cherish*. Pour Nancy de la part de Bob.

— Joli choix. Et tous mes vœux pour les quinze prochaines années, Bob.

Son stylo à la main, elle prit un deuxième appel, puis un troisième. Boyd nota qu'elle se raidissait chaque fois qu'elle se préparait à entendre une nouvelle voix. Elle bavardait, riait, plaisantait. Mais devenait de plus en plus pâle. A la première pause, elle tira une cigarette de son paquet, saisit en tremblant une allumette et la cassa contre le grattoir. Boyd la regarda en casser une seconde puis, sans un mot, il sortit son briquet et lui donna du feu.

— Vous vous en sortez très bien. Mes compliments.

Elle tira une rapide bouffée pendant que Boyd attendait patiemment une réponse.

— Vous êtes obligé de me regarder? demanda-t-elle enfin.

— Non.

Il sourit. D'un sourire franc et spontané qui réconforta un peu Cilla.

— Un homme a bien droit à quelques avantages en nature, non?

— Si c'est tout ce que vous obtenez comme avantages, Fletcher, je vous conseille de changer de métier.

— J'aime mon boulot, répliqua-t-il calmement en calant sa cheville gauche sur son genou.

Finalement, le temps passait plus vite lorsqu'elle parlait avec Fletcher que lorsqu'elle restait immobile à trembler devant son standard.

— Ça fait longtemps que vous êtes flic ?

— Pas loin de dix ans.

Cilla tourna la tête dans sa direction et tenta de se détendre en étudiant les traits de son visage. Il avait un regard calme. Calme et grave. De toute évidence, ces yeux-là avaient vu beaucoup de choses. Et on pouvait y déceler une bonne dose de réalisme sans la moindre trace de résignation. Il se dégageait de cet homme une impression de force tranquille qui devait attirer les femmes. Enfin… *certaines* femmes. De celles susceptibles d'attendre de lui aide et protection. Car sans être de ceux qui provoquent les bagarres, il ne semblait pas non plus du genre à se dérober.

Irritée par le tour que prenaient ses réflexions, Cilla s'appliqua de nouveau à regarder ailleurs. Elle n'avait pas besoin d'être aidée et protégée par un homme, quel qu'il soit. Ses combats, elle les avait toujours menés elle-même. Et ce n'était certainement pas aujourd'hui qu'elle allait commencer à se dégager de ses responsabilités.

— C'est un boulot de merde, commenta-t-elle. Etre flic, je veux dire.

Boyd changea de position et son genou effleura sa cuisse.

— Souvent, oui, acquiesça-t-il sereinement.

Obéissant à des réflexes solidement ancrés, Cilla déplaça aussitôt sa chaise de manière à reprendre ses distances.

— J'ai du mal à comprendre que quelqu'un puisse s'accrocher à un boulot pourri dix ans de suite.

Sa réflexion le fit sourire.

— La routine, sans doute…

Elle haussa les épaules et se tourna vers le micro.

— Voilà. C'était pour Bill et Maxine. Vous pouvez continuer à appeler au 55-55-447.

Elle prit une rapide inspiration et enfonça une touche.

— Radio KHIP. Bienvenue sur les ondes.

Tout se passait plutôt bien, ce soir. Elle commença à se détendre un peu. A force d'enchaîner les appels, elle prenait petit à petit le rythme de l'émission, retrouvait le plaisir de la musique. Même les petites lumières qui clignotaient sur le standard ne paraissaient plus tout à fait aussi menaçantes. Il ne restait plus qu'un quart d'heure avant la fin de « La Nuit pour vous » et son monsieur X n'avait toujours pas donné signe de vie.

S'il n'appelait pas maintenant, il n'appellerait plus jamais. « Plus qu'une nuit », songea Cilla. Si elle passait le cap des 2 heures sans l'entendre, elle serait délivrée de son cauchemar. Les yeux rivés sur la pendule, elle comptait les secondes. Encore huit minutes et elle laisserait Jackson prendre la relève sur les ondes. Elle rentrerait chez elle pour savourer un bon bain brûlant et dormirait comme un bébé pendant le reste de la nuit.

— Radio KHIP, bonjour. Bienvenue à « La Nuit pour vous ».

— Cilla…

Elle reconnut instantanément le son de la voix et tendit instinctivement la main pour couper la communication. Mais Boyd la rattrapa par le poignet et secoua la tête. Pendant une fraction de seconde, elle resta sans réagir, paralysée par la peur, tandis qu'il maintenait sa main posée sur la sienne. Son regard la fixait, calme, rassurant.

Elle se mordit la lèvre jusqu'au sang et envoya une nouvelle série de pubs sur les ondes. Puis, dans un sursaut de fierté, elle soutint le regard de Boyd et affronta la voix inconnue :

— Oui, c'est Cilla. Que voulez-vous ?

— La justice. Tout ce que je veux, c'est la justice.

— La justice pour quoi ?

— C'est justement la réponse que tu devras trouver toi-même, chuchota la voix pleine de haine. Je veux que tu réfléchisses et que tu te tortures, que tu te déchires jusqu'à ce que je vienne te délivrer définitivement de tes tourments.

Elle ferma les yeux.

— Pourquoi ? Qui êtes-vous ? demanda-t-elle dans un souffle.

Sa main tressaillit sous celle de Boyd et elle sentit qu'il mêlait ses doigts aux siens.

— Qui je suis ?

L'inconnu émit un petit rire qui lui donna la chair de poule, on aurait dit le bruit d'un grouillement d'insectes.

— Je suis ton ombre muette, je suis ta conscience. Je suis ton exécuteur. Car tu dois mourir. Mais seulement lorsque tu auras compris. Une fois que tu auras la réponse, je viendrai te donner la mort que tu mérites. Elle ne sera ni facile ni rapide. Tu vas souffrir du mal que tu as commis.

— Mais *quel* mal ? s'écria-t-elle, à bout de nerfs. Vous déciderez-vous enfin à m'expliquer ce que j'ai fait ?

Son correspondant raccrocha en crachant un chapelet d'obscénités qui la laissèrent sans souffle, le cœur au bord des lèvres. Sans lâcher sa main, Boyd composa un numéro.

— Ici Fletcher, oui... Vous avez pu trouver d'où venait l'appel ?... Non ?... Oui, c'est ça, la prochaine fois, peut-être...

Il coupa la communication et resta quelques instants silencieux, les sourcils froncés.

— Ils n'ont pas pu le repérer, murmura-t-il enfin. Ce type est prudent. Il s'est arrangé pour ne pas rester en ligne trop longtemps.

Il s'interrompit soudain, comme s'il venait de remarquer à quel point elle était pâle, et lui effleura la joue.

— Ça va ?

Les oreilles bourdonnantes, Cilla entendit à peine le son de sa voix. Mais elle hocha résolument la tête. Avec des gestes mécaniques, elle se tourna vers le micro et attendit la fin du jingle qui clôturait l'annonce publicitaire.

— Il est 1 h 57 et l'émission touche à sa fin, lança-t-elle d'une voix ferme. Laissez-vous entraîner par Tina Turner qui va clore ce programme en beauté. A 2 heures, mon ami Jackson sera là, comme chaque nuit, pour vous tenir la main, bandes d'insomniaques que vous êtes. C'était Cilla O'Roarke sur KHIP... Et souviens-toi, chéri, quand tu rêves de moi, la nuit est plus douce...

Avec une étrange sensation de vide dans la tête, elle s'écarta de la console. Il ne lui restait rien de très compliqué à faire : se lever, monter dans sa voiture, conduire jusqu'à la maison... Rien qu'une série de gestes élémentaires qu'elle accomplissait tous les jours sans y penser. Mais elle restait là, pourtant, prostrée sur sa chaise, comme écrasée par l'ampleur de la tâche.

Elle n'était même pas sûre que ses jambes pourraient la porter jusqu'à la porte.

Jackson apparut à l'entrée du studio et sembla hésiter un instant. Il portait une casquette de base-ball pour cacher ses nouveaux implants capillaires encore mal cicatrisés. Son regard se porta un instant sur Boyd avant de s'arrêter sur elle.

— Ça va, t'es O.K., Cilla ? J'ai l'impression que la nuit n'a pas été facile.

Elle prit une légère inspiration, secoua la tête et haussa les épaules d'un air blasé.

— J'en ai connu de meilleures, en effet, dit-elle.

Elle se leva péniblement et ajouta :

— Voilà, je te les laisse. Ils sont chauffés à blanc pour la nuit.

— Fais attention à toi, fillette.

— Pas de souci, Jackson. Ça roule.

Le bourdonnement dans ses oreilles s'accentua lorsqu'elle sortit prendre sa parka accrochée dans le couloir. La station de radio était plongée dans l'obscurité. Seule une pâle clarté s'élevait du hall d'entrée où un éclairage de sécurité restait allumé toute la nuit. Désorientée, Cilla cligna des paupières. Ce fut à peine si elle nota que Boyd lui prenait le bras pour la guider hors du bâtiment.

Dehors, l'air glacé de la nuit de mars lui fit du bien. Elle s'emplit les poumons avec avidité et expira bruyamment à petits coups brefs en formant des plumeaux de buée blanchâtre dans la nuit.

Elle allait se diriger vers l'endroit où sa voiture était garée quand elle sentit que Fletcher l'entraînait à l'extrémité opposée du parking.

— Ma voiture est de ce côté, protesta-t-elle.

— Vous n'êtes pas en état de conduire.

— Je vais parfaitement bien.

— Génial. Alors je vous emmène danser.

— Ecoutez…

— Non, c'est vous qui allez écouter pour une fois !

Boyd était en colère. Pire que cela ! Il était hors de lui. Il ne supportait pas de voir cette fille ainsi, tremblante, le visage d'une pâleur de cendre malgré la morsure du vent. Oh ! bien sûr, il connaissait les cassettes. Il les avait écoutées attentivement. Mais ça n'avait rien à voir avec ce qui s'était passé ce soir. La scène à laquelle il venait d'assister l'avait sérieusement ébranlé. Impuissant, il avait vu Cilla se décomposer sous ses yeux, sans être même fichu de lui offrir une aide quelconque.

— Vous êtes passablement secouée, O'Roarke, et je refuse de vous laisser prendre le volant dans cet état. Bon sang ! Vous vous êtes regardée, au moins ? Vous avez l'air d'un fantôme.

Il la tira d'autorité jusqu'à son véhicule et ouvrit la portière.

— Montez. Je vous reconduis chez vous.

Elle repoussa la masse de boucles brunes qui lui tombaient sur les yeux.

— Servir et protéger, telle est votre devise, n'est-ce pas, monsieur l'inspecteur ?

— Vous avez tout compris. Et maintenant, dépêchez-vous de grimper là-dedans ou je vous arrête pour vagabondage. Une nuit au poste, ça vous tente ?

— Allez vous faire voir, Fletcher.

Ses jambes étaient si faibles cependant qu'elle lui obéit faute d'une meilleure solution. Elle n'avait qu'une envie : dormir une semaine entière et oublier ce cauchemar.

Les larmes étaient si proches, soudain, qu'elle passa ses nerfs sur Boyd dès l'instant où il s'assit au volant.

— Vous savez ce qui me fait encore plus horreur qu'un flic ?

Il mit le contact.

— Pas encore, mais je suis convaincu que vous allez me le dire.

— Un homme qui se permet de donner des ordres à une femme sous le seul prétexte qu'il appartient au sexe que l'on qualifiait jadis de fort. Pour moi, cela ne relève pas seulement d'un esprit rétrograde, mais surtout d'un manque certain d'intelligence. Autrement dit, inspecteur, cela fait déjà deux points contre vous.

Pour toute réponse, il se pencha sur elle, si près qu'elle se plaqua d'instinct contre son dossier. Avec satisfaction, Boyd vit ses yeux s'écarquiller de surprise, ses lèvres s'entrouvrir sur une protestation muette. Il résista à la tentation d'écraser cette belle bouche insolente sous la sienne. Il savait d'ores et déjà quelles promesses étaient contenues dans la voix sensuelle de Cilla O'Roarke et se doutait bien qu'un baiser d'elle ne pouvait être qu'excitant, sensuel et... dangereux.

Il fit un effort sur lui-même et se contenta de dérouler la ceinture de sécurité pour l'attacher tandis qu'elle l'observait, incapable de réagir.

Violemment troublée, Cilla ne recommença à respirer librement que lorsque Boyd eut de nouveau les deux mains sur le volant. Elle ne comprenait pas ce qui lui arrivait. Bien sûr, la nuit avait été éprouvante. C'est ce qui expliquait sans doute qu'elle soit restée ainsi, passive et muette pendant que Fletcher s'amusait à l'intimider.

Ses mains, pour des raisons obscures, se remirent à trembler. Cilla essaya de retrouver un semblant de lucidité. Une chose était certaine : elle détestait se sentir ainsi en position de faiblesse.

— Je n'apprécie pas beaucoup vos manières, inspecteur.

— Rien ne vous y oblige. Contentez-vous de faire ce que je vous dis et nous parviendrons bien à nous entendre.

— Je n'ai pas l'habitude de faire ce que l'on me dit, rétorqua-t-elle vertement. Et je ne vois vraiment pas ce qui m'oblige à supporter la compagnie d'un flic de seconde zone qui ressemble à un clone de John Wayne. C'est Mark qui vous a appelé à la rescousse. Pas moi. Je n'ai besoin de personne.

Boyd ralentit pour laisser passer les voitures à un carrefour. Il paraissait plus calme et plus indifférent que jamais. Mais un muscle tressautait à l'angle de sa mâchoire.

— O.K., message reçu. Vous n'avez besoin de personne. Parfait.

— Si vous croyez que je vais m'effondrer parce qu'un taré s'amuse à me menacer au téléphone, vous vous trompez, poursuivit-elle, de plus en plus remontée.

— Je ne crois pas un instant que vous allez vous effondrer, O'Roarke.

— Tant mieux ! Car vous savez, je peux m'en débarrasser toute seule, de ce type. Quant à vous, c'est peut-être le genre de truc qui vous excite, d'entendre un pervers déblatérer des obscénités, mais je vais vous dire une bonne chose, Fletcher…

Elle se tut soudain et se passa une main sur les paupières.

— Désolée.

— De ?

— De passer mes nerfs sur vous. Vous n'y êtes pour rien, après tout.

Elle regarda fixement la route devant elle.

— Vous pouvez vous arrêter un instant ?

Sans un mot, il gara sa voiture le long du trottoir.

— Je voudrais prendre le temps de me calmer avant de rentrer chez moi, expliqua-t-elle, les yeux clos, en se laissant aller contre l'appuie-tête. Ma sœur va se faire du souci si elle me voit arriver dans cet état.

Boyd lui jeta un regard en coin. Elle avait un caractère exécrable, mais il avait du mal à lui en vouloir, surtout lorsqu'elle quittait ainsi son masque de harpie et laissait apparaître la fragilité qui était en elle. Pourtant, il ne croyait pas se tromper en pensant qu'un excès de compassion risquait de déclencher chez Cilla une nouvelle attaque en règle. D'un ton indifférent, il demanda :

— Un café vous ferait plaisir ?

— Merci, non. Je crois que j'en ai déjà bu des litres, ajouta-t-elle avec un pâle sourire. Je suis désolée, Fletcher. Vous faites votre boulot, c'est tout.

— En effet. Je fais mon boulot. Pour le meilleur et pour le pire.

Cilla fouilla dans ses poches à la recherche de son paquet de cigarettes.

— J'ai peur, admit-elle, notant avec exaspération que sa voix tremblait.

— C'est normal d'avoir peur, Cilla.

Elle haussa les épaules.

— Je ne sais pas comment dire… J'avais déjà eu peur avant, mais là, ça m'a littéralement coupé les jambes. Cet homme a réellement l'intention de me tuer. Jusqu'à présent, je n'y croyais pas trop, mais ce soir, j'ai senti sa détermination et… et ça m'a glacée.

Elle ferma les yeux et frissonna.

— Au sens propre du terme, d'ailleurs. Vous n'avez pas de chauffage dans votre poubelle, Fletcher ?

Boyd mit la soufflerie à fond.

— En fait, ce n'est pas une mauvaise chose que vous ayez peur.

— Pourquoi ?

— Parce que vous accepterez de coopérer.

Elle ne put s'empêcher de sourire.

— Jamais de la vie. Là, je ne suis pas dans mon état normal et vous bénéficiez d'un répit. Mais je recommencerai à être infernale dès que je serai de nouveau moi-même.

— Dans ce cas, je vais essayer de ne pas trop m'accoutumer.

Boyd poussa un soupir de regrets. Dire que ce serait si simple et si agréable… Pourquoi ne pouvait-elle pas être toujours cette femme dont le regard s'adoucissait lorsqu'elle souriait ; une femme sans épines et sans cuirasse qui oubliait d'être sur ses gardes.

— Comment vous sentez-vous, maintenant ?

— Bien mieux. Merci.

Elle écrasa sa cigarette dans le cendrier lorsqu'il redémarra.

— Je suppose que vous savez où j'habite ?

— Evidemment. On n'est pas flic pour rien, n'est-ce pas ?

— C'est un boulot ingrat.

Cilla songea qu'elle se sentait mieux quand elle parlait ainsi avec Boyd. Tant qu'ils échangeaient des propos sans importance, la menace paraissait plus lointaine, moins réelle.

— Avec l'allure que vous avez, je vous verrais plutôt en train de galoper en brandissant un lasso.

Il lui jeta un regard sceptique.

— Je ne suis pas persuadé qu'il s'agisse d'un compliment.

— Brillante déduction, Holmes.

— Je vous autorise à m'appeler Boyd. Mais c'est bien parce que c'est vous. A propos, dites-moi, Cilla, ça vient de Priscilla, je suppose ?

— Personne ne m'a jamais appelée Priscilla plus d'une seule fois dans sa vie.

— Parce que ?

Elle lui adressa son plus beau sourire.

— Parce qu'à la seconde tentative, je coupe la langue de l'imprudent.

— Mmm… Vous savez être dissuasive, vous, au moins. Vous voulez bien me dire pourquoi vous n'aimez pas la police ?

— Non.

Elle détourna la tête pour regarder dehors.

— J'aime la nuit, en revanche, murmura-t-elle, presque pour elle-même. Il y a des choses qu'on peut faire et dire à 3 heures du matin, alors qu'en aucun cas on ne s'y autoriserait à 3 heures de l'après-midi. Je n'arrive même plus à imaginer ce que c'est que de travailler le jour, lorsque la station de radio est pleine de monde et qu'on se bouscule dans les couloirs.

— Vous n'aimez pas beaucoup les gens, on dirait.

— Disons que j'en aime certains et d'autres moins.

Cilla n'avait pas envie de parler d'elle-même. Ni de ses préférences ni de ses dégoûts, ni de ses échecs ni de ses réussites. Elle préférait continuer à parler de lui. Pour se changer les idées, d'une part. Mais aussi, elle devait bien se l'avouer, pour satisfaire sa curiosité.

— Et vous, Fletcher, vous travaillez toujours de nuit ?

— Depuis neuf mois environ. C'est un horaire intéressant. Ça permet de rencontrer toutes sortes d'oiseaux rares.

Cilla se surprit à rire.

— Vous êtes de Denver ?

— J'y suis né.

— J'aime bien cette ville.

Ce constat l'étonna elle-même. Jusqu'à présent, elle ne s'était même pas posé la question. En arrivant ici, elle n'avait vu que les avantages pratiques : une bonne université pour Deborah et un job intéressant pour elle. Et pourtant, en l'espace de six mois, elle avait pris ses marques et même commencé à se sentir chez elle dans la capitale du Colorado.

— Vous avez l'intention de rester quelque temps par ici ? demanda Boyd en se garant devant chez elle. D'après les renseignements que j'ai sur vous, vous ne restez jamais plus de deux ans au même endroit.

— J'aime le changement, rétorqua-t-elle sèchement en détachant sa ceinture de sécurité. Ça vous gêne ?

L'idée que l'on puisse fouiller dans son passé et décortiquer ses faits et gestes lui était particulièrement odieuse.

— Merci de m'avoir raccompagnée, Holmes.

Cilla voulut s'élancer vers la porte, mais Boyd l'avait déjà rejointe.

— Il faut que vous me laissiez vos clés.

Elle les avait déjà dans la main.

— Mes clés ? Pour quoi faire ?

— Pour que je fasse déposer votre voiture ici demain matin.

Les sourcils froncés, Cilla hésita sur le perron.

Attendant qu'elle prenne une décision, Boyd la regarda et se surprit à imaginer qu'ils avaient passé la soirée ensemble au restaurant ou au cinéma selon le protocole classique des rencontres homme-femme. La grande différence était que, si réellement il l'avait raccompagnée jusqu'à sa porte, il n'aurait sûrement pas gardé les mains dans ses poches comme un idiot et qu'il aurait satisfait sa curiosité en l'embrassant avant de la quitter. « Sois réaliste, Fletcher, se dit-il en réprimant un sourire. Tu crois vraiment que cela aurait suffi à satisfaire ta curiosité ? »

Il secoua la tête d'un air désabusé. Il ne se serait sûrement pas contenté d'un simple baiser échangé sous la lumière du porche. Il aurait franchi la porte avec elle et ne serait pas ressorti de la maison avant un bon moment...

Enfin, de toute façon, le moment n'était pas bien choisi pour inventer des scénarios de ce genre. D'une part, Cilla et lui ne revenaient ni d'un dîner au restaurant, ni d'une soirée au théâtre. D'autre part, s'il devait y avoir un jour quelque chose entre eux, ce dont Boyd avait d'ores et déjà la certitude, rien, assurément, ne se déroulerait selon le protocole classique.

— Vos clés ? répéta-t-il.

Cilla haussa les épaules et accepta d'en détacher une de son trousseau. Boyd, amusé, remarqua que son porte-clés en argent avait la forme d'une note de musique.

— Bonne nuit, Fletcher.

Il s'appuya contre le battant de bois de la porte.

— Vous ne m'invitez pas à prendre un café ?

— Non, répondit-elle sans se retourner.

Il songea qu'elle était comme la nuit. Sombre, envoûtante, aussi dangereuse que sa voix.

— Ce n'est pas très amical de votre part.

Une lueur amusée dansa dans ses yeux sombres lorsqu'elle daigna tourner la tête vers lui.

— Je sais. A un de ces quatre, Holmes.

D'un geste vif, Boyd posa sa main sur la sienne alors qu'elle allait tourner la poignée.

— Il vous arrive de manger, parfois ?

Toute trace d'humour disparut instantanément du regard de Cilla. Boyd n'en fut qu'à moitié surpris, par contre, ce qui l'intrigua fut le mélange d'émotions qu'il crut discerner alors sur son visage. Confusion ? Incertitude ? *Timidité ?* Elle se ressaisit si vite qu'il n'eut pas le temps d'en avoir le cœur net.

— S'il m'arrive de manger ? Oh oui, au moins deux fois par semaine, inspecteur.

— Et demain ?

Sa main reposait toujours sur celle de Cilla. Il n'était pas certain d'interpréter correctement ce qu'il lisait dans ses yeux. Mais il savait que son pouls s'était accéléré sous ses doigts.

— Possible, répliqua-t-elle d'un ton léger.

— Avec moi ?

Cilla, stupéfaite, se rendit compte que sa voix la trahissait. Il y avait des années qu'elle n'avait pas connu ce genre d'hésitation. Lorsqu'un homme lui proposait de sortir, le « non » lui venait si spontanément aux lèvres que la question du « oui » ne l'effleurait même pas. Et voilà qu'elle avait été à deux doigts d'accepter et de demander à quelle heure il passerait la prendre ! C'était sidérant.

— C'est une charmante proposition, inspecteur. Mais je me vois dans l'obligation de la décliner.

— Pourquoi ?

— J'ai une tête à sortir avec un flic ?

Craignant soudain de perdre son sang-froid, elle se glissa à l'intérieur et lui ferma la porte au nez.

Boyd se rembrunit en fouillant parmi la montagne de papiers accumulés sur son bureau. Le dossier O'Roarke n'en était qu'un parmi d'autres. Il avait quantité de cas à résoudre, de problèmes à traiter. Et pourtant, l'affaire Cilla ne lui sortait plus de l'esprit. Ou, pour être plus précis, *Cilla* elle-même ne lui sortait plus de l'esprit. Il s'assombrit encore en faisant cette constatation et réprima un mouvement de mauvaise humeur. Dire qu'il n'y avait même pas moyen d'en griller une petite pour se consoler des complications de l'existence !

Le policier entre deux âges assis à l'entrée de la salle allumait cigarette sur cigarette en discutant à bâtons rompus avec un indicateur. Boyd prit une profonde inspiration et huma l'odeur avec délice. Combien de mois lui restait-il avant de commencer à détester la fumée des autres, comme c'était le cas pour la plupart des ex-fumeurs ?

En attendant, il s'emplissait les poumons de relents de tabac mêlés aux différentes odeurs — pour la plupart assez repoussantes — qui formaient le fond olfactif habituel d'un commissariat de quartier : mauvais café, mélanges de sueurs, parfums violents et bon marché des deux filles de joie qui attendaient patiemment sur un banc qu'on veuille bien les relâcher.

D'habitude, il avait à peine conscience de ces

différentes intrusions sensorielles. Mais ce soir, elles l'empêchaient de se concentrer. Même le cliquetis des claviers, les sonneries de téléphone, la rumeur des conversations, le bruit des semelles foulant le lino du couloir, le clignotement d'un néon usé troublaient son attention.

Et tout cela pourquoi ? Parce que depuis trois jours, Priscilla Alice O'Roarke était installée, *rivée* en permanence à ses pensées. Il avait beau déployer des trésors d'imagination pour l'en déloger, rien à faire. La demoiselle lui collait à la peau. Peut-être à cause des nombreuses heures qu'Althea et lui avaient passées à tour de rôle dans son studio. Peut-être à cause de la vulnérabilité que Cilla lui avait laissé entrevoir sous son apparente froideur. Peut-être aussi parce qu'il avait perçu — même brièvement — qu'il ne la laissait pas indifférente.

« Peut-être, peut-être pas… Va savoir ! » se dit Boyd, vaguement exaspéré.

Essuyer un refus n'avait pourtant rien de dramatique à ses yeux. Il avait lancé une invitation, elle l'avait déclinée. Point final. Il était suffisamment sûr de lui et équilibré pour ne pas éprouver le besoin de tester son pouvoir de séduction sur toutes les femmes. En trente-trois ans d'existence, il avait eu de toute façon l'occasion de vérifier qu'il attirait bon nombre d'entre elles et s'estimait plutôt privilégié dans ce domaine.

Le problème était qu'il faisait une véritable fixation sur Cilla. Et que la belle dame à la voix de velours ne voulait pas entendre parler de lui.

Boyd soupira avec impatience. « Et alors, Fletcher ? Tu es un grand garçon, non ? Tu ne vas pas perdre le sommeil et l'appétit parce qu'elle ne veut pas de toi.

Tu as passé l'âge des crises sentimentales, non ? » Il ouvrit le dossier O'Roarke et se pencha sur ses notes. Cilla courait-elle un réel danger ? Peut-être pas dans l'immédiat, mais elle était bel et bien harcelée, de façon quotidienne et systématique. Althea et lui s'étaient mis à la tâche, convoquant et interrogeant les habitants de Denver dont les antécédents avaient un rapport quelconque avec les façons de procéder de « monsieur X ». Mais leurs investigations étaient restées vaines jusqu'à présent.

Cette fois, Boyd était décidé à changer de stratégie. Il était temps pour lui d'aller creuser un peu plus loin et de s'intéresser aux faits et gestes de Cilla avant son arrivée à Denver. Le CV de la jeune femme reposait sous ses yeux. Et les quelques éléments qu'il révélait étaient déjà très parlants. Cilla avait fait ses débuts dans une modeste radio locale en Géorgie, ce qui expliquait la pointe d'accent du Sud qui transparaissait dans sa voix. Très vite, elle avait progressé et poursuivi sa carrière à Atlanta, dans une station de radio beaucoup plus importante. Elle était ensuite partie pour Richmond, Saint Louis, Chicago et Dallas avant d'atterrir à Denver où elle était entrée à Radio KHIP.

Ainsi Mlle O'Roarke avait la bougeotte. A moins qu'elle ne cherche à fuir quelqu'un ou quelque chose ? C'était la question que se posait Boyd. Un point important à éclaircir, compte tenu du harcèlement dont elle était l'objet. Et il comptait bien obtenir des réponses. De la bouche même de Cilla, de préférence.

Une première conclusion, en tout cas, s'imposait à la lecture du CV : Cilla O'Roarke était partie du bas de l'échelle, à dix-huit ans, et elle avait fait un superbe parcours professionnel. Le tout à la force du poignet. Avec un bac et de l'audace pour seuls bagages.

— Que lis-tu donc de si fascinant, cher collègue ?

Althea se percha sur un coin de son bureau, exhibant une paire de jambes que personne, dans le commissariat, ne se serait permis de siffler. En revanche, rares étaient ceux qui ne s'autorisaient pas un discret coup d'œil au passage, de temps en temps.

— Cilla O'Roarke, marmonna-t-il en reposant le dossier. Tes impressions ?

— Sacré caractère. Personnalité incisive. Un talent incontestable pour le genre d'animation radiophonique qu'elle propose.

Althea accompagna sa réponse d'un clin d'œil amusé. Il y avait des mois qu'elle le mettait en boîte à cause de sa passion avouée pour la voix caressante qu'il écoutait tous les soirs sur les ondes.

Boyd sortit une boîte de chocolats d'un tiroir et en sélectionna un avec soin.

— Tu ne m'apprends pas grand-chose de nouveau, Thea.

Althea plongea distraitement la main dans les chocolats et en avala deux, coup sur coup.

— O.K., tu veux de l'inédit ? En voici. Primo : cette fille est morte de peur. Secundo : elle souffre d'un complexe d'infériorité monstre.

— Cilla O'Roarke ? Un complexe d'infériorité ! protesta Boyd en riant. C'est ça, bien sûr. Et tu vas m'annoncer aussi que Marilyn Monroe n'avait pas de poitrine et que La Callas ne savait pas chanter ?

Althea sourit.

— Je suis tout ce qu'il y a de plus sérieuse. Elle le cache bien, j'en conviens. Mais elle n'est sûre d'elle que sur les ondes. Et inutile de me regarder comme ça : je suis certaine de ce que j'avance. Ce sont des choses que je sens. Il n'y a rien de tel que l'intuition féminine, Fletcher. Voilà pourquoi tu as tant de chance de m'avoir.

Boyd arracha la boîte de chocolats des mains d'Althea, sachant qu'elle était capable de les ingurgiter jusqu'au dernier.

— Je veux bien être pendu si Cilla O'Roarke a un sentiment d'infériorité !

— Ne parle pas trop vite, Fletcher. Cela m'ennuierait de te voir te balancer au bout d'une corde.

Boyd haussa les épaules et changea de sujet.

— Apparemment, notre homme a bien brouillé ses traces. Nous n'avons pas beaucoup avancé jusqu'à présent.

— Cilla n'est pas très loquace sur son passé.

— Autrement dit, il va falloir insister un peu pour la faire parler.

Althea réfléchit un instant.

— Elle ne se laissera pas faire, si tu veux mon avis. Cette fille est un vrai tombeau.

Boyd sourit.

— Je n'ai jamais dit que j'aimais la facilité.

— Eh bien, tant mieux pour toi ! C'est ton tour de passer la soirée avec elle au studio.

— Tu t'imagines peut-être que j'avais oublié ? Je te laisse commencer par Chicago. J'ai noté le numéro du directeur de la station et celui de l'ancien propriétaire de Cilla. Sers-toi de ta douce voix persuasive et ils te raconteront leur vie sans se faire prier.

— Sans doute, susurra la jeune femme d'un ton suave. J'ai des méthodes imparables, en effet.

Althea tourna distraitement la tête alors qu'un de

leurs collègues entrait, poussant devant lui un suspect qui gesticulait et saignait abondamment du nez. Il y eut une brève lutte, accompagnée d'insultes et de menaces.

— Charmante ambiance, commenta-t-elle en repoussant ses longs cheveux dans son dos.

Boyd se mit à rire.

— C'est toujours très réconfortant, en effet.

Il récupéra son café in extremis et le but d'un trait juste avant que son équipière ne parvienne à faire main basse dessus.

— O.K. Moi, de mon côté, je vais partir du commencement et prendre contact avec la station de radio en Géorgie, là où elle a fait ses débuts. Si nous continuons à piétiner sur cette enquête, le commissaire va finir par nous tomber sur le râble.

Althea s'étira et se laissa glisser du bureau.

— Allez, c'est parti !

Boyd hocha la tête et voulut décrocher son téléphone, mais l'appareil sonna juste au moment où il posait la main sur le combiné.

— Inspecteur Fletcher.

— Holmes ?

Il aurait contesté l'utilisation du surnom s'il n'avait pas entendu la panique dans sa voix.

— Cilla ? Ça va ?

— Oui… enfin, non. J'ai eu un appel.

Elle rit nerveusement et se tut.

— Un appel ? insista-t-il.

— Oui, ça ne paraît pas très original, je sais. Mais cette fois-ci, il a téléphoné à la maison, sur ma ligne personnelle et… ça m'a pas mal secouée.

— Fermez toutes les portes à clé. J'arrive.

— Merci. Et n'hésitez pas à enfreindre quelques limitations de vitesse en route. J'apprécierais.

— Donnez-moi dix minutes.

Il rattrapa son équipière avant qu'elle ait eu le temps de passer son premier appel.

— Changement de programme, Thea. Il y a du nouveau, annonça-t-il en la prenant par un bras et en l'entraînant avec lui sans tenir compte de ses protestations.

3

Cilla reposa le combiné et se mordit la lèvre. D'un côté, elle était rassurée que Boyd vole à son secours. Mais de l'autre, elle se sentait passablement ridicule. Ce n'était pas son style de faire appel ainsi à la police. Et comme par hasard, elle avait composé *son* numéro et pas celui d'Althea.

En arpentant le salon, elle essaya de se raisonner. De la part de X, ce n'était jamais qu'un coup de fil de plus. Et personne, de mémoire d'homme, n'avait jamais été assassiné par téléphone. Depuis une dizaine de jours que les appels se succédaient, elle aurait dû être mieux armée pour les affronter. Si seulement elle arrivait à garder son calme et à convaincre ce monsieur X que ses menaces ne l'affectaient pas, il finirait bien par se lasser de son petit jeu.

Son père lui avait appris qu'il n'existait pas de meilleure méthode que l'indifférence pour se débarrasser d'un persécuteur. La solution de sa mère, en revanche, était plus expéditive et consistait à leur envoyer un direct du droit dans la mâchoire. Les deux techniques avaient leur intérêt, bien sûr. Mais compte tenu des circonstances, la première paraissait plus simple. Enfin… en théorie. Car, en pratique, elle avait échoué lamentablement.

Le son de *sa* voix sur sa ligne personnelle lui avait

procuré un choc si brutal qu'elle était tombée dans un état quasi hystérique, hurlant, plaidant et menaçant tour à tour. Encore une chance que Deborah ne se soit pas trouvée à la maison pour l'entendre car elle serait morte de honte.

Bien décidée à garder la tête haute, Cilla se percha sur l'accoudoir d'un fauteuil, le dos droit, le regard rivé sur la porte. Après l'appel de X, elle avait mis la radio, tiré les rideaux et allumé toutes les lampes de la maison. Et maintenant, elle attendait, sursautant au moindre bruit, guettant le moindre mouvement. Elle se força à contempler les murs que Deborah et elle avaient repeints avec soin, les meubles qu'elles avaient choisis ensemble après maints débats. Il n'y avait là que des objets familiers. Des objets rassurants.

Depuis leur installation à Denver, Deb et elle avaient pris plaisir à équiper leur logement comme jamais encore elles ne l'avaient fait auparavant. Jusque-là, elles s'étaient contentées du strict nécessaire en matière de décoration et d'ameublement. Mais depuis quelque temps, le futile faisait une discrète entrée dans la maison. Pour la première fois, sa sœur et elle vivaient dans un lieu qui leur appartenait et non plus dans un appartement qu'elles louaient pour quelques mois.

Et c'est ainsi que, sans se concerter, elles avaient introduit des vases et des tableaux, installé des étagères pour aligner une collection de cactus rares et craqué pour quelques babioles plus ou moins insolites. Insensiblement, elles se créaient un foyer. Pour la première fois depuis qu'elles s'étaient retrouvées seules, elles acceptaient de faire leur nid quelque part. Et voilà que ce vengeur fou venu de nulle part s'appliquait à jeter son ombre sinistre sur ce qui aurait pu être un nouveau départ.

C'était injuste, vraiment trop injuste ! Gagnée par le découragement, Cilla enfouit son visage dans ses mains. Elle avait toujours eu pour principe de faire face et de se battre. Mais comment lutter contre un être sans nom et sans visage ? Elle avait affaire à un ennemi invisible qui refusait de donner un motif à son implacable soif de vengeance. Prétendre l'indifférence était une chose. Mais combien de temps tiendrait-elle sans craquer s'il avait décidé de la persécuter jusque chez elle ?

Un frisson parcourut Cilla. Tôt ou tard, il se lasserait des menaces et il passerait à l'acte. Vu comme elle s'était effondrée au téléphone, il considérait peut-être qu'elle était mûre désormais pour la « délivrance finale ». S'il avait réussi à se procurer son numéro de téléphone, il connaissait sûrement son adresse. Et rien ne prouvait qu'il ne rôdait pas autour de chez elle à l'instant même.

A ce moment précis, un coup brusque ébranla sa porte. Incapable d'émettre un son, Cilla se pétrifia, une main pressée sur la poitrine pour contenir les battements furieux de son cœur. *Je serai ton exécuteur, ton bourreau. Je te ferai souffrir jusqu'à ce que tu me supplies de t'achever, espèce de garce. Je vais te faire payer... payer... payer...*

— Cilla ? C'est moi, Boyd. Ouvrez cette porte.

Le souffle qu'elle avait retenu s'échappa de ses lèvres.

— Ah, c'est vous... J'arrive.

Les jambes en coton, elle alla déverrouiller sa porte.

— Bonsoir. Vous avez fait vite, dit-elle avec un piètre semblant de désinvolture.

Refermant en hâte derrière les deux inspecteurs, elle se renversa contre le battant clos.

— Je suis désolée. C'est stupide de ma part de vous avoir fait déplacer jusqu'ici.

— Nous ne faisons que notre travail, déclara Althea Grayson d'un ton rassurant. Vous êtes d'accord pour que nous prenions le temps de nous asseoir et de parler de ce qui vient de se passer ?

— Oui… oui, bien sûr. Installez-vous ! s'exclama Cilla en se passant une main dans les cheveux. Je vous sers un café ?

Elle avait espéré pouvoir donner le change et garder un minimum de contenance, mais elle avait conscience de bafouiller lamentablement. Boyd secoua la tête et prit place sur le canapé écru entre deux coussins en satin de couleur vive.

— Ça ira, Cilla. Racontez-nous plutôt ce qui s'est passé.

— J'ai noté ce qu'il m'a dit, expliqua-t-elle en se dirigeant vers le téléphone pour récupérer son carnet. C'est devenu un réflexe. Dès que le téléphone sonne, j'ai un stylo à la main et je note ce que j'entends.

En s'efforçant de réprimer le tremblement de sa main, elle tendit le bloc-notes à Boyd. Il lui était plus facile de leur donner le texte à lire que de restituer la conversation à voix haute.

— Il y a quelques abréviations sur lesquelles vous risquez de buter, mais cela vous donnera déjà une idée d'ensemble.

Boyd hocha la tête. Son visage se durcit lorsqu'il parcourut les quelques lignes qu'elle avait griffonnées. Sans un mot, il tendit le carnet à sa coéquipière. Incapable de tenir en place, Cilla s'assit puis se releva presque aussitôt.

— Il ne mâche pas ses mots, comme vous pouvez le constater. Et il me considère clairement comme l'être le plus monstrueux de la création.

Elle vit un muscle tressauter à l'angle de la mâchoire de Boyd.

— C'est la première fois qu'il appelle ici ?

— Oui. Et le plus terrifiant, c'est que j'ignore comment il a obtenu mon numéro. Nous sommes sur liste rouge, ma sœur et moi.

Althea sortit un bloc-notes de son sac.

— Pouvez-vous nous citer les personnes à qui vous avez confié vos coordonnées téléphoniques, Cilla ?

Elle appuya une main contre son front.

— Laissez-moi réfléchir… Ils ont mon numéro à la station, bien sûr. Et à l'université de Deborah aussi, logiquement. Je suppose que ma sœur a donné ses coordonnées à quelques amis car elle reçoit des coups de fil régulièrement. Mais ce sont plus ou moins toujours les mêmes personnes. Un petit groupe assez restreint.

Cilla tressaillit en entendant la porte s'ouvrir derrière elle. Avec un mélange de soulagement et d'irritation, elle reconnut sa sœur.

— Deb ! Qu'est-ce que tu fais ici ? Je te croyais à un cours du soir !

Les yeux bleus de la jeune fille étincelèrent.

— Ça, c'est mon problème… Vous êtes de la police ? demanda-t-elle en se tournant vers Boyd et Althea.

Cilla se croisa les bras sur la poitrine.

— Deb, je n'admets pas que tu manques ainsi la fac sans raison. Tu avais un partiel, en plus, et…

— Arrête de me traiter comme si j'avais encore douze ans, O.K. ?

Deborah sortit le journal local de son sac en bandoulière et le brandit sous son nez.

— Tu pensais vraiment que je pourrais aller m'installer tranquillement dans un amphi après avoir lu ça ?

Je suis morte d'angoisse, Cilla. Et toi qui me disais que « l'incident » était réglé !

Cilla poussa un soupir de lassitude. Ainsi la presse avait eu vent de son histoire… « Une star de la radio harcelée par un déséquilibré », lut-elle en gros titre. Luttant contre un début de mal de tête, elle se massa les tempes.

— Tu connais les journalistes, Deb. Ils adorent ce genre de fait divers, c'est tout.

— Non, ce n'est pas tout !

— Ecoute, Deb, j'ai prévenu la police ! s'emporta Cilla en jetant le *Denver Post* sur une console. Que veux-tu que je fasse de plus ?

Boyd observait les deux sœurs avec un intérêt fasciné.

Il y avait des ressemblances frappantes entre elles. Elles avaient la même bouche et la même forme d'yeux, quoique la couleur des iris fût différente. Si Cilla était une femme superbe, Deborah, elle, promettait de devenir carrément éblouissante. Pour l'instant, à dix-huit ans, elle avait encore ce léger flou, ce côté inachevé qui caractérisent la fin de l'adolescence. Mais dans quelques années, elle ferait des ravages.

Plus que leurs points communs, c'étaient surtout leurs styles radicalement opposés qui frappaient chez les deux sœurs. Deborah avait des cheveux courts et une coupe très étudiée. Elle portait des vêtements d'un goût parfait et se maquillait discrètement mais avec soin. Cilla, elle, avait enfilé un sweat-shirt orange trop court sur un immense T-shirt vert bouteille qui jurait avec son jean violet. D'épaisses chaussettes en laine jaune venaient ajouter une touche de couleur supplémentaire à l'ensemble. Et à part un trait de khôl noir sous les yeux, elle avait le visage vierge de tout fard.

Mais malgré leurs goûts manifestement très divergents, Cilla et Deborah affichaient de nettes similitudes au niveau du caractère. Et lorsque les sœurs O'Roarke s'énervaient, le spectacle valait le détour.

Althea se pencha pour lui glisser à l'oreille :

— A mon avis, ça doit chauffer souvent, entre ces deux-là.

Boyd sourit. Avec une petite bière en main, il aurait volontiers assisté à quelques rounds supplémentaires.

— Tu paries sur qui, toi ? demanda-t-il à Althea.

— Cilla, chuchota-t-elle. Mais la petite sœur a de l'avenir.

Manifestement fatiguée de se heurter à un mur de silence, Deborah pivota sur elle-même et reporta son attention sur eux.

— Bon, fit-elle en pointant l'index sur Boyd. Vous allez peut-être pouvoir m'expliquer ce qui se passe, vous au moins.

— Eh bien…

— O. K., ça va, laissez tomber, s'impatienta la jeune fille en se tournant vers Althea. Vous, plutôt !

Boyd nota que sa coéquipière, toujours très diplomate, faisait un effort pour ne pas sourire.

— Nous sommes les deux inspecteurs de la police judiciaire qui enquêtent sur cette affaire, mademoiselle O'Roarke.

— Autrement dit, il y a bel et bien « une affaire » !

Sous le regard furieux de Cilla, Althea répondit poliment.

— En effet. Nous avons installé un dispositif spécial sur la ligne téléphonique de la station, dans l'espoir de repérer l'origine des appels. Mon équipier et moi avons déjà interrogé un certain nombre de suspects présentant des antécédents de harcèlement par téléphone. Vu ce qui vient de se passer ce soir, nous allons également mettre votre ligne personnelle sur écoute.

— *Vu ce qui s'est passé ce soir… ?*

Soudain livide, Deborah se tourna vers sa sœur.

— Ne me dis pas qu'il a appelé ici ? Oh, mon Dieu, c'est affreux ! Cilla, je suis désolée, balbutia-t-elle, toute colère oubliée, en nouant les bras autour du cou de son aînée.

Cilla fit un pas en arrière.

— Ce n'est pas à toi de t'inquiéter de ces choses-là.

— Cilla a raison, acquiesça Althea en se levant. A nous deux, nous avons quinze ans d'expérience derrière nous. Et nous avons la ferme intention de veiller sur la sécurité de votre sœur. Où est le téléphone, s'il vous plaît ?

Cilla voulut répondre, mais Deborah la devança.

— Dans la cuisine. Venez avec moi, je vais vous montrer. Je peux vous proposer un café, inspecteur ? demanda-t-elle en s'immobilisant un instant devant Boyd.

— Volontiers, oui. Merci.

Il la suivit des yeux, jusqu'à ce qu'elle ait quitté la pièce.

— Halte-là, Fletcher, marmonna Cilla. Ce n'est même pas la peine d'y penser.

— Pardon ?

Boyd cligna des yeux, revint sur terre et sourit.

— Vous voulez parler de votre sœur, je suppose ? C'est une beauté.

— Vous êtes trop vieux pour elle.

— Aïe…

Cilla se ficha une cigarette entre les lèvres et lui jeta un regard noir.

— De toute façon, j'aurais tort de m'inquiéter. L'inspecteur Grayson et vous me paraissez idéalement assortis.

Boyd rit doucement. En vérité, il oubliait la plupart du temps que Thea était une femme.

— En effet, oui. Je suis le type chanceux par excellence.

Cilla retomba dans un silence maussade. Elle détestait se sentir intimidée par une autre femme. Qu'Althea Grayson soit un modèle de professionnalisme et d'efficacité, passe encore. Elle pouvait même lui pardonner à la rigueur son arrogante beauté. Mais le plus insupportable, c'était son calme, son équilibre, cette exaspérante maîtrise d'elle-même.

Boyd se leva et retira la cigarette éteinte qu'elle tenait à présent entre ses doigts inertes.

— Jalouse ?

— Vous rêvez, Holmes.

— Nous nous pencherons sur mes rêves plus tard, murmura-t-il en lui glissant un doigt sous le menton. Vous tenez le coup, Cilla ?

— Sans problème.

Elle aurait voulu s'éloigner, fuir ce contact, ce regard. Mais quelque chose lui disait que si elle se levait, il resterait planté devant elle sans reculer d'un pas. Et la tentation de laisser aller sa tête au creux de son épaule risquait de devenir incontrôlable. Il en faudrait si peu pour qu'elle s'effondre. Malheureusement, aucune faiblesse ne lui était permise. Elle avait des responsabilités à assumer.

— Je me fais du souci pour Deborah, en revanche. Elle est seule ici chaque soir entre 22 heures et 2 heures du matin lorsque je suis à Radio KHIP.

— Je peux m'arranger pour qu'une voiture de patrouille stationne devant chez vous en votre absence.

— Merci, murmura-t-elle avec reconnaissance. Je ne peux pas supporter l'idée d'avoir commis une erreur qui mette la vie de ma sœur en danger. Deb ne mérite pas ça.

Boyd posa sa main sur sa joue.

— Vous ne le méritez pas plus qu'elle, Cilla.

Il y avait longtemps qu'on ne l'avait pas touchée ; longtemps qu'elle n'avait pas laissé un homme l'approcher d'aussi près. Elle laissa échapper un léger soupir.

— Il faut que je me prépare pour partir à la station.

— Pourquoi ne pas laisser tomber votre émission ce soir ? Harrison comprendra. Il pense que vous devriez prendre des vacances.

— C'est ça ! protesta-t-elle en se levant d'un bond. Pour que X pense qu'il a réussi à m'effrayer. Jamais de la vie !

— Même Superwoman prend parfois des jours de congé.

Cilla secoua la tête. Comme prévu, Boyd ne s'était pas écarté d'un centimètre, si bien qu'elle se trouvait coincée entre le fauteuil et lui. Un début de vertige l'envahit. Seule sa fierté l'empêcha de détourner les yeux. Qu'attendait-il pour s'éloigner, bon sang ?! A moins d'être sourd ou stupide, il allait finir par s'apercevoir que cette proximité physique la déstabilisait.

— Vous savez que vous bouffez mon espace vital, Fletcher ?

Il sourit… Si elle s'était tue quelques secondes de plus, il l'aurait attirée contre lui, franchissant la limite entre fantasme et réalité.

— Considérez qu'il ne s'agit que d'un début, O'Roarke. Je n'ai pas fini de le dévorer, votre espace.

Le regard de Cilla se durcit.

— Ça va, O.K. ? J'ai déjà reçu suffisamment de menaces pour aujourd'hui, merci.

Il l'aurait volontiers étranglée pour ce coup bas. Lentement, sans détacher son regard du sien, il glissa les pouces dans les poches de son jean.

— Ce n'est pas une menace, ma belle. C'est un constat. Nuance.

Ils sursautèrent l'un et l'autre en entendant toussoter derrière eux. Deborah apparut, un petit sourire au coin des lèvres.

— Votre café, inspecteur Fletcher. Avec deux sucres, conformément aux instructions de Thea.

— Parfait, merci.

— Vu l'heure, ce serait du temps perdu de retourner en cours maintenant, annonça Deborah avec un petit air de défi en se tournant vers Cilla. Autant que je reste ici pour accueillir les techniciens qui vont venir mettre notre téléphone sur écoute.

Elle passa les bras autour du cou de Cilla.

— Allez, ne me regarde pas de cet œil réprobateur. C'est le premier cours que je manque de tout le trimestre.

— N'essaie pas de m'attendrir, riposta Cilla en allant prendre son manteau dans la penderie. Il te reste au moins cinq ouvrages à lire pour ton cours de civilisation américaine. Tes cours de droit civil demandent à être potassés d'urgence et il me semble que tu n'as pas encore mis le nez dans ton manuel de psychologie.

Cilla fit glisser la bride de sa besace sur son épaule, posa la main sur la poignée de la porte... et rencontra les doigts de Boyd. Elle tressaillit.

— Qu'est-ce que vous faites là, vous ?

— A votre avis ? Comme je sais que vous appréciez ma compagnie dans le studio, vous aurez *en plus* le plaisir de me conduire à la station. Vous êtes gâtée ce soir, non ?

Avec un clin d'œil pour Deborah, Boyd lui prit la main et l'entraîna d'autorité vers sa voiture.

— C'est ridicule, vitupéra Cilla en traversant la réception au pas de charge.

— Qui ? Quoi ? Où ?

— Je ne vois vraiment pas pourquoi il faudrait que je supporte la compagnie d'un flic dans mon studio tous les soirs. Comme si je risquais quoi que ce soit, ici, dans un bâtiment sécurisé !

Tout en marchant, elle retira son manteau d'un geste nerveux. Le visage crispé par l'exaspération, elle s'immobilisa à hauteur d'un cagibi et poussa un hurlement de terreur lorsque la porte s'ouvrit soudain sous son nez.

— Bon sang, Billy, c'est vous ! s'exclama-t-elle. Vous m'avez fait une peur bleue.

— Désolé.

L'employé chargé de l'entretien était petit, avec des cheveux grisonnants, des bras maigres comme des allumettes et un sourire contrit.

— J'étais à court de produit pour les vitres, expliqua-t-il en montrant le vaporisateur qu'il tenait à la main. Je ne voulais pas vous faire peur.

— Ce n'est pas votre faute, Billy. Je suis à bout de nerfs, en ce moment.

— J'ai entendu parler de ça, oui, répliqua le petit

homme en accrochant la bouteille à sa ceinture avant de récupérer sa serpillière et son seau. Ne vous inquiétez pas, Cilla. Je suis là jusqu'à minuit.

— Merci. Vous avez l'intention d'écouter l'émission, ce soir ?

— Et comment !

L'employé s'éloigna en traînant un peu la jambe. Cilla pénétra dans le cagibi, tira un billet de cinq dollars de son sac et le glissa sous une pile de chiffons propres. Intrigué, Boyd lui jeta un regard interrogateur.

— Il a combattu au Viêt-nam, répondit-elle simplement.

Boyd hocha la tête sans rien dire. Elle paraissait ennuyée d'avoir été prise en flagrant délit de bonne action. « Cette fille, décidément, est un concentré de contradictions », songea-t-il, de plus en plus intrigué.

Pour mettre la dernière main à son émission, Cilla s'installa dans une petite pièce où la grille détaillée des programmes était consignée sur un registre. Elle entreprit de rayer certains titres pour en ajouter d'autres, procédant à quelques changements de dernière minute. Le directeur des programmes avait très vite renoncé à pousser les hauts cris chaque fois qu'elle « trafiquait » ainsi le conducteur d'antenne. C'était une des raisons pour lesquelles elle préférait travailler de nuit. Les règles étaient moins strictes, les marges de manœuvre beaucoup moins limitées.

— Vous voyez, ce nouveau groupe ? marmonna-t-elle.

— Mmm… ? dit Boyd en prenant un croissant sur un plateau.

Du bout de son crayon, elle tapota sur la table.

— The Studs. Le prétendu « tube » que l'on entend depuis quelques semaines sur toutes les radios commerciales. Il ne durera pas plus d'une saison. Et encore.

Pour moi, c'est du temps gaspillé de passer ce titre à l'antenne.

— Pourquoi le faites-vous, alors ?

— Il faut leur donner une chance. Ils y ont droit comme tout le monde.

Toujours penchée sur sa liste, elle mordit distraitement dans le croissant que Boyd lui tendait.

— Dans six mois, personne ne se souviendra plus de leur nom.

— C'est ça, le rock, non ?

— Ah non ! Certainement pas. Le rock, c'est les Beatles, Buddy Holly, Chuck Berry, Springsteen et Elvis. Point final.

Boyd se renversa contre son dossier et la regarda avec curiosité.

— Il vous arrive d'écouter autre chose ?

Cilla sourit.

— Parce que, selon vous, il *existe* autre chose ?

— Vous avez toujours été sectaire comme ça ?

— Toujours.

Elle sortit un élastique de sa poche et s'attacha les cheveux d'un mouvement souple du poignet.

— Et vous, Fletcher, c'est quoi votre musique ?

— Eh bien… les Beatles, Buddy Holly, Chuck Berry…

Cilla l'interrompit en secouant la tête.

— A priori, vous n'êtes pas un cas tout à fait désespéré.

— … mais aussi Brahms, Billie Holiday, B.B. King, les comédies musicales, Verdi…

Elle arqua les sourcils.

— Mmm… nous avons des goûts éclectiques, à ce que je vois ?

— Nous avons l'esprit ouvert, rectifia-t-il.

Cilla se renversa contre son dossier.

— Je dois avouer que vous me surprenez, Fletcher. Je vous voyais plutôt comme le type qui boit, triche aux cartes, couche avec tout ce qui lui tombe sous la main…

— Joli cliché. C'est l'idée que vous vous faites d'un flic ?

— Je n'ai pas d'idées sur les flics. C'est l'heure, Fletcher. L'émission va commencer.

« Wild Bob Williams », qui prenait l'antenne entre 18 heures et 22 heures, était en train de prendre congé de ses auditeurs lorsqu'ils pénétrèrent dans le studio. C'était un homme d'une quarantaine d'années, petit, chauve et replet avec la voix d'un DJ de vingt-cinq ans. Il fit un petit signe de la main à Cilla tandis qu'elle commençait à sélectionner ses disques.

— Mmm… ma collègue Cilla vient de faire une entrée remarquée dans nos studios, claironna Bob à l'antenne.

Il se pencha sur la table de mixage et l'écho d'un cœur qui bat se fit entendre pendant quelques secondes.

— Préparez-vous, habitants de KHIPland : votre étoile de minuit se lève à l'horizon. Je vous laisse sur ce vieux tube.

Wild Bob Williams mit *Honky Tonk Woman* à plein volume puis se leva pour étirer ses muscles ankylosés.

— Hé, Cilla ! Ça va ? Tu tiens le coup ?

— Très bien. Pourquoi ?

— J'ai lu l'article dans le *Denver Post*.

— Oh, c'est beaucoup d'agitation pour pas grand-chose.

Bob vint lui serrer amicalement l'épaule.

— Ce n'est jamais très amusant d'être harcelé par un fou. Tu sais que nous formons une grande famille ici, n'est-ce pas ? Tu peux compter sur mon soutien.

— Merci, Bob.

— Vous êtes de la police ? demanda l'animateur en se tournant vers Boyd.

Celui-ci acquiesça d'un signe de tête.

— Tâchez de mettre rapidement la main sur ce type. Et toi, Cilla, n'hésite pas à faire signe en cas de besoin.

— O.K. Merci, répondit-elle mécaniquement.

A trente secondes du début de son émission, elle ne pouvait pas se permettre de penser à X et à ses menaces. Elle s'assit, ajusta le micro qu'elle testa rapidement, puis salua ses auditeurs.

— Bonsoir, Denver, c'est Cilla O'Roarke qui vous parle sur Radio KHIP. Je suis à vous — entièrement à vous — de 22 heures à 2 heures du matin, sans interruption. Et pour commencer, je vous offre une occasion de vous mettre quelques billets en poche. Dans quelques secondes, vous allez entendre notre disque-mystère du jour. Si vous pouvez me donner le titre, le chanteur et l'année, vous gagnez cent dollars. Alors téléphonez vite au 55-55-447 et tenez-vous bien car, ce soir, nous allons être plus rock que jamais !

La musique explosa dans ses oreilles et Cilla sourit en réglant le bouton de l'ampli.

— Elton John, dit la voix de Boyd derrière elle. *Honky Cat.* Mille neuf cent soixante... douze.

Surprise, elle se retourna pour le regarder. Il avait l'air terriblement satisfait de lui-même. Ce petit sourire, ces grandes mains dans les poches... C'était scandaleux, vraiment scandaleux d'être attirant à ce point.

— Eh bien... Pour un peu, vous m'impressionneriez, Holmes. Faites-moi penser à vous donner un T-shirt gratuit à la prochaine occasion.

— Je préférerais un dîner.

— Oui. Et moi, je préférerais une Porsche. Hé ! protesta-t-elle lorsqu'il prit sa main.

— Vous vous êtes rongé les ongles. Encore une mauvaise habitude.

Elle tressaillit lorsque son pouce effleura le bout de ses doigts.

— J'ai des quantités de mauvaises habitudes, Fletcher.

— Ça tombe bien. J'ai toujours eu un faible pour les femmes qui ont de mauvaises habitudes.

Au lieu de se rasseoir au fond, dans son coin, il prit la chaise à côté de la sienne.

— Vous ne m'avez pas laissé le temps de repasser chez moi pour prendre de la lecture. Ça vous ennuie si je vous regarde travailler ?

— Si ça m'ennuie ?

Cilla ouvrit la bouche pour le rembarrer, vit l'heure à l'horloge et jura tout bas. Elle avait failli oublier qu'elle avait une émission à animer.

— Oui ? Ici, Cilla sur Radio KHIP. Avez-vous trouvé le titre de notre disque-mystère ?

Au cinquième appel, elle obtint la bonne réponse. Tout en s'efforçant d'ignorer Boyd, elle prit le nom et l'adresse du gagnant et enchaîna sur sa sélection suivante. Cilla pesta intérieurement : difficile d'espérer se concentrer alors que Boyd était pratiquement assis sur ses genoux ! Il se tenait si près d'elle que son odeur lui taquinait les narines. De toute évidence, il n'utilisait ni eau de toilette ni lotion après-rasage. Les émanations qui lui parvenaient étaient basiques — un composé de savon de toilette, de shampooing et de lessive. Avec, en arrière-plan, un cocktail olfactif plus masculin, plus subtil, qui évoquait à la fois l'air des montagnes et la tiédeur des draps après la nuit.

Notant que ses pensées dérivaient dangereusement, Cilla se rappela à l'ordre : tout ce qu'elle voulait, c'était en finir avec cette sordide histoire et reprendre le cours ordinaire de son existence. Et pour cela, elle ne devait pas se laisser distraire par Boyd, aussi attirant soit-il. Les quelques rares hommes qui s'étaient embarqués sur le navire de sa vie n'avaient jamais été que des passagers en transit. Alors que la réussite professionnelle, elle, était durable. A condition de serrer les dents et de se battre.

Cilla se tourna légèrement pour attraper un CD sur l'étagère juste en face. Sa cuisse heurta celle de Boyd. Une cuisse ferme et musclée, nota-t-elle avec un léger frisson. Longue, dure et masculine. Résolue à ne pas tressaillir, cette fois, elle soutint délibérément son regard. Ils se défièrent mutuellement, si proches que leurs visages se touchaient presque. L'attention de Boyd se fixa sur sa bouche. Lorsqu'il leva de nouveau les yeux, ils brûlaient d'un éclat soutenu. Avec les écouteurs toujours sur les oreilles, Cilla baignait dans un univers musical où il était question de nuit brûlante et de désir exacerbé...

Lorsque la jeune femme s'écarta doucement pour parler au micro, Boyd fut frappé d'entendre sa voix encore plus rauque et caressante qu'à l'ordinaire. Il saisit cette occasion pour se lever. Il éprouvait un besoin urgent d'aller respirer cinq minutes. Et de calmer sa libido, de préférence. Au départ, il avait un peu chahuté Cilla, dans le seul but de la distraire de son angoisse. Cela étant, il l'avait provoquée *aussi* dans l'espoir d'attirer son attention sur lui, autant le reconnaître. Mais s'il était bel et bien parvenu à ses fins, le résultat avait dépassé ses espérances.

Les parfums qui émanaient de Cilla étaient comme

l'exhalaison même de la nuit. Secrets, capiteux, chargés
de mystère. Et sa voix enveloppante sonnait comme un
appel à l'amour. Rien n'était comparable à cette musique
chaude, sensuelle, persuasive qui glissait sur vous comme
une invite. Mais au moment où la vamp vous regardait
dans les yeux, la femme fatale s'évanouissait et il ne
restait plus que l'innocence. Un mélange de séduction
et de candeur proprement irrésistible.

D'où la nécessité de rectifier rapidement le tir... C'est
en tout cas ce que se disait Boyd en quittant le studio.
Il était là pour protéger Cilla, pas pour jouer avec elle
à des jeux à haut risque. Il ne pourrait pas faire son
travail correctement si des considérations affectives
venaient interférer dans ses activités professionnelles.

Une fois seule, Cilla dut faire un effort conscient
pour se détendre. Boyd ne parvenait à la faire réagir
ainsi que parce qu'elle vivait sur les nerfs depuis plus
d'une semaine. Elle n'était pas dans son état normal,
voilà tout. Elle souffla sur la mèche de cheveux qui
lui tombait dans les yeux et décida d'offrir deux vieux
tubes d'affilée à ses auditeurs. Et de s'octroyer quelques
minutes de calme par la même occasion.

« Drôle de personnage, ce Boyd, tout de même »,
songea-t-elle rêveusement. Elle n'avait pas encore réussi
à le cerner, à vrai dire. Comment définissait-on un
homme qui lisait beaucoup mais qui n'en connaissait
pas moins Elton John sur le bout des doigts ? Qui parlait
peu, avec un débit lent et mesuré, mais qui réfléchissait
à une vitesse fulgurante ? Qui portait de vieilles bottes
usées avec des vestons de milliardaire ?

Peu importe. Boyd Fletcher n'était pas et ne serait
jamais *son* problème. Un, elle ne voulait pas d'homme
dans sa vie. Deux, elle n'aimait pas le métier qu'il

exerçait. Trois, il la croyait voluptueuse et sensuelle. Quant au quatrième point, il n'était pas des moindres : Fletcher et sa superbe équipière rousse entretenaient manifestement des relations privilégiées. Et elle n'avait jamais été de celles qui braconnent sur des territoires déjà occupés.

Autrement dit, le sieur Fletcher ne présentait aucun intérêt. Mieux valait tracer un trait sur lui tout de suite. Les yeux clos, Cilla se laissa envahir par la musique. Et la magie habituelle opéra. Il suffisait qu'elle s'abandonne ainsi pour recouvrer son calme. Et pour mesurer sa chance, surtout. Elle n'avait jamais partagé le caractère studieux de Deborah et n'avait pas hérité non plus de l'esprit militant de ses parents ni de leur dévouement aux grandes causes. Et pourtant, avec le minimum absolu en matière de diplôme, elle n'en était pas moins là où elle voulait être, à exercer la profession dont elle avait toujours rêvé.

Sa vie n'avait pas toujours été facile, mais ses tribulations passées lui avaient au moins appris une chose : rien ne dure éternellement. Tout finissait par passer, les périodes fastes comme les traversées du désert. Le cauchemar qu'elle vivait actuellement se terminerait tôt ou tard. Il s'agissait simplement de serrer les dents, de ne pas regarder plus loin que l'instant présent et de ne surtout pas s'effondrer.

— Et voilà, mes amis de la nuit, c'était Joan Jett, en pleine forme, pour vous tenir en éveil. Dans quelques secondes, il sera 23 h 30. Après le bulletin d'informations, c'est promis, je vous ferai écouter Steve Winwood et Phil Collins.

Cilla mit la cassette préenregistrée en marche, puis parcourut rapidement les promos qu'elle aurait à lire à l'antenne par la suite. En attendant d'enchaîner sur deux nouveaux titres, elle mit ce temps de pause à profit pour faire ses étirements.

Boyd s'immobilisa net à l'entrée du studio. Cilla avait les bras levés et bougeait rythmiquement les hanches. En suivant le tempo de la musique, sans le moindre doute. Elle se pencha pour attraper ses chevilles et fit quelques pliés de genoux. Ce n'était pas la première fois qu'il assistait à l'une de ces séances. Mais Cilla se croyait seule en l'occurrence et ses gestes y gagnaient en rythme et en liberté. Boyd l'observa quelques secondes et conclut que sa pause de dix minutes n'avait pas suffi à résoudre son problème. Un éloignement d'au moins dix heures aurait été plus indiqué.

Cilla se rassit, susurra quelques mots sur les ondes. Puis elle fit glisser les écouteurs autour de son cou et monta le son, emplissant le studio de musique pour son propre plaisir. Elle était en train de bouger la tête en rythme et fredonnait plutôt gaiement lorsqu'il lui posa une main sur l'épaule. Elle se leva d'un bond.

— Hé là, pas de panique, O'Roarke. Je vous apporte de la tisane.

Elle se rassit lentement.

— De la quoi ?

— Une infusion, précisa-t-il en lui tendant une tasse. De la camomille, je crois. Vous buvez trop de café.

Elle considéra le breuvage d'un œil sombre.

— Les fleurs, ça sert à faire des bouquets. Je ne bois jamais ce genre de truc.

— Vous devriez essayer. Cela vous épargnerait de sauter au plafond la prochaine fois que quelqu'un vous effleurera l'épaule.

Du menton, elle désigna le soda qu'il venait de porter à ses lèvres.

— Si je dois me passer de café, je préfère encore ça.

Il but une gorgée avant de lui tendre la cannette.

— Vous en êtes pratiquement à la moitié de votre émission.

Suivant la direction de son regard, Cilla tourna la tête vers l'horloge. Minuit approchait. Elle sentit ses paumes devenir moites.

— Peut-être qu'il n'appellera pas ici ce soir puisqu'il a déjà appelé à la maison.

— Peut-être, acquiesça Boyd en reprenant sa place à côté d'elle.

— Vous n'avez pas l'air convaincu.

Il leva la main dans un geste rassurant.

— Rien ne sert de faire des pronostics, Cilla. Mais s'il se manifeste, j'aimerais que vous restiez calme pour essayer de le garder en ligne le plus longtemps possible. Posez des questions et ne vous inquiétez pas trop de ses réponses. Continuez à l'interroger, quitte à redemander plusieurs fois la même chose. Si vous parvenez à le faire parler, il se trahira peut-être.

Cilla hocha la tête. Au cours des dix minutes qui suivirent, son émission exigea son attention exclusive. Mais elle ne continuait pas moins à réfléchir fébrilement.

— Il y a une question que j'aimerais vous poser, déclara-t-elle à la pause suivante.

— Je vous écoute.

Sans le regarder, elle porta la cannette à ses lèvres pour humecter sa gorge sèche.

— Combien de temps vais-je avoir droit à un baby-sitter ?

— Ne vous inquiétez pas pour ça.

Elle fronça les sourcils.

— Je sais comment la police fonctionne, Fletcher. Et vous ne me ferez pas croire que votre commissaire va mobiliser indéfiniment deux de ses inspecteurs à cause d'une banale histoire d'appels anonymes. Vous avez sûrement des affaires plus urgentes à traiter.

— C'est quand même une menace de mort qui pèse sur vous, en l'occurrence. Et le fait que vous soyez devenue une figure connue à Denver pèse aussi dans la balance. Avec cela, la presse s'est emparée de l'affaire. Vous allez m'avoir sur le dos pendant encore un bon moment.

— Mmm... et je suis censée me réjouir de cette aubaine, j'imagine ? marmonna-t-elle alors que le premier voyant lumineux s'allumait sur le standard.

X se manifesta tôt, ce soir-là. Au cinquième appel, elle reconnut sa voix, lutta contre la tentation de hurler et bascula aussitôt sur la sélection musicale qu'elle avait préparée. Sans même s'en rendre compte, elle se cramponna à la main de Boyd.

— Encore vous, X ? Vous êtes tenace, dans votre genre.

— Je veux que tu crèves. Je suis presque prêt maintenant. Si tu as des adieux à faire, c'est le moment d'y penser, catin. Tu n'en as plus pour longtemps à vivre.

Cilla sentit monter la nausée familière. Par un suprême effort de volonté, elle réussit à prendre un ton enjoué.

— Dites-moi, X, est-ce que nous nous sommes déjà rencontrés, vous et moi ? J'aime à penser que mes meurtriers potentiels ne sont pas tous de parfaits inconnus.

Le flot d'injures qui suivit fut aussi véhément que haineux. Cilla s'efforça de laisser glisser les mots sur elle, tout en se concentrant sur le contact de la main de Boyd posée sur sa nuque.

— Eh bien… Vous avez l'air très remonté contre moi. Vous savez, l'ami, si mon émission vous déplaît à ce point, il suffit de tourner le bouton et de passer sur une autre fréquence.

A l'autre bout du fil, il y eut comme un sanglot de rage.

— Tu n'es qu'une chienne perverse, une bouffeuse d'hommes. Tu l'as saisi entre tes griffes et quand tu t'es lassée de jouer avec lui comme un chat avec une souris, tu l'as tué sans une hésitation.

— Tué ?

Cilla demeura un instant sous le choc. Cette dernière accusation la perturbait plus que les mots orduriers que X avait l'habitude de lui cracher à la figure.

— Tué qui, d'abord ? Je ne comprends rien à vos histoires. S'il vous plaît, donnez-moi au moins une indication…

Seul le bruit de la tonalité lui répondit. Anéantie, elle attendit, le regard perdu dans le vague, pendant que Boyd composait le numéro habituel.

— Alors ? La communication a duré plus long-temps, cette fois. Vous avez pu déterminer l'origine de l'appel ?… Et merde !

Il se leva, les poings enfoncés dans les poches, et se mit à arpenter le studio minuscule.

— Dix secondes, bon sang ! S'il était resté en ligne dix secondes de plus, on l'avait ! Le type n'est pas idiot. Il doit savoir que le téléphone est sur écoute.

Il tourna vivement la tête en direction de la porte lorsque Nick Peters entra. Le jeune stagiaire apportait du café, mais il tremblait tellement qu'il avait renversé presque la moitié de la tasse.

— Que faites-vous là, vous ? demanda Boyd sèchement. Nick déglutit.

— Je… euh… Mark m'a dit que je pouvais rester pendant toute la durée de l'émission. Et j'ai pensé que Cilla aurait peut-être besoin d'un petit remontant.

Du pouce, Boyd désigna la table de mixage.

— Posez ça ici. Pourriez-vous éventuellement l'aider à terminer son émission ?

Cilla sortit lentement de son état de torpeur en entendant le bref échange entre les deux hommes. Elle ouvrit la bouche pour parler et fut sidérée d'entendre que sa voix rendait un son neutre, calme et froid :

— Je n'ai pas besoin d'aide. Tout va bien, Nick. Ne t'inquiète pas pour moi.

Sa main ne tremblait pas lorsqu'elle la posa sur le micro.

— Vous avez tous reconnu ce petit bijou : c'était *Just like a woman* de Bob Dylan pour Chuck, de la part de Laurie, avec toute sa tendresse.

Elle posa sur Boyd un regard parfaitement paisible avant d'appuyer sur une seconde touche.

— Ici Radio KHIP. Bienvenue sur les ondes.

Cilla tenait bon. Pour le moment, c'était tout ce qu'elle demandait. Elle avait réussi à animer son émission jusqu'au bout et elle se sentait calme comme les eaux d'un lac immobile. Et tant pis si elle avait l'impression d'être un robot fonctionnant en marche automatique. Si elle parvenait à garder la tête froide, elle réussirait peut-être à sortir indemne de ce cauchemar.

Lorsque Boyd avait pris le volant d'autorité, elle

l'avait laissé faire sans protester. Revendiquer le droit
à la conduite était bien le dernier de ses soucis.

— Inutile d'essayer de me mettre à la porte, cette
fois, O'Roarke. Ce soir, je m'invite chez toi, décréta-t-il
en se garant dans l'allée.

— O.K., répondit-elle distraitement.

Ni sa manie de donner des ordres ni même le tutoie-
ment inattendu qu'il venait d'employer ne parvenaient à
l'affecter. Elle se dirigea vers la maison d'une démarche
d'automate, sans vérifier s'il la suivait ou non. Avec
des gestes mécaniques, elle ôta son manteau et ses
chaussures et les rangea dans la penderie. Puis elle
alla s'installer sur le canapé et alluma une cigarette.
La voiture de patrouille garée le long du trottoir l'avait
rassurée : Deborah dormait en sécurité dans son lit.

— Je crois que je commence enfin à comprendre,
déclara-t-elle en envoyant un rond de fumée vers le
plafond.

— A comprendre quoi ?

Boyd, lui, était trop nerveux pour s'asseoir. Il aurait
préféré des larmes, des cris ou même une crise de nerfs.
Cette placidité qui ne lui ressemblait pas ne lui disait
rien qui vaille.

— Il est clair que cet homme me prend pour
quelqu'un d'autre, poursuivit Cilla. Il faut que j'arrive
à le convaincre qu'il se trompe, c'est tout.

— Le convaincre ? répéta Boyd lentement. Et comment
comptes-tu procéder ?

— La prochaine fois qu'il appellera, je ferai en sorte
qu'il m'écoute.

Elle se croisa les bras sur la poitrine, en se frottant
les coudes, comme pour chasser un froid insidieux.

— Je n'ai jamais tué personne, c'est clair ?

— Très clair. Alors tu vas clamer ton innocence au prochain appel. Et lui se montrera très compréhensif et s'excusera poliment de t'avoir dérangée pour rien.

Cilla se mordilla la lèvre, sans répondre.

— Cilla... Tu parles comme si tu avais affaire à une personne équilibrée. Mais cet individu ne *peut* pas raisonner selon les mêmes critères que toi. Nous avons affaire à un psychopathe ou à un paranoïaque. Autrement dit, à quelqu'un d'imperméable à ta logique. Tu pourras lui démontrer tout ce que tu voudras par a + b, il n'en restera pas moins sur son idée fixe.

Cilla cassa sa cigarette en deux en l'écrasant dans le cendrier et jura tout bas.

— Qu'il soit rationnel ou non, il peut quand même comprendre qu'il me confond avec quelqu'un d'autre, non ? Je n'ai jamais tué personne, je suis certaine de ça au moins.

Elle eut un petit rire nerveux et retira l'élastique qui retenait ses cheveux avant de conclure :

— Et je n'ai jamais séduit qui que ce soit non plus.

— A d'autres, Cilla.

A bout de nerfs, elle se leva et traversa la pièce avant de se retourner brusquement.

— Tu me prends pour qui, au juste ? Pour une espèce de mante religieuse qui s'amuse à attirer les mâles pour mieux les décapiter ensuite ? Désolée de te décevoir, mais ce n'est pas mon truc. Alors mets-toi bien ça dans le crâne : je suis une voix et rien qu'une voix. Une voix qui donne plutôt bien le change, ça, je te l'accorde. Mais ça s'arrête là.

— Ne sois pas stupide, Cilla. Tu es bien plus qu'une voix. Je le sais, tu le sais...

Il marqua une pause et attendit qu'elle tourne de nouveau les yeux vers lui pour ajouter :

— … et *il* le sait.

Elle sentit quelque chose trembler en elle — comme un mélange de peur et de désir.

— Même en admettant que je ne sois pas qu'une voix, je n'ai jamais joué les femmes fatales ailleurs que sur les ondes. C'est un personnage que je joue et il n'a rien à voir avec la fille que je suis réellement. Si tu ne me crois pas, tu peux poser la question à mon ex-mari. Il te confirmera que mes pulsions libidinales sont au point mort.

Boyd réagit au quart de tour.

— *Quoi ?* Tu ne m'as jamais dit que tu avais été mariée !

Cilla haussa les épaules avec impatience.

— Ma brève expérience de la vie conjugale remonte à une éternité. Et elle n'a aucun rapport avec les événements actuels.

— Le moindre détail peut avoir son importance dans ce genre d'affaire. Je veux son nom et son adresse.

— Je n'ai pas la moindre idée de ce qu'il est devenu. Nous ne sommes même pas restés ensemble un an. J'avais vingt ans, Fletcher, bon sang !

— Dis-moi au moins son nom.

Elle se frotta les tempes avec lassitude.

— Paul. Paul Lomax. Et je ne l'ai pas revu depuis qu'il m'a quittée, il y a de cela huit ans.

Elle se tourna vers la fenêtre puis, incapable de tenir en place, pivota de nouveau vers lui.

— De toute façon, Paul n'a rien à voir dans cette histoire. Le type qui me harcèle est un parfait inconnu qui me prend pour une grande séductrice. Et il se trompe sur toute la ligne.

— Il ne démordra pas de son idée, Cilla.

— Mais c'est absurde qu'il pense des choses pareilles ! Je n'ai même pas réussi à satisfaire *un* homme. Je ne vois pas comment je pourrais faire tomber des victimes par dizaines.

Boyd secoua la tête.

— Ton raisonnement est d'un illogisme total, Cilla.

— C'est ça ! Parce que tu crois que ça m'amuse d'avoir à admettre que mon personnage public, c'est de l'esbroufe, et que je suis nulle au lit ? explosa-t-elle en arpentant la pièce. Le dernier homme avec qui je suis sortie m'a dit que ce n'était pas du sang mais de l'eau glacée qui coulait dans mes veines. Mais je ne l'ai pas tué pour autant.

Amusée malgré elle, Cilla s'immobilisa net.

— Quoique, maintenant que j'y repense, je l'aurais volontiers étranglé, cet imbécile.

Boyd croisa les bras sur la poitrine.

— Tu sais quoi, Cilla ? Je crois qu'il serait grand temps que tu commences à te prendre toi-même au sérieux.

— Je me prends au sérieux, Fletcher. Très au sérieux, même.

— Professionnellement, oui. Tu es une future grande figure de la radio et tu le sais. Mais je n'ai encore jamais vu une femme qui doutait à ce point de ses capacités à plaire.

— Je suis réaliste.

— Laisse-moi rire. Tu es lâche, plutôt.

Elle se redressa et le regarda de haut.

— Tu peux garder tes réflexions pour toi, Fletcher.

Boyd se leva à son tour pour lui faire face.

— Je pense que tu fuis les hommes parce que tu as peur de ce qu'ils pourraient te révéler sur toi-même.

— Tu n'es pas payé pour m'analyser, mais pour me débarrasser de ce malade mental, vociféra-t-elle. Alors fais ton boulot, Fletcher. C'est tout ce qu'on te demande.

Elle voulut quitter la pièce au pas de charge, mais il la retint par le bras.

— Et si nous faisions une petite expérience ? murmura-t-il.

Les yeux de Cilla lancèrent des éclairs.

— Une petite expérience ?

— Je veux bien jouer le rôle du cobaye, O'Roarke. Et comme tu ne peux pas me voir en peinture, tu ne cours aucun danger, sentimentalement parlant.

Il lui saisit l'autre bras et la fit pivoter vers lui. Il sentait monter en lui une colère équivalente à celle qui vibrait en elle.

— Je te parie que je ne ressentirai rien lorsque tu m'embrasseras, Cilla.

Il l'attira contre lui et ajouta dans un souffle :

— Et maintenant, essaie de me prouver le contraire.

4

Ils étaient très proches l'un de l'autre. Cilla avait levé la main pour le maintenir à distance et sa paume ouverte reposait contre le torse de Boyd. Dans le silence oppressant qui s'était abattu entre eux, elle percevait distinctement les battements lents et réguliers de son cœur. Ce rythme cardiaque paisible ne fit qu'attiser sa rage. Comment pouvait-il rester aussi calme alors que son propre pouls s'emballait et qu'elle avait l'impression d'avoir quarante degrés de fièvre ?

— Je n'ai strictement rien à te prouver, Fletcher. Alors, bas les pattes, c'est clair ?

Il hocha la tête sans lâcher prise pour autant. Comme s'il prenait plaisir à la narguer !

— A moi, non. Mais il y aurait peut-être deux ou trois petites choses qu'il serait bon que tu te prouves à toi-même, O'Roarke.

— Arrête ton cirque, O.K. ? Tu me fatigues.

Il eut un sourire tentateur.

— Je crois que tu as peur de moi, en fait.

Cette fois, il avait touché un point sensible. Cilla était consciente de tomber dans un piège et pourtant, ce fut plus fort qu'elle. Rejetant ses cheveux en arrière, elle fit remonter sa main jusqu'à l'épaule de Boyd. Avec une lenteur délibérée et provocante.

Le traître avait réussi sa manœuvre car elle se sentait soudain déterminée à le faire réagir. Comme il restait imperturbable, avec toujours ce même petit sourire railleur au coin des lèvres, elle fit un pas en avant. C'était clairement la dernière chose à faire, mais tant pis : elle prit une profonde inspiration et pressa sa bouche contre la sienne.

Les lèvres de Boyd étaient fermes, fraîches… et indifférentes. Elle sonda son regard et n'y trouva que neutralité et scepticisme — avec une lueur d'amusement qui lui donna envie de mordre.

Résistant à la tentation de le gifler, Cilla rejeta la tête en arrière.

— Voilà. Tu as gagné ton pari, lança-t-elle, luttant contre une stupide envie de pleurer. Tu es convaincu, maintenant ? Satisfait de la démonstration ?

— Non. Tu n'as même pas fait l'effort d'essayer, O'Roarke.

Les mains de Boyd glissèrent plus bas pour venir se poser sur ses hanches. Il la fit basculer vers lui et elle se retrouva dans ses bras.

— Ne me dis pas que tu n'es pas capable de faire un peu mieux que ça ! Un peu de conviction, bon sang !

Humiliée et furieuse, elle le maudit avec force et attira son visage contre le sien. Il voulait plus de conviction ? Parfait, il aurait de la conviction. Elle allait lui montrer ce qu'un baiser de femme voulait dire. Les lèvres de Boyd étaient toujours aussi fermes contre les siennes, mais la froideur et l'indifférence n'étaient déjà plus au rendez-vous. Lorsqu'il la serra plus fort contre lui et qu'il prit l'initiative d'un nouveau baiser, Cilla songea obscurément que la démonstration était faite, le pari remporté et qu'elle n'avait aucune raison de jouer les prolongations. Mais déjà quelque chose avait lâché en elle, comme si les vannes d'une écluse s'étaient ouvertes, libérant un torrent puissant de vie, d'énergie, de sensualité. Un sang neuf, turbulent, coulait désormais dans ses veines. Submergée par un flux inattendu de sensations, Cilla se pressa contre Boyd, laissant des courants brûlants circuler en elle, récitant de nouveau l'alphabet du plaisir.

Elle oublia que Boyd était Boyd et que tout les opposait. Son esprit cessa de raisonner. Elle ne pensait plus qu'en termes de sensations : caresse des mains de Boyd dans son dos, pression de ce long corps musclé épousant le sien, chaleur née de leur étreinte qui les enveloppait comme un cocon. Seule existait encore cette bouche qui avait cessé d'être patiente et qui pillait la sienne, faisant battre furieusement le sang à ses tempes.

Les yeux clos, Boyd tentait de composer avec des sensations cataclysmiques. Le défi jeté à Cilla l'entraînait bien au-delà de ce qu'il avait projeté. Physiquement, la rencontre avait été explosive et il ne se rappelait pas qu'un baiser eût jamais généré pareille électricité. Il avait cru être préparé au choc, pourtant. Depuis le premier soir où il l'avait rencontrée dans son studio, il avait fantasmé inlassablement sur cette scène. Mille fois déjà en imagination, il avait pressé son beau corps contre le sien, humé les émanations de sa peau, entendu ses soupirs se muer en gémissements sur ses lèvres.

Mais, à côté de la réalité, son imagination se révélait plutôt pâle.

Les baisers de Cilla étaient comme un enchaînement d'éclairs zébrant un ciel d'orage. A fouiller cette bouche ardente, il se sentait traversé par une force explosive, une puissance potentiellement destructrice. D'elle à lui, le courant à haut voltage circulait, le laissant sans souffle et étourdi comme après une nuit d'ivresse. Avec une conscience exacerbée par la tension du désir, il sentit Cilla vaciller entre ses bras, ébranlée par la violence de la décharge.

Un long spasme la parcourut de la tête aux pieds et elle émit un son presque plaintif en détachant ses lèvres des siennes. Il la sentit si faible contre lui qu'il la soutint en la maintenant par la taille. Il avait enfoui sa main libre dans ses cheveux et son premier réflexe fut de plonger son regard dans le sien.

Dans ses yeux, il voulait retrouver, intactes, les émotions qui faisaient rage en lui. Sous les paupières alourdies, les pupilles étaient immenses, dilatées jusqu'à l'extrême. Le désir était là — charnel, élémentaire, irrépressible. Il sourit lorsque les lèvres de Cilla s'écartèrent. Sa respiration était rapide, irrégulière, presque haletante.

— Encore ? murmura-t-il en resserrant la pression de ses bras autour de ce corps qui ployait déjà pour s'ouvrir au sien.

Lorsque leurs bouches se retrouvèrent pour se mêler de nouveau, Cilla ferma les yeux avec un léger frisson. Elle songea vaguement que la situation aurait exigé un certain recul critique. Mais ses capacités de concentration furent balayées presque aussitôt par un déploiement de sensations sans précédent. Leur gamme était si variée et si étendue qu'elles formaient dans sa conscience comme des bancs de brume, soyeuse et légère, couvrant toute chose, obscurcissant ses pensées et réduisant sa volonté à néant. Avant que ses réflexes défensifs aient eu le temps de prendre le dessus, elle se sentit partir de nouveau, aspirée vers le haut, emportée par la spirale irrépressible du plaisir.

Boyd comprit qu'il pourrait la tenir ainsi dix fois, cent fois, mille fois et ne jamais se lasser de boire à ses lèvres. Le désir qu'elle éveillait en lui était aussi absolu qu'inextinguible. Jamais bouche ne s'était ouverte avec autant de volupté sous ses lèvres; jamais langue ne s'était fondue à la sienne aussi intimement. Toutes les promesses qu'il avait pressenties dans la voix de Cilla se concrétisaient. Elle était la sensualité à l'état pur.

Il ne put résister à la tentation de glisser les mains sous son sweat-shirt pour trouver le satin de sa peau sous la tiédeur du coton. Elle s'arqua contre lui, offerte à ses caresses, se livrant sans retenue à ses explorations.

« Doucement, songea-t-il. C'est trop tôt. Et trop rapide. » Ça l'était pour lui, comme pour elle, d'ailleurs. Il releva la tête et, continuant à la maintenir fermement contre lui, il s'efforça de calmer sa respiration en attendant qu'elle refasse surface à son tour.

Quelques secondes s'écoulèrent avant qu'elle ne soulève lentement les paupières. Cilla ne semblait revenir à la réalité qu'à contrecœur. Elle porta une main à sa tempe.

— J'aurais besoin de m'asseoir, murmura-t-elle.

— Ça tombe bien. Moi aussi.

Boyd la guida jusqu'au canapé. Elle avait l'impression de se mouvoir comme une somnambule. Elle replia les jambes sous elle, renversa la tête contre le dossier et prit une profonde inspiration. Avec un peu de chance, elle finirait par se convaincre qu'il n'y avait eu là qu'un banal baiser sans signification particulière.

— Je propose que nous oubliions immédiatement cet intermède stupide, suggéra-t-elle, irritée de se sentir bouleversée et sans défense.

— Il y a pas mal d'adjectifs qui peuvent qualifier cet
« intermède », comme tu dis. Mais *stupide* est bien le
dernier qui me vienne à l'esprit.

Cilla soupira avec impatience.

— Tu sais très bien pourquoi ça s'est produit. Tu
m'as provoquée, j'ai réagi bêtement…

— … et au quart de tour, surtout.

— Ecoute, Boyd…

— Oh, oh, une première ! Ainsi tu es bel et bien
capable de prononcer mon prénom ?

Avant qu'elle ne puisse l'en empêcher, il lui caressa
les cheveux d'un geste à la fois tendre et sensuel qui
provoqua un nouvel afflux de sensations déstabilisantes.

— Dois-je comprendre que tu n'appelles un homme
par son prénom qu'une fois que tu l'as embrassé ?

— Arrête, Boyd, s'il te plaît. Il n'y a rien à comprendre
du tout.

Abandonnant prudemment sa place à côté de lui sur
le canapé, Cilla se leva d'un bond pour arpenter la pièce.

— Refermons cette parenthèse absurde, décréta-
t-elle. Nous nous sommes écartés de notre sujet.

— Il n'y a pas qu'un seul sujet possible, dans une
conversation civilisée, observa Boyd en croisant nonchalamment les jambes.

— Ce n'était pas une conversation et ce n'était pas
très civilisé non plus. Alors tâchons de ne plus dévier.

Boyd haussa les épaules.

— A ta guise. Mais pour moi, nous étions dans
le vif du sujet, au contraire. Tu avais bien dit que la
seule chose qui attirait les hommes chez toi, c'était ta
voix, n'est-ce pas ? Eh bien, je crois que nous venons
de prouver de façon relativement éclatante que ce point
de vue est erroné.

— Ce qui vient de se passer ne prouve strictement rien !

Cilla serra les poings. Contrairement à ce que semblait penser X, elle n'avait encore jamais tué personne. Mais si Boyd continuait à l'observer avec ce petit sourire comblé aux lèvres, elle pourrait basculer pour de bon dans le camp des assassins !

Les bras croisés sur la poitrine, elle le toisa froidement :

— De toute façon, ça n'a aucun rapport avec l'homme qui me harcèle au téléphone.

Pour le coup, Boyd reprit son sérieux.

— Justement, si, Cilla. X fait une fixation sur toi mais pas pour lui-même. Il veut te faire payer les souffrances que tu es censée avoir infligées à un autre homme en le séduisant. Quelqu'un que tu connais, certainement. Et avec qui tu as nécessairement été en contact.

Cilla poussa un bref soupir exaspéré, alluma une énième cigarette et recommença à faire les cent pas dans le living.

— Je t'ai déjà expliqué que je ne voyais personne.

— Pour le moment.

— Pour le moment et depuis des années !

Boyd parut sceptique.

— Peut-être que tu n'attachais tout simplement pas la même importance à la relation que l'individu en question. Tu ne crois pas que ça pourrait être une explication ?

— Bon sang ! Fletcher, puisque je te dis qu'il y a une éternité que j'ai pris le parti de ne plus sortir avec personne. Je n'en ai ni le temps ni l'envie. Ça ne me paraît tout de même pas si compliqué à comprendre !

— Nous causerons de tes envies plus tard, d'accord ? J'avoue que le sujet me passionne.

Exaspérée, Cilla se tourna vers la fenêtre.

— Par pitié, Boyd, laisse-moi vivre, O.K. ?

— C'est justement pour te laisser vivre que je suis ici.

Une telle gravité transparaissait dans la voix de Boyd qu'elle ravala un commentaire cinglant.

— Si tu es certaine — absolument certaine — qu'il n'y a eu personne ici, à Denver, nous étendrons notre champ d'investigations à Dallas, puis Chicago, Richmond et Saint Louis, en remontant peu à peu dans le temps. Mais je veux d'abord que tu te creuses la tête et que tu fasses un décompte très précis : quels sont les hommes qui ont paru s'intéresser à toi ? Y a-t-il quelqu'un qui t'a appelée à la station plus souvent que la normale ? Un homme qui t'a posé des questions personnelles et qui a exprimé l'envie de te rencontrer ? Qui t'a fait des avances, t'a proposé de sortir avec lui ?

Cilla laissa éclater un bref rire sans joie.

— Il y a toi.

— Voilà qui nous fait un suspect intéressant. Il faudra que je pense à mener une enquête poussée sur ma personne.

Si l'attitude de Boyd restait trompeusement calme, elle n'en perçut pas moins un fond d'irritation dans sa voix.

— Et qui d'autre, à part moi, Cilla ? reprit-il en décroisant les jambes pour les allonger devant lui.

— Personne. Personne qui ait vraiment insisté.

Elle pressa la base de ses paumes contre ses paupières. Si seulement elle pouvait recouvrer sa tranquillité d'esprit et oublier, ne serait-ce que quelques minutes…

— Les gens m'appellent, bien sûr. C'est le principe de l'émission. Il arrive que l'on me lance une invitation. Certains m'envoient même des fleurs ou des chocolats.

Mais je ne vois rien de bien sinistre dans un bouquet de roses.

— Dans un bouquet de roses, non. Dans des menaces de mort, si.

Cilla soupira.

— O.K., O. K... Mais comment veux-tu que je te fasse la liste de tous ceux qui m'ont appelée pour flirter avec moi sur les ondes ? De toute façon, je maîtrise très bien le truc. Lorsque je dis non, mes interlocuteurs comprennent vite. Et ils n'insistent pas.

Boyd leva les yeux au plafond.

— Ce raisonnement me paraît être d'une naïveté extrême. Mais bon... Voyons un peu du côté de ton environnement professionnel. Les gens avec qui tu travailles sont majoritairement des hommes, je crois ?

— Des hommes ou des femmes, c'est pareil. Nous sommes collègues avant tout, riposta Cilla en se rongeant les ongles. Mark est très heureux dans son couple ; idem pour Bob. Quant à Jim, c'est un ami. Un vrai.

— Tu oublies Nick Peters.

— Nick Peters ? Ah oui, c'est vrai. Je n'y pensais plus.

— Il est pourtant fou amoureux de toi.

— Quoi ?

Sidérée, Cilla s'immobilisa pour faire face à Boyd.

— Mais qu'est-ce que tu racontes ? Il a sept ans de moins que moi !

Boyd examina ses traits un instant puis poussa un profond soupir.

— Tu n'avais rien remarqué ?

— Il n'y a rien à remarquer.

Plus perturbée qu'elle ne voulait l'admettre, Cilla se tourna vers la fenêtre.

— Ecoute, Holmes, tout ceci ne nous mène nulle part et je…

Sa phrase se perdit dans un murmure. Elle porta la main à sa gorge.

— Et tu quoi ?

Cette silhouette noire et immobile sur le trottoir d'en face… Etait-ce un cauchemar ? Une vision ?

— Il y a un homme de l'autre côté de la rue, chuchota-t-elle. Il nous observe.

— Eloigne-toi de la fenêtre ! Tout de suite !

Déjà Boyd avait bondi sur ses pieds.

— Tire les rideaux et ferme la porte à clé derrière moi. Ne la rouvre pas avant que je sois de retour.

Muette de terreur, elle hocha la tête et le suivit dans l'entrée. Un frisson la parcourut lorsque Boyd sortit son revolver. Ce simple geste la paralysa. Le mouvement avait été rapide, discret, quasi instinctif. Depuis dix ans qu'il faisait partie de la police judiciaire, combien de fois avait-il dégainé son arme ainsi avant de s'enfoncer dans la nuit pour affronter un ennemi invisible qui, un jour peut-être, tirerait plus vite que lui ?

Cilla serra les lèvres. L'exhorter à la prudence ? A quoi bon ? L'expérience lui avait appris que ces recommandations étaient inutiles.

— Je vais jeter un coup d'œil, annonça-t-il, le regard rivé sur la porte. Toi, tu ne bouges pas d'ici, promis ?

De l'homme calme et joueur qui l'avait asticotée gentiment jusqu'à ce qu'elle lui tombe dans les bras, il ne restait plus trace. Ce nouveau Boyd, tendu, sur le qui-vive, n'était pas fait pour la surprendre. Il avait l'air de ce qu'il était : un flic en civil sur le point d'entrer en action. Cilla songea que c'était surtout le regard qui se modifiait chez ces gens-là. Comme s'il se vidait d'un coup de toute émotion.

— Si je ne suis pas de retour dans dix minutes, appelle la police et demande des renforts. Tu as compris ?

Cilla céda à la tentation de lui effleurer le bras.

— Oui, j'ai compris, murmura-t-elle d'une voix blanche.

Boyd l'entendit tirer le verrou derrière lui et hocha la tête. Assuré qu'elle était en sécurité, il s'élança, le manteau déboutonné, saisi par le vent froid de la nuit. L'arme dans sa main était tiède, encore imprégnée de la chaleur de son corps. Du regard, il balaya la rue et la trouva déserte. La nuit était sombre, cependant, et des plages d'ombre subsistaient entre les oasis de lumière au pied des lampadaires. L'atmosphère était trompeusement paisible dans le quartier résidentiel endormi. Seule la plainte du vent soufflant entre les branches dénudées des arbres rendait un son désolé, presque lugubre.

Cilla n'avait pas eu d'hallucinations, pourtant. Il avait lui-même entrevu la silhouette solitaire plantée sur le trottoir opposé. Boyd fouilla du regard l'alignement des jardinets avec leurs coquettes barrières de bois.

Mais l'inconnu avait filé, de toute évidence. Il avait dû prendre la fuite dès l'instant où Cilla l'avait repéré. Comme pour ponctuer les pensées de Boyd, le claquement nerveux d'une portière se fit entendre à quelques pâtés de maisons de là. Boyd poussa un juron et cessa de courir. Rien ne servait d'aller plus loin. Il ne disposait d'aucun élément qui aurait pu lui permettre de prendre le voyeur en chasse.

Il se contenta de faire le tour de la maison de Cilla en essayant de trouver la trace quelconque d'une présence.

Mais X — si c'était lui — n'avait apparemment pas poussé ses explorations jusqu'au jardin.

Lorsqu'il frappa, Cilla avait la main sur le téléphone.

— C'est moi, Boyd.

Elle courut lui ouvrir.

— Tu l'as vu ? demanda-t-elle, en écarquillant les yeux.

— Non.

— Et pourtant, il était là. Je te le jure.

— Je sais.

Il entra et tira soigneusement le verrou.

— Essaye de te détendre maintenant. Il est reparti. J'ai entendu sa voiture démarrer.

Cilla secoua nerveusement la tête. Depuis dix minutes qu'elle était seule à l'attendre, elle avait eu amplement le temps d'élaborer les scénarios les plus terrifiants.

— Me détendre, tu dis ? Je ne sais pas si tu te rends compte, Boyd, mais il sait où je travaille et il sait où j'habite. Et tu voudrais que je me *calme* ? Si tu n'avais pas été là, il aurait peut-être essayé d'entrer pour… pour…

Laissant sa phrase en suspens, Cilla se passa nerveusement une main dans les cheveux. Prononcer les mots à voix haute était au-dessus de ses forces.

Boyd se tut quelques instants, lui laissant le temps de se ressaisir.

— Pourquoi ne t'accordes-tu pas quelques jours de congé ? proposa-t-il enfin. Tu pourrais rester chez toi, te reposer. Je veillerais à ce qu'une voiture de patrouille sillonne le quartier en permanence.

Cilla se laissa tomber sur une chaise.

— Je ne vois pas en quoi je serais plus en sécurité ici qu'à la station. Et quand je travaille, au moins, ça m'occupe l'esprit. Si je dois rester ici à attendre que le téléphone sonne, je vais devenir folle.

Boyd hocha la tête.

— Nous reparlerons de tout cela demain, à tête reposée. Tu devrais aller te coucher maintenant, Cilla. Tu es épuisée. Si tu veux bien me prêter ton canapé pour la nuit, je reste dormir ici.

Si seulement elle avait eu la force de lui répondre que ce n'était pas nécessaire, qu'elle était assez grande pour se protéger elle-même. Mais l'élan de reconnaissance qui l'envahit lui coupa littéralement les jambes.

— Le canapé est à toi. Je vais te chercher une couverture.

L'aube pointait lorsqu'il se traîna enfin chez lui. Il avait conduit des heures durant, sillonnant des quartiers tous identiques, enfilant une succession de rues monotones où s'alignaient les maisons endormies. Il ignorait s'il avait été suivi ou non, mais une chose était certaine : si c'était le cas, il avait réussi à brouiller les pistes.

Au début, lorsque la fille l'avait vu et qu'il s'était mis à courir sur le trottoir, il avait connu un moment de peur panique. Mais, une fois assis à son volant, il s'était appliqué à respirer lentement. Et le calme s'était installé peu à peu en lui. Il avait même réussi à contrôler sa conduite et à rouler à une allure paisible, sans accélérations brusques. Se faire arrêter par une voiture de patrouille à ce stade eût été catastrophique. Tout son plan serait tombé à l'eau.

Il transpirait abondamment sous son épais cache-nez. Alors que ses pieds étaient glacés dans ses tennis en toile légère. Mais il était trop habitué à l'inconfort physique pour s'en rendre compte. Ivre de fatigue, il progressa à tâtons dans l'appartement. Par principe, il se passait d'éclairage, évitant les pièges qu'il avait tendus un peu partout afin de donner l'alerte. Un fil de Nylon presque invisible reliait le pied d'une chaise au bras d'un canapé fané. Et une énorme pile de boîtes de conserves empilées en équilibre précaire à l'entrée de sa chambre menaçait de s'effondrer au moindre geste un peu brusque. Il avait une excellente vision nocturne qu'il ne cessait d'améliorer par de patientes pratiques. Et il était fier des résultats obtenus.

Longtemps, il s'attarda sous la douche, laissant l'eau tiède couler sur ses muscles contractés. Lorsque la détente vint peu à peu, il prit sa brosse dure par le manche et frotta violemment chaque centimètre carré de sa peau. Le jour se levait, peu à peu, et une pâle lumière tombait à présent sur sa poitrine.

Son regard s'attarda sur son tatouage préféré : deux couteaux aux manches ouvragés dont les lames croisées formaient un X. Il caressa le dessin d'un doigt hésitant en songeant à la réaction fascinée de John lorsqu'il le lui avait montré pour la première fois.

Le souvenir de ces instants resterait à jamais gravé dans sa mémoire. Comme si c'était hier, il revoyait les yeux de John, sombres et luisant d'excitation. Même sa voix continuait à résonner en lui, avec ce débit nerveux, précipité, ces mots qui finissaient toujours par se brouiller. Que de nuits ils avaient passées côte à côte à discuter à bâtons rompus dans le noir ! Ensemble, ils s'étaient inventé un avenir fait de découvertes et de voyages. A eux deux, ils auraient pu s'en sortir, tenir tête à la fatalité.

Mais au moment même où leurs projets auraient pu

se réaliser, le monde extérieur avait frappé. La femme avait frappé…

Il sortit de la douche et trouva la serviette à tâtons, à l'endroit précis où il l'avait laissée. Personne, jamais, ne pénétrait chez lui, nul ne venait perturber l'ordre méticuleux qui régnait dans ces pièces. Le soleil fit son apparition au moment où il passait dans la cuisine. Il se confectionna deux sandwichs qu'il avala debout, penché au-dessus de l'évier, pour éviter de salir le sol. Manger lui fit du bien. Il se sentait propre et rechargé en énergie vitale. La puissance, de nouveau, était en lui. La police n'avait pas retrouvé sa trace. Le fait qu'à lui seul il parvienne à déjouer le système le faisait jubiler. Quant à la fille, elle était malade de peur. Cette pensée l'excitait. Bientôt, il la tiendrait entièrement à sa merci et elle connaîtrait la mort atroce qu'elle méritait.

Il saurait la faire souffrir, la faire hurler de terreur, de douleur et de désespoir. Il lui arracherait des supplications et il l'amènerait au repentir. Mais le repentir ne suffirait pas. Il voulait la tenir à la gorge, la voir expirer lentement sous les coups qu'il lui porterait.

Passant dans la chambre adjacente, il ferma la porte et tira les persiennes. Puis il s'assit sur son lit et décrocha posément son téléphone.

Encore à demi endormie, Deborah se glissa hors de sa chambre et descendit l'escalier dans le noir pour ne pas réveiller Cilla. Sur son body en dentelle blanche, elle avait enfilé à la hâte un léger déshabillé de soie bleue qu'elle n'avait pas pris la peine de nouer à la taille. Tout en se frayant un chemin à tâtons dans le séjour, elle se récita les questions sur lesquelles elle risquait de buter à l'examen oral qu'elle passait le matin même. Mais si les questions lui revenaient aisément à l'esprit, les réponses, elles, restaient coincées quelque part à la frontière de son subconscient. « Pas de panique », se raisonna-t-elle. Une bonne dose de caféine matinale libérerait ses connaissances temporairement bloquées.

Bâillant à se décrocher la mâchoire, Deborah trébucha sur une botte abandonnée à même le sol, perdit l'équilibre et poussa un cri étouffé lorsque sa main rencontra le corps allongé sur le canapé.

Réveillé en sursaut, Boyd attrapa son arme. Mais avant même d'ouvrir les yeux, il identifia une présence féminine non hostile.

— Bonjour, Deborah, dit-il, en découvrant la jeune fille.

— Ah, mon Dieu, vous m'avez fait peur… C'est vous, inspecteur Fletcher ?

Encore assommé par la fatigue, il se frotta les yeux.

— Mmm… oui, ce doit être moi.

— Je suis désolée, j'ignorais que vous aviez passé la nuit ici.

Les joues en feu, Deborah se redressa et rabattit les pans de son peignoir sur elle. Tout en nouant sa ceinture, elle jeta un coup d'œil préoccupé en direction de l'escalier et baissa la voix.

— Pourquoi avez-vous dormi chez nous, inspecteur ? Il ne s'est rien passé de grave, au moins ?

Avec une légère grimace, Boyd massa son épaule gauche.

— Je vous avais promis de prendre soin de votre sœur, non ?

Elle posa sur lui un regard mi-intrigué mi-approbateur.

— Vous prenez vos responsabilités au sérieux, apparemment ?

— Très au sérieux.

— Tant mieux, commenta Deborah avec un sourire cette fois franchement appréciateur. Je m'apprêtais à faire du café. Je peux vous en proposer une tasse ?

Si elle était aussi tenace que sa sœur, elle ne le lâcherait pas avant d'avoir obtenu la réponse aux questions qui devaient la préoccuper. Boyd soupira, renonçant à la tentation de s'accorder une demi-heure de sommeil supplémentaire.

— O.K., merci. Volontiers.

— Mais je suppose qu'une douche brûlante figure en première place sur la liste de vos priorités ? Il aurait fallu que vous mesuriez dix centimètres de moins pour passer une nuit à peu près confortable sur ce canapé.

— *Douze* centimètres de moins, rectifia-t-il, lugubre, en tournant lentement la tête à droite et à gauche pour tenter d'assouplir sa nuque ankylosée.

— Utilisez toute l'eau chaude qu'il vous faudra. Je mets le café en route.

Deborah se détourna pour passer dans la cuisine lorsque le téléphone sonna.

— Oh, zut, ça va réveiller Cilla ! s'exclama-t-elle en revenant sur ses pas. Elle décroche toujours à la première sonnerie. Je me demande qui est l'imbécile qui...

Boyd l'arrêta d'un geste lorsqu'elle voulut saisir le combiné.

— Laissez, dit-il en prenant la communication. Je crois savoir qui est l'imbécile en question.

Cilla avait effectivement déjà décroché sur le poste à l'étage. Et comme tout le laissait prévoir, X revenait à la charge. Boyd écouta en serrant les poings pendant que Deborah attendait, debout devant lui.

Lorsque X eut fini de cracher son venin, Boyd composa le numéro habituel.

— Alors ?

Il s'attendait déjà à la réponse négative et ne prit même pas la peine de jurer.

— Dommage.

Il reposa le combiné et leva les yeux vers Deborah. La jeune fille était livide.

— Je crois que le café devra attendre, déclara-t-il calmement. Je vais voir où en est Cilla.

— Il vaudrait peut-être mieux que je monte, murmura Deborah. Elle doit être passablement secouée.

Boyd repoussa la couverture et se leva.

— J'aimerais que vous me laissiez lui parler.

Deborah marqua une légère hésitation et finit par hocher la tête.

— Comme vous voudrez. Mais allez-y doucement, O.K. ? Elle n'est pas aussi solide qu'elle voudrait le laisser croire.

— Je sais.

Sans même prendre le temps d'enfiler sa chemise qu'il avait jetée sur un fauteuil pour la nuit, Boyd grimpa les marches quatre à quatre. Passant devant une première chambre, il entrevit un décor en blanc et rose, quelques envolées de dentelles… L'univers de Deborah, sans l'ombre d'un doute. Poursuivant son chemin, il frappa un coup bref à une seconde porte et entra sans attendre d'en avoir été prié.

Cilla était assise sur son lit, le front posé sur ses genoux repliés. Draps et couvertures mêlés formaient un tas inextricable, témoignant de quelques heures de sommeil agité. Ici, ni dentelles féminines ni tendres couleurs pastel. Dédaignant toute fioriture, Cilla avait choisi l'épure, les lignes droites, la sobriété. Ce qui ne l'empêchait pas d'avoir un faible marqué pour les couleurs qui claquent. Son attitude recroquevillée offrait un contraste frappant avec la tonicité du décor.

Elle ne réagit pas à son entrée, mais lorsqu'il vint s'asseoir à côté d'elle sur le lit et qu'il posa la main sur ses cheveux, elle releva lentement la tête. Son visage était d'une pâleur mortelle. Il s'attendait à la trouver terrifiée, mais son regard exprimait avant tout un épuisement et une lassitude sans nom. Comme si elle avait perdu jusqu'à la force de lutter.

— Il a encore appelé, murmura-t-elle d'une voix sans timbre.

— Je sais. J'ai entendu la fin de la conversation sur le poste du salon.

— Alors tu l'as reconnu.

Elle tourna vers la fenêtre un regard fixe, presque absent. Dehors, le soleil rougeoyant se dégageait lentement des nuages amassés sur l'horizon.

— C'était bien lui, sur le trottoir, cette nuit. Il a dit qu'il m'avait vue. Qu'il nous avait vus ensemble, en fait. C'était révulsant, la façon dont il parlait de ce qui s'est passé entre nous.

— Cilla…

— Te rends-tu compte, au moins, qu'il nous a espionnés tout ce temps ? Rien de ce que je pourrais dire ou faire ne l'arrêtera. Et une fois qu'il aura réussi à mettre la main sur moi, il me fera subir son programme de tortures. Il me les a énumérées une à une. C'est un garçon très documenté.

— Il ne mettra pas la main sur toi.

Les doigts de Cilla se crispèrent violemment sur le drap.

— Peut-être pas dans l'immédiat, non. Tant que j'aurai droit à mes anges gardiens, il me laissera sans doute en paix. Mais combien de temps encore pourras-tu me protéger ? Quinze jours ? Un mois ? Lui, de son côté, rien ne le presse. Il se contentera de guetter dans l'ombre et d'attendre son heure. Et dans l'intervalle, il continuera à m'observer, à appeler ici, à Radio KHIP, partout.

A mesure qu'elle parlait, le débit de Cilla se précipitait. Boyd comprit qu'elle frisait la crise de nerfs. Avec une lueur presque démente dans les yeux, elle prit le téléphone et le jeta contre le mur.

— Tu ne pourras pas l'empêcher d'agir, tu m'entends ? hurla-t-elle. Il a dit que rien ne l'arrêterait. Rien ni personne !

Boyd la saisit sans ménagement par les épaules et lui imprima une brève secousse.

— Tu entres dans son jeu, Cilla. Et c'est exactement le résultat qu'il vise. Il veut te voir craquer. T'effondrer à cause de lui. Tu marches à fond dans sa stratégie en réagissant comme tu le fais.

Elle se mit à trembler si fort qu'elle en claquait des dents.

— Je ne sais plus comment faire face, murmura-t-elle faiblement. Je suis à bout, Boyd. Vraiment à bout…

— Il faut que tu me fasses confiance. Regarde-moi, Cilla.

Sa respiration était précipitée, presque haletante, mais elle réussit à soutenir son regard.

— Je veux que tu me fasses confiance, O.K. ? Et que tu me croies lorsque je t'affirme qu'il ne t'arrivera rien.

— Tu ne peux pas rester avec moi indéfiniment.

Il radoucit la pression de ses mains sur ses épaules.

— C'est là que tu te trompes, Cilla.

— Je voudrais...

Cilla ferma les yeux avec une grimace douloureuse.

— Tu voudrais quoi, Cilla ?

Ses lèvres tremblèrent.

— J'aurais besoin de me raccrocher à... à quelque chose. S'il te plaît...

Boyd comprit à demi mot. Sans poser plus de questions, il l'attira contre lui de manière à ce qu'elle puisse poser la tête sur son épaule. Il sentit ses poings se crisper dans son dos. Raide et contractée dans ses bras, elle tremblait, hoquetait, luttant désespérément contre les larmes.

— Accorde-toi cinq minutes de relâche, O'Roarke, murmura-t-il à son oreille. On ne peut pas être sur la brèche vingt-quatre heures sur vingt-quatre. Laisse-toi aller.

— Je ne peux pas.

Paupières closes, Cilla tentait vainement de surnager au milieu du naufrage. Elle sentait que sa raison ne tenait plus qu'à un fil. Un fil nommé Boyd — seul point fixe au milieu d'une houle déchaînée. Elle se cramponnait à lui si fort que ses muscles menaçaient de se tétaniser.

— J'ai peur, si je commence, de ne plus pouvoir m'arrêter, admit-elle dans un souffle.

— Dans ce cas, on va essayer une autre technique, proposa Boyd en lui soulevant le menton pour effleurer ses lèvres des siennes. Tu vas penser à moi, tout simplement... Ici et maintenant. Rien qu'à moi.

Les mains de Boyd allaient et venaient dans son dos, massaient les muscles contractés avec un doigté et une patience qui lui amenèrent les larmes aux yeux. *Compassion...* Tel fut le mot qui s'imposa soudain à l'esprit de Cilla. Et étrangement, elle la trouvait là où elle n'aurait jamais songé à la chercher : dans les caresses, dans les baisers d'un homme. Plus sûrement encore que la tendresse, la compassion de Boyd agissait sur ses nerfs torturés, réchauffait ses membres glacés, calmait la brûlure du désespoir. Ses mains crispées se détendirent, muscle après muscle. Les lèvres de Boyd se promenaient sur son visage sans poser la moindre exigence. Miraculeusement, elles se contentaient de réparer, d'adoucir, de consoler.

Appliquer la méthode préconisée par Boyd lui parut soudain d'une simplicité enfantine. Elle oublia X et ses menaces ; oublia que sa vie s'était transformée en cauchemar. *Boyd...* Elle ne voulait plus penser qu'à Boyd... Hésitante tout d'abord, sa main se leva pour aller se poser contre sa joue râpeuse. Le nœud se dénoua dans sa poitrine et sa respiration se fit plus calme et plus profonde. Elle murmura son nom dans un soupir et se sentit fondre dans ses bras.

« Attention, mon vieux, c'est le moment ou jamais de garder la tête froide. » Boyd surveilla étroitement ses propres réactions lorsqu'elle réussit enfin à se détendre. Avec Cilla O'Roarke abandonnée dans ses bras, il pouvait difficilement rester de marbre. Mais il réprima à dessein la montée du désir en lui. En cet instant, elle avait besoin de réconfort et de soutien ; pas d'un corps à corps amoureux. Et tant pis pour lui si ses seins se pressaient doucement contre sa poitrine ; tant pis si l'air entre eux s'était épaissi et qu'à chaque inspiration, son odeur lui parvenait, par légères bouffées enivrantes.

Il savait qu'il n'aurait qu'un geste à faire pour se

satisfaire. S'il la renversait en arrière sur le lit dans le désordre des draps, il pourrait la déshabiller lentement, couvrir son corps de caresses et lui faire l'amour. Cilla n'était pas en état de lui opposer la moindre résistance. Peut-être même apprécierait-elle cet échauffement temporaire de ses sens qui la distrairait momentanément de ses angoisses. Mais il avait l'intention de représenter beaucoup plus pour Cilla O'Roarke qu'un simple dérivatif passager.

Muselant sa libido, il pressa ses lèvres contre son front et posa sa joue sur ses cheveux.

— Alors ? Ça va mieux ?

Elle hocha la tête.

— Mmm… oui. Beaucoup mieux. J'ignorais que tu étais capable de gentillesse, Fletcher.

Décidément, elle était décourageante ! Boyd se surprit malgré tout à sourire.

— Ravi d'avoir réussi à te surprendre.

— « Servir et protéger, n'est-ce pas » ? En tout cas, tu pousses le dévouement professionnel loin au-delà de ce que l'on pourrait attendre, inspecteur.

Boyd sentit son sourire se figer. Les hostilités reprenaient-elles déjà ? Ou croyait-elle vraiment que son attitude envers elle relevait d'un sens poussé du devoir ? Il lui prit le menton.

— Au cas où tu ne l'aurais pas remarqué, je ne suis pas de service, O'Roarke. Lorsque je prends une femme dans mes bras en dehors de mes heures de boulot, mes motivations sont personnelles. Compris ?

Cilla eut une bouffée de remords en voyant la lueur de contrariété dans le regard de Boyd. Son intention avait été de le remercier, pourtant. Pas de le provoquer.

— Compris, murmura-t-elle.

Le visage fermé, Boyd se leva et enfonça les mains dans ses poches. Maintenant seulement, elle découvrait les détails de sa tenue — ou de son absence de tenue, plus précisément. Il était torse nu et juste vêtu d'un jean à demi déboutonné. Cilla ressentit comme un flottement dans sa poitrine. La série de frissons qui lui parcourut le ventre et les cuisses n'avait plus rien à voir avec la peur. Elle demeura un instant sans voix. Lorsque Boyd l'avait tenue dans ses bras, elle n'avait eu qu'une envie : qu'il continue à la serrer ainsi des heures durant, en la berçant doucement contre sa poitrine. Mais les sensations qui s'emparaient d'elle maintenant étaient d'une nature autrement plus volcanique.

Elle voulait les bras de Boyd autour d'elle, mais pas seulement pour le réconfort. Même ses baisers incandescents ne suffiraient pas à la satisfaire. Elle le voulait dans son lit, comme jamais encore elle n'avait désiré un homme avant lui. Fascinée, elle contempla les hanches étroites, le torse doré aux muscles finement sculptés, les bras blonds, superbes. *Sensations. Couleurs. Odeurs.* Elle imagina le contact peau à peau, les vit rouler sur le lit, bras et jambes mêlés, se chevauchant tour à tour. Elle entendit même leurs souffles précipités et le cri qui monterait en elle lorsque le plaisir de Boyd éclaterait au cœur brûlant de...

— Cilla ?

Elle cligna des yeux.

— Pardon ?

Sourcils froncés, Boyd l'examinait d'un regard presque sévère.

— Qu'est-ce qui t'arrive, O'Roarke ? Tu as des absences ? Je te trouve une drôle d'expression, tout à coup.

— Eh bien, je... euh...

Sa bouche était sèche et le sang continuait à pulser dans ses veines. Que penserait Boyd si elle lui révélait la teneur de son fantasme ? Elle ferma les yeux.

— Je ne sais pas ce qui se passe, murmura-t-elle. Mais je crois qu'il me faudrait un café.

— Ta sœur était en train d'en préparer, aux dernières nouvelles.

Boyd songea à la belle Deborah et réprima un soupir. Une demi-heure plus tôt, la jeune sœur de Cilla avait plus ou moins atterri dans ses bras, à peine vêtue de quelques froufrous en dentelle. Il avait apprécié le spectacle, bien sûr. Quel homme serait resté de marbre devant ces jambes interminables ? Mais l'expérience ne l'avait pas bouleversé ; son plaisir était resté de nature esthétique.

Et maintenant, qu'avait-il devant lui ? Cilla O'Roarke avec ses grands yeux cernés, ses ongles rongés, ses cheveux fous et son T-shirt de foot en taille XXL. Même avec la meilleure volonté du monde, on ne pouvait considérer cette vague chemise en coton orange comme un échantillon de lingerie de charme. Et pourtant, s'il s'attardait dans cette chambre une minute de plus, il était en danger de tomber foudroyé de désir à ses pieds.

— On descend déjeuner ? proposa-t-il d'un ton rogue.

— Je ne pratique pas les petits déjeuners. C'est contraire à ma religion personnelle.

— Aujourd'hui, tu feras une exception. Je te retrouve en bas dans dix minutes.

— Dis donc, Holmes. Tu ne crois pas que... ?

— Et n'oublie pas de te coiffer, surtout, recommanda-t-il juste avant de quitter la chambre. Tu as une tête à faire peur.

Deborah l'attendait dans la cuisine. Vêtue de pied en cap et prête à partir pour la fac, la jeune fille se leva d'un bond et lui jeta un regard interrogateur.

— Elle va bien, déclara-t-il sommairement. Je vais lui préparer un petit déjeuner.

— Cilla ? Un petit déj ? C'est une première. Mais asseyez-vous donc ! Je vais vous faire des œufs au plat.

— Je croyais que vous aviez un cours à 9 heures.

— Je peux le sécher.

Boyd prit une tasse accrochée au-dessus de l'évier.

— Cela me paraît imprudent. Nous allons en prendre l'un et l'autre pour notre grade.

Deborah sourit.

— Vous commencez à bien la connaître.

— Pas encore suffisamment. Et je compte d'ailleurs sur vous pour m'éclairer sur certains points.

Boyd avala la moitié de son café d'un trait et se sentit déjà d'humeur moins féroce. S'interdire de penser à Cilla ne serait pas très stratégique, vu les circonstances. Le tout, c'était de rester axé sur des considérations purement professionnelles.

— Il vous reste combien de temps avant de partir pour l'université, Deborah ?

Elle regarda sa montre.

— Cinq minutes.

— Alors, parlez-moi de son ex-mari, pour commencer.

— Paul ?

La surprise de la jeune fille était évidente.

— Pourquoi ? Vous ne pensez tout de même pas que Paul puisse être impliqué dans cette histoire ?

— Mon boulot consiste à ne négliger aucune piste. Le divorce s'est bien passé ?

— Un divorce qui se passe bien, c'est un peu contra-
dictoire dans les termes, non ?

Boyd sourit, frappé par son esprit de repartie. La
petite était jeune, mais tout sauf naïve.

— C'est vrai. Mais certaines séparations se passent
moins mal que d'autres.

— Eh bien, je dirais que, dans ce cas précis, elle
s'est faite une relative indifférence de part et
d'autre. Je n'avais que douze ans, à l'époque, donc il
y a sûrement des aspects qui m'ont échappé. Mais je
crois pouvoir affirmer que Paul partait de son plein
gré. C'est d'ailleurs lui qui a voulu le divorce.

Boyd s'adossa contre le plan de travail.

— Vous êtes certaine de ce que vous avancez ?

Visiblement mal à l'aise, Deborah hésita.

— Ça me fait tout drôle de parler comme ça de
la vie privée de ma sœur, admit-elle en se tordant
nerveusement les mains. Si je vous révèle des détails
aussi personnels, c'est uniquement dans l'espoir que
cela vous permettra de mieux la protéger... D'après ce
que j'ai compris, donc, Paul est parti parce qu'il était
amoureux d'une autre femme. L'ambiance entre Cilla
et lui était déjà très tendue lorsque je suis venue vivre
chez eux, tout de suite après le décès de nos parents. Ils
n'étaient mariés que depuis quelques mois, mais la lune
de miel était déjà loin derrière eux. Cilla commençait
à être une figure connue à Atlanta, car son émission
était très appréciée. Paul, de son côté, avait décidé
d'entrer en politique. Et le personnage public de Cilla
ne correspondait pas à l'image très BCBG qu'il voulait
donner de lui-même et de son couple.

— Quel imbécile ! Il ne la méritait pas.

Deborah lui adressa un sourire resplendissant.

— C'est exactement mon avis.

Lorsque la jeune fille se leva pour le resservir en café, Boyd comprit qu'il était adopté.

— Cilla travaillait comme une possédée, à l'époque, car elle avait un job très exigeant. Cela lui permettait de tenir le coup, je crois. La mort brutale de nos parents l'avait terriblement ébranlée. Pour Paul et Cilla, ça n'a pas dû être facile non plus d'avoir à assumer soudain la responsabilité d'une fille de douze ans. Leur couple se délitait déjà, mais je suppose que cette contrainte supplémentaire a dû accélérer le processus. Quelques mois après mon arrivée, Paul a rassemblé ses affaires et il a quitté la maison.

Boyd tenta de se représenter ce que Cilla avait enduré.

A vingt ans, elle avait déjà perdu ses parents et pris sa jeune sœur sous son aile. Et au lieu de la soutenir dans ses épreuves, son mari l'avait froidement laissée tomber.

— Ce Paul Lomax n'était pas un cadeau, conclut-il en serrant machinalement les poings.

Deborah haussa les épaules.

— Sans vouloir être médisante, je n'ai jamais eu beaucoup d'affection pour lui. Je le trouvais ennuyeux, guindé, sans intérêt.

— Pourquoi l'a-t-elle épousé alors ?

— Je pense que je suis mieux placée que ma sœur pour répondre à cette question, annonça la voix glaciale de Cilla en provenance de la porte.

5

La première chose que nota Boyd fut que Cilla avait noué ses cheveux en un chignon sévère. Et la colère qui marquait ses traits ressortait nettement sur son visage ainsi dégagé. Sous le grand T-shirt orange, elle avait enfilé un pantalon de jogging jaune. Mais si les couleurs étaient solaires, son humeur, elle, tirait manifestement sur le noir d'encre.

Visiblement embarrassée, Deborah se leva pour poser la main sur une des épaules crispées de sa sœur.

— Cilla, je suis désolée. Nous parlions simplement de...

— Oui, j'ai entendu de quoi vous parliez « simplement », rétorqua Cilla en lui effleurant les cheveux. Ne t'inquiète pas, Debbie. Ce n'est pas ta faute.

— Ce n'est pas une question de faute, protesta Deborah. Nous sommes inquiets à ton sujet, c'est tout.

— Tu es gentille, mais ce n'est absolument pas nécessaire. Et maintenant, tu ferais mieux de filer à la fac. Car j'ai deux mots à dire en particulier à l'inspecteur Fletcher.

Deborah ouvrit la bouche pour protester puis se ravisa prudemment. Ecartant les bras en signe d'impuissance, elle gratifia Boyd d'un sourire compatissant puis embrassa sa sœur sur la joue.

— O.K., Cilla, je n'insiste pas. Avant 10 heures du matin, tu as toujours été inaccessible à la raison, de toute façon.

— Débrouille-toi pour obtenir la meilleure note, maugréa Cilla en guise de réponse.

— Pas de problème. Je tâcherai de te ramener ça en offrande. Ce soir, j'ai programmé une soirée ciné-pizza avec Josh, mais je serai de retour avant que tu rentres du travail.

— Parfait, ça marche. Amuse-toi bien, Deb.

Muette et le regard étincelant, Cilla resta plantée sans bouger jusqu'à ce que Deborah ait passé la porte. Puis ce fut l'explosion.

— Tu ne manques pas d'air, Fletcher !

Boyd ne chercha pas à la contredire. Il se contenta de se servir une autre tasse de café.

— Tu en veux ?

— Je t'interdis d'interroger ma sœur, tu m'entends ? Il versa du café et le posa devant elle sur la table.

— Ne t'excite pas, O'Roarke. Je n'avais pas mes instruments de torture sur moi, pour une fois…

Cilla se fit violence pour garder les mains enfoncées dans ses poches. Elle sentait que si elle les sortait, la gifle partirait toute seule.

— Arrête de tout tourner en dérision ! Si tu as des questions à poser à mon sujet, c'est à *moi* que tu dois t'adresser. Je refuse que Deborah soit impliquée dans cette histoire, c'est clair ?

— Deborah est autrement plus communicative que toi, en tout cas. Tu as des œufs quelque part ? demanda Boyd, d'un air de souveraine indifférence, en ouvrant le réfrigérateur.

Cilla s'abstint héroïquement de mettre un coup de

pied dans la porte du frigo pour la lui envoyer dans la figure.

— Tu sais que tu as bien donné le change, tout à l'heure, dans ma chambre ? Pendant quelques minutes, j'ai cru stupidement que tu avais un côté humain sous ta carapace.

Boyd sortit une demi-douzaine d'œufs, un morceau de fromage et deux minuscules tranches de lard qu'il aligna consciencieusement sur le plan de travail.

— Et si tu t'asseyais pour boire ton café, O'Roarke ?

C'en était trop. S'il y avait une chose dont elle avait horreur, c'était de parler à un mur. Elle se planta devant lui et lâcha une bordée d'insultes particulièrement musclées. Pendant une fraction de seconde, le regard de Boyd brilla d'un éclat redoutable. Mais il se contenta de mettre une poêle sur le feu et d'y jeter les deux tranches de bacon.

— Il va falloir trouver mieux que ça, observa-t-il, toujours imperturbable. Depuis dix ans que je fais ce boulot, j'en ai tellement entendu qu'il faut vraiment y aller fort pour me provoquer.

Envahie par une soudaine lassitude, elle secoua la tête.

— Tu n'avais pas le droit, Boyd... Pas le droit d'aborder ces questions avec Deb. Elle n'était encore qu'une enfant, à l'époque. Une enfant malade de peur et de chagrin. Toute cette période a été un enfer pour elle. C'est cruel et stupide de l'amener à évoquer des souvenirs insupportables pour elle !

— Deborah est restée très calme, rétorqua Boyd en cassant ses œufs dans la poêle. Et son analyse des événements était parfaitement lucide et rationnelle. De vous deux, c'est clairement toi qui as un problème avec le passé. Pas ta sœur.

— Arrête, O.K. ?

Elle leva la main pour lui assener la gifle qu'il méritait. Mais c'était compter sans les réflexes fulgurants de Boyd. Il retint son poignet dans un étau d'acier.

— Ce n'est même pas la peine d'y penser, dit-il d'une voix glaciale.

Furieuse mais prisonnière, Cilla soutint son regard sans ciller.

— Ma vie de couple avec Lomax n'a aucun rapport avec les menaces dont je suis l'objet aujourd'hui. Et mes problèmes actuels sont les seuls qui te concernent.

— Ça, c'est à moi d'en juger, Cilla. Alors laisse-moi faire mon boulot, O.K. ?

Boyd prit une profonde inspiration, comme s'il faisait un effort surhumain pour rester calme.

— Le plus simple serait peut-être que tu me fournisses ces détails toi-même, non ? De tout temps, les ex-maris ont toujours été les suspects par excellence. Et pas toujours sans raison, crois-moi.

— Après huit années de séparation sans histoire ? Il faudrait voir à ne pas se moquer de moi, Fletcher.

Elle se dégagea avec violence et prit sa tasse d'un geste si brusque que le café gicla et se répandit en partie sur la table.

— J'ai besoin de ces renseignements dans le cadre de mon enquête, Cilla. Soit tu me les fournis spontanément, soit je les obtiens par quelqu'un d'autre. Le résultat final est le même.

— Ainsi tu ne me lâcheras pas avant que je t'aie tout dit ? conclut-elle en se croisant frileusement les bras sur la poitrine. Tu tiens au récit complet de mes échecs ? Bon. S'il faut en passer par cette humiliation supplémentaire, allons-y ! Au point où j'en suis, de toute façon… J'avais vingt ans et j'étais stupide comme on peut l'être à cet âge. Lui était beau, charmeur et intelligent. Rien que des qualités auxquelles une idiote romantique de vingt ans est sensible.

Elle s'interrompit pour boire une gorgée de café et prit machinalement une éponge pour essuyer le plateau de bois.

— Nous ne nous connaissions que depuis quelques mois. Il était très persuasif, très charmant. Je l'ai épousé car je voulais un élément de stabilité dans ma vie. Et je croyais qu'il m'aimait.

Etonnée de s'entendre raconter son histoire avec tant de calme, Cilla dut se rendre à l'évidence : sa colère s'était dissipée.

— Entre nous, ça n'a pas fonctionné du tout. Presque dès le début, d'ailleurs. Paul a été déçu par moi sur le plan physique et désagréablement surpris de découvrir que j'accordais autant d'importance à mon travail que lui au sien. Il avait espéré me convaincre de trouver un métier plus classique — moins public surtout. Il voulait bien que je fasse une carrière, mais à condition que mes occupations professionnelles ne se mettent pas en travers de ses propres projets.

— Qui étaient ?

— La politique locale. En fait, nous nous sommes connus à l'occasion d'une soirée caritative sponsorisée par la radio qui m'employait. Moi j'étais au micro et lui s'employait à se créer un futur électorat. Notre problème venait en grande partie de là, d'ailleurs : ce sont d'abord nos personnalités publiques qui se sont rencontrées. Si bien que nous sommes partis sur de fausses bases.

— Comment cela ?

— Nous nous sommes mariés trop vite. Avec chacun une image passablement idéalisée de l'autre. Me rendre compte que je décevais Paul à tous les niveaux a été, disons… très déstabilisant pour moi. Je me suis mise à douter de mes choix et j'étais à deux doigts de lâcher la radio pour tenter de me reconvertir dans la vente ou le marketing comme Paul me l'avait demandé. C'est alors que la nouvelle du décès de mes parents m'est tombée dessus. Je suis partie en Géorgie pour l'enterrement et j'ai ramené Deb chez nous…

Cilla se tut, soudain incapable de poursuivre. Elle n'avait jamais pu parler sereinement des événements de cette année-là.

— Ça a dû être difficile, murmura Boyd.

Elle soupira.

— Disons que j'étais trop anéantie par mon deuil pour envisager un quelconque changement de carrière. L'animation radiophonique a toujours été pour moi une forme de refuge et mon boulot m'aidait à tenir debout. Mais pour Paul, ça a été un choc de me voir renoncer à ma reconversion professionnelle. Et les fondements de notre couple étaient beaucoup trop fragiles pour supporter ce surcroît de tension. Paul a trouvé une femme qui le rendait plus heureux que moi et il est parti. Voilà. Tu vois que ce n'était pas l'histoire d'amour du siècle.

Boyd chercha désespérément une formule adéquate pour répondre à ces déprimantes confidences. « Un de perdu, dix de retrouvés » ? « L'erreur est humaine » ? A la réflexion, il paraissait plus prudent de s'en tenir à des questions impersonnelles.

— Ton mari ne t'a jamais menacée ?

— Non.

— Il t'a frappée ?

Cilla secoua la tête avec un petit rire las.

— Non, Boyd. Je t'assure que tu te fourvoies si tu crois que la piste Paul pourra te mener jusqu'à X. Tu voudrais lui attribuer le mauvais rôle, faire de lui un sale type. Mais il n'y avait ni bourreau ni victime, dans notre histoire. Nous avons essayé, ça n'a pas marché. C'est tout.

Boyd fit glisser un œuf au plat sur son assiette.

— La nature humaine est étonnante, tu sais. Il arrive qu'une personne soit pétrie de ressentiment sans même s'en rendre compte. Et puis un jour, un incident survient et, tout à coup, on assiste à une éruption de haine aussi inattendue que terrifiante.

— Paul ne m'en voulait pas, murmura Cilla en s'asseyant à table. Pour la bonne raison que je n'ai jamais compté vraiment pour lui. Voilà la triste vérité, Fletcher.

Elle eut un sourire empreint de mélancolie.

— Le problème à la base, c'est qu'il était tombé amoureux de l'animatrice radio et pas de la vraie Cilla. Il croyait que je ne faisais qu'un avec mon personnage et que j'étais réellement séductrice, sensuelle et suave. C'était cette femme-là qu'il voulait dans son lit. Et en dehors de la chambre à coucher, il aurait aimé une épouse attentionnée aux manières exquises pour tenir sa maison et recevoir ses amis. Inutile de préciser que je ne donnais satisfaction sur aucun de ces deux plans.

Cilla se mit à jouer distraitement avec la tranche de bacon que Boyd avait posée sur son assiette.

— Et comme lui ne correspondait pas non plus au compagnon solide, compréhensif et aimant que j'avais cru trouver en lui, nous étions perdants l'un et l'autre.

Nous nous sommes séparés calmement, de manière tout à fait civilisée et sans regrets de part et d'autre.

— Si c'est aussi banal que cela, pourquoi as-tu encore autant de mal à évoquer cette histoire ?

Avec un léger soupir, elle soutint le regard de Boyd.

— Tu n'as jamais été marié, je crois ?

— Non.

— Alors ce n'est même pas la peine que j'essaye de t'expliquer. Si tu veux orienter ton enquête sur Paul, c'est ton problème, mais tu perdras ton temps. Je peux te garantir qu'il ne m'a plus accordé une seule pensée depuis le jour où j'ai quitté Atlanta.

Boyd secoua la tête. Il avait de la peine à croire que quiconque ayant côtoyé Cilla puisse l'oublier ainsi, du jour au lendemain. Mais il jugea préférable de laisser cette question de côté. Pour le moment.

— Tes œufs refroidissent, O'Roarke.

— Je t'ai dit que je ne mangeais jamais le matin.

— Juste pour me faire plaisir alors…

Boyd porta la fourchette à ses lèvres.

— Tu es un insupportable papa poule, commenta-t-elle après avoir pris docilement la becquée. Tu n'as rien d'autre à faire ? Comme appeler ta coéquipière, par exemple ? Faire un rapport d'activité ?

— J'ai déjà pris contact avec le commissariat hier soir par téléphone lorsque tu es montée te coucher.

Cilla s'appliqua consciencieusement à avaler quelques bouchées. Boyd, après tout, lui avait rendu service en acceptant de bivouaquer sur son canapé. Elle lui en était donc redevable. Et elle n'avait jamais été du genre à laisser ses dettes impayées.

— Ecoute, Boyd, je te remercie d'avoir passé la nuit ici, alors que rien ne t'y obligeait. Et je comprends que ce soit ton boulot de poser des questions pénibles et indiscrètes. Mais, sérieusement, j'aimerais que tu évites de mêler ma sœur à cette histoire de coups de fil anonymes.

— J'y veillerai dans la mesure du possible.

— Merci. Les vacances de Pâques approchent, par chance. Je vais essayer de la convaincre d'aller faire un tour au bord de la mer.

Boyd l'examina un instant en silence.

— A mon avis, tu n'as aucune chance, dit-il d'un air dubitatif. Sauf, à la rigueur, si tu acceptes de partir avec elle.

Cilla secoua la tête. Repoussant son assiette à peine entamée, elle posa les coudes sur la table.

— Ce matin, après le coup de fil de X, c'était exactement ce que je comptais faire. Je ne voyais plus qu'une solution : fuir. Mais en réfléchissant à la question, j'ai compris que je n'y gagnerais qu'une forme de répit. Rien de plus. Car les appels reprendraient dès mon retour. Non, si je veux pouvoir continuer à mener *ma* vie — celle que je me suis choisie et que je revendique —, il faudra continuer à faire face. Jusqu'à ce que X se trahisse et finisse par être démasqué.

— C'est mon boulot de le retrouver.

— Exact. C'est pourquoi j'ai décidé de coopérer.

De surprise, Boyd faillit lâcher la tasse qu'il tenait à la main. Il s'attendait plus ou moins à tout sauf à une telle déclaration.

— Vraiment ?

— Vraiment. A partir de maintenant, ce sera le règne de la transparence. Questionne-moi et je te répondrai.

— Diable. Et tu feras tout ce que je te dirai ?

Cilla sourit.

— Il ne faut tout de même pas rêver, Fletcher. Mais je n'exclus pas d'obéir occasionnellement à tes ordres. A condition qu'ils soient sensés, bien sûr.

Elle se surprit elle-même autant que Boyd en posant sa main sur la sienne. Avant qu'elle ne puisse la retirer, il mêla ses doigts aux siens.

— Tu as une petite mine, Holmes, ironisa-t-elle aimablement pour couper la tension qui menaçait de monter. Tu n'as pas passé la nuit de tes rêves, on dirait ?

— J'en ai connu des plus confortables.

Il porta ses doigts à ses lèvres.

— Tu es très belle le matin, Cilla.

Elle retint son souffle. De nouveau, c'était cette même sensation de flottement qui démarrait au niveau de la poitrine pour se propager comme une houle brûlante le long de ses circuits les plus intimes.

— Je croyais que j'avais une tête à faire peur...

— J'ai changé d'avis. Avant de partir, j'aimerais que nous revenions sur ce qui s'est passé hier soir. Entre toi et moi.

Cilla tressaillit.

— Je doute que ce soit une bonne idée.

— Entièrement de ton avis, acquiesça-t-il.

Mais il ne lâcha ni sa main ni son regard pour autant.

— En tant que flic, je suis censé garder la tête froide si je veux conserver tous mes réflexes. Ce qui signifie qu'aucune implication affective n'est permise lorsque j'ai pour mission de protéger quelqu'un. C'est incontournable.

Cilla allait pousser un discret soupir de soulagement lorsqu'il enchaîna :

— Reste une autre vérité, tout aussi incontournable :

j'ai envie de toi, Cilla O'Roarke. Une envie à m'en taper la tête contre les murs.

Cilla en eut le souffle coupé. Ce fut comme si un grand silence intérieur se faisait soudain en elle. Figée dans une immobilité de statue, elle bougea lentement les yeux — rien que les yeux — jusqu'à rencontrer les siens. Le regard de Boyd avait cessé d'être calme. Il y avait là une incandescence à peine contenue. Et ce feu-là était excitant et terrifiant à la fois.

— J'aurais préféré te rencontrer en d'autres circonstances, mais le hasard — ou le destin — en a voulu autrement, poursuivit Boyd avec une gravité inhabituelle. J'ai l'intention d'aller jusqu'au bout de ma mission. Mais j'estime que c'est ton droit de savoir que je pourrais ne pas être tout à fait aussi neutre et objectif que mes fonctions l'exigeraient. Alors si tu veux qu'un autre inspecteur prenne la relève, je respecterai ta décision.

— Ah non !

Comprenant que son cri du cœur en disait un peu trop long, Cilla se hâta d'avancer une justification rationnelle :

— Ce n'est déjà pas facile d'avoir un flic sur le dos en permanence mais si, *en plus*, il faut que j'en forme un second, ça va être infernal. Toi, au moins, tu es devenu une sorte de fléau familier.

Elle se surprit à se ronger l'ongle du pouce et laissa retomber la main sur ses genoux.

— Pour ce qui est du reste, nous ne sommes plus des enfants, ajouta-t-elle d'un ton qui se voulait désinvolte. Nous pouvons gérer ça en adultes.

Boyd hocha gravement la tête et ne fit pas de commentaire. Cilla O'Roarke étant ce qu'elle était, on pouvait difficilement espérer qu'elle admette de son plein gré qu'il n'était pas le seul à être travaillé par sa libido.

Lorsqu'il se redressa, elle se leva d'un bond. Avec un air tellement effaré qu'il éclata de rire.

— On se calme, O'Roarke. Je m'apprête à faire la vaisselle. Pas à te sauter dessus comme une bête.

— La vaisselle est pour moi, protesta Cilla en redressant la tête. Tu as déjà fait à manger. Si l'un cuisine, l'autre lave. C'est une des règles de base chez les O'Roarke.

— Dans ce cas, Cendrillon, je te laisse vaquer à tes tâches. Tu as une émission en public à midi, c'est ça ?

— Comment le sais-tu ?

— J'ai vu les programmes de Radio KHIP. Cela nous laissera juste assez de temps pour passer chez moi. Je voudrais prendre une douche et me changer.

Cilla secoua la tête.

— Tu crois vraiment que ta présence s'impose ? Je ne risque pas de me retrouver seule une seconde. L'émission va être diffusée à partir d'un centre commercial noir de monde.

— Justement. Raison de plus pour être prudent, rétorqua Boyd d'un ton sans réplique.

Boyd se prélassait sur le canapé avec le journal et une ultime tasse de café lorsqu'il entendit Cilla dévaler l'escalier. Il leva la tête pour la complimenter sur la rapidité avec laquelle elle s'était changée. Mais les mots lui restèrent coincés au fond de la gorge. « Une chance que je sois en position assise », se félicita-t-il en se renversant contre le dossier pour mieux profiter du spectacle.

Cilla était en rouge. Un rouge claquant, lumineux, qui à lui seul coupait déjà le souffle. Sa jupe de cuir moulait ses hanches minces et s'arrêtait à mi-cuisses. Et quelles cuisses... Les jeans larges qu'elle portait habituellement ne donnaient qu'une idée très approximative de la forme de ses jambes. Boyd les découvrait non seulement longues et fines mais d'un galbe parfait. La veste assortie était croisée sur sa poitrine et attachée par deux boucles au niveau de la taille. Boyd ne put s'empêcher de se demander si elle portait quelque chose dessous.

Complétant son examen, il nota que même sa coiffure avait changé. Mais par quelque mystérieux artifice, Cilla avait fait en sorte que le désordre de sa chevelure paraisse étudié. Et le résultat était d'une extraordinaire sensualité. Peut-être aussi parce qu'elle avait pris le temps de se maquiller, discrètement, mais avec art, soulignant ses pommettes d'un soupçon de blush, accentuant l'éclat de ses yeux par un trait de khôl et redessinant le contour de ses lèvres.

— C'est idiot, marmonna-t-elle en se tripotant l'oreille. Je n'ai jamais compris en quoi le fait d'avoir des trucs qui pendouillent de chaque côté de la tête était censé rendre une femme plus jolie.

Avec un léger soupir, elle contempla la boucle reposant au creux de sa paume.

— J'ai réussi à en mettre une, mais pas moyen d'enfiler l'autre. Je ne sais pas si tu es doué pour ce genre de choses ?

Elle s'approcha de lui, la main tendue. Les notes de chypre de son parfum si particulier exercèrent aussitôt sur lui leur effet pernicieusement aphrodisiaque.

— Doué pour quoi ?

— Enfiler ce machin-là. Je n'en porte pas très souvent, si bien que je n'ai jamais pris le coup de main. Aide-moi, tu veux bien ?

« L'épreuve de la tentation, acte III. » Boyd se concentra sur sa respiration.

— Tu veux que je te mette cette boucle d'oreille ?

Cilla leva les yeux au plafond.

— Tu comprends vite mais il faut t'expliquer long-temps, Fletcher.

Elle lui fourra le bijou dans la main, puis glissa ses cheveux derrière une oreille en se présentant à lui de profil.

— Ce n'est pas compliqué sur le principe. Il suffit de faire passer la tige puis de la bloquer avec le petit zinzin en métal. C'est à ce niveau-là que j'ai des problèmes.

Boyd tenta de se blinder en mettant sa libido en sourdine et passa à l'action. Mais, très vite, il sentit la tension s'accumuler jusqu'à atteindre des proportions difficilement soutenables. Une chose était désormais certaine : ce parfum subtil et voluptueux qui n'appar-tenait qu'à Cilla ne le lâcherait plus. Son cerveau l'avait enregistré et sa trace était inscrite en lui à jamais. Jurant à voix basse, il s'efforça de se concentrer sur le côté purement technique de l'opération.

— Il est nul, ce système, maugréa-t-il.

— A qui le dis-tu, murmura faiblement Cilla.

Elle avait toutes les peines du monde à aligner deux syllabes. Au moment précis où les doigts de Boyd s'étaient posés sur son oreille, elle avait mesuré l'énormité de son erreur. Comment avait-elle pu être assez inconsciente pour lui demander ce service ? Les jambes comme en coton, elle se figea dans une immobilité de statue et pria pour qu'il en finisse rapidement.

Mais il semblait se heurter à quantité de difficultés techniques. A chaque tentative infructueuse, le pouce de Boyd effleurait sa joue tandis que le bout de ses doigts glissait sur la zone sensible derrière l'oreille. Mais le pire était son souffle chaud qui allait et venait dans son cou. Assaillie par une nouvelle série d'images à teneur fortement érotique, Cilla ne réprima que de justesse le gémissement qui lui montait aux lèvres.

— Oh, et puis laisse tomber ! chuchota-t-elle d'une voix affreusement altérée. Rien ne m'oblige à m'affubler de ces trucs-là après tout.

— Du calme, O'Roarke. J'y suis.

Boyd recula d'un pas et put relâcher enfin la respiration contenue qui lui bloquait la poitrine. L'épreuve avait été passée avec succès mais le laissait à cran, avec une sourde envie de mordre.

La vue de Cilla, cependant, lui apporta un réconfort immédiat. A en juger par son regard embrumé, elle n'était pas restée de marbre non plus. Ils avaient été deux à endurer les affres du désir non assouvi. Avec un léger sourire, il effleura le petit cylindre en or qui ornait son oreille.

— Intéressant, comme expérience. Il faudra penser à la renouveler... lorsque nous aurons un peu plus de temps devant nous.

Se sentant rougir stupidement, Cilla lui jeta un regard noir et se dirigea vers la penderie sans répondre. Elle sortit leurs deux manteaux et le regarda un instant pendant qu'il ajustait son holster et s'assurait rapidement du bon fonctionnement de son arme. Ces gestes trop familiers réveillèrent des souvenirs qu'elle préférait garder enfouis. Laissant Boyd à ses préparatifs, elle sortit l'attendre dehors au soleil.

Il la rejoignit peu après sans faire de commentaires.

— Ça t'ennuie si je mets Radio KHIP ? demanda-t-elle lorsqu'ils furent installés dans la voiture de Boyd.

— Pas du tout. Elle est enregistrée dans la mémoire. C'est la trois.

Ainsi, il avait l'habitude d'écouter cette station… Avec un léger sourire, Cilla effleura la touche indiquée. Le joyeux tandem qui sévissait sur les ondes le matin plaisantait et délirait bruyamment. « Fred le Fou » et son acolyte firent la publicité pour un concert qui se donnait les jours suivants, promirent de mettre deux places gratuites en jeu pendant l'heure suivante, puis invitèrent leurs auditeurs à se rendre au centre commercial où ils pourraient voir Cilla O'Roarke « en live ».

— Courez, courez, les amis, et tentez votre chance ! Il y aura distribution de CD, de T-shirts et de places de concert, annonça Fred.

— Arrête, Fred, l'interrompit l'autre animateur. Tu sais bien que ce ne sont pas les T-shirts qui intéressent les gars qui vont se déplacer jusque là-bas. Ils veulent euh…

Il émit une suite de sons aussi suggestifs que haletants.

— … voir Cilla, acheva-t-il sur une sorte de gloussement.

— C'est délicat, comme humour, commenta Boyd, les sourcils froncés.

Cilla, elle, ne s'offusquait jamais des facéties de ses collègues.

— C'est leur rôle de faire des plaisanteries outrancières, expliqua-t-elle. Apparemment, les gens apprécient ce genre d'absurdités de bon matin car leur taux d'écoute ne cesse de grimper.

— J'imagine que ça t'excite d'entendre un type haleter comme ça en prononçant ton nom ? maugréa Boyd.

— Qu'est-ce que tu crois ? C'est ma seule raison de vivre !

Trop amusée pour s'offenser de l'attitude morose de son compagnon, Cilla se renversa contre son dossier. Boyd avait une voiture plutôt sympa, pour un flic. Basse, effilée, avec des sièges de cuir qui sentaient bon le neuf. Elle n'y connaissait strictement rien en marques et en modèles, mais apparemment, il s'agissait d'un de ces petits bolides qui faisaient craquer les amateurs de carrosserie fine et autres tigres dans le moteur. Et dire qu'elle l'avait traitée de « poubelle » !

— Allez, Holmes, ne fais pas cette tête. Tout cela n'est qu'un jeu. « Fred le Fou » est un garçon adorable, très amoureux de sa femme. Ils attendent leur premier enfant pour septembre. Quant à son partenaire, il est résolument homosexuel. Cela fait des années qu'ils sont à Radio KHIP, et ils n'ont strictement rien à voir avec X, je peux te le garantir.

Boyd haussa les épaules.

— Le problème avec toi, c'est que tu es trop confiante.

Mais Cilla n'avait pas envie de voir la vie en noir, ce matin. Tout en écoutant le tube que Fred venait d'envoyer sur les ondes, elle contemplait par la fenêtre le profil hautain des montagnes se découpant sur un ciel radieux. La journée promettait d'être chaude et enso-leillée. Qui sait si le printemps tant attendu n'arrivait pas, enfin ? Elle avait toujours eu un faible pour cette saison, surtout à son tout début, lorsque les bourgeons s'ouvraient lentement et que le vert délicat des feuilles faisait une timide apparition, signant enfin le grand réveil de la terre.

C'était toujours vers le mois de mars que les souvenirs de la Géorgie s'imposaient avec le plus d'acuité, empreints d'une douceur teintée de nostalgie. Elle se remémora une journée passée dans le jardin avec son père alors qu'elle devait avoir cinq ou six ans. Par la fenêtre ouverte de la maison, on entendait le top 50 à la radio. Tous les éléments de cette scène étaient restés gravés dans sa mémoire : le chant des oiseaux qu'elle percevait sans vraiment écouter, la sensation de la terre humide sous ses doigts tandis qu'elle aidait son père à planter les pivoines. Il lui avait dit que chaque année, quoi qu'il arrive, elles refleuriraient sous ses fenêtres, que ces fleurs merveilleuses à la beauté fugitive représenteraient son rendez-vous personnel avec le printemps.

Continuaient-elles à sortir chaque année de terre, ces pivoines crème, mauves, pourpres et rouges que son père aimait tant ? Et se trouvait-il encore quelqu'un dans la maison de son enfance pour honorer le rendez-vous ?

— Cilla ? Ça va ?

Elle sursauta et revint à la réalité.

— Oui, oui. Tout à fait.

Ils roulaient dans un des quartiers résidentiels les plus anciens et les plus huppés de Denver. Boyd s'engagea dans une allée privée bordée de grands arbres encore nus. Celle-ci s'élevait en pente douce jusqu'à une grande maison en pierre de deux étages. De hautes fenêtres étroites conféraient à la large façade un air d'orgueilleuse élégance.

Cilla fronça les sourcils.

— Que faisons-nous ici, au fait ?

— Redescends sur terre, O'Roarke. Il était convenu que nous passerions d'abord chez moi pour que je puisse me changer, au cas où tu l'aurais oublié.

— Chez *toi* ? Cette modeste chaumière ?

Cilla n'en croyait pas ses yeux.

— Non, sérieux… Ne me dis pas que tu habites ici, Boyd.

— Même un flic a besoin de se loger quelque part. J'ai beau avoir la vocation, je ne reste pas cloîtré vingt-quatre heures sur vingt-quatre dans un commissariat.

Cilla n'en doutait pas une seconde. Mais si elle avait connu nombre de policiers, elle n'en avait encore jamais rencontré qui puissent s'offrir une maison de quinze pièces, dans un quartier aussi élégant.

Déconcertée, elle emboîta le pas à Boyd jusqu'à une porte d'entrée cloutée, visiblement ancienne, qui à elle seule devait valoir une fortune. Ils pénétrèrent dans un vestibule aux proportions imposantes dont le plafond s'arrondissait pour former une voûte. Les parquets patinés en chêne étaient une pure merveille et des œuvres de peintres célèbres du xxᵉ siècle étaient accrochées aux murs.

— Eh bien…, commenta Cilla, impressionnée. Dire que je te prenais pour un flic rigoureusement honnête.

— Je le suis.

Il lui prit son manteau et le jeta sur la rampe du large escalier de bois ouvragé qui menait au premier étage. Que la probité de Boyd ne fût pas en cause apparaissait à Cilla comme une évidence. Mais cette maison ainsi que tout ce qu'elle représentait ne la mettaient pas moins mal à l'aise pour autant.

— Dans ce cas, je suppose que tu as hérité cette splendeur d'un oncle aussi riche qu'inconnu ?

Boyd se mit à rire.

— Presque. En vérité, je la tiens d'une grand-mère — riche mais connue, expliqua-t-il en lui prenant le bras pour la guider jusqu'à un salon aux proportions harmonieuses dominé par une immense cheminée en pierre.

Trois grandes fenêtres s'ouvraient de chaque côté. Avec ses hauts plafonds, la pièce aurait fait une salle de bal parfaitement acceptable.

— J'imagine que tu devais avoir une grand-mère assez exceptionnelle.

— C'était une personnalité, en effet. Elle a régné sur Fletcher Industries jusqu'à soixante-dix ans passés.

— Fletcher Industries ?

Boyd haussa les épaules.

— C'est l'entreprise familiale. Qui s'est pas mal diversifiée sous l'égide de l'énergique grand-mère en question. Leurs activités vont chercher à la fois du côté de l'immobilier, du bétail et de l'extraction minière.

Cilla siffla entre ses dents.

— Impressionnant.

Luttant contre la tentation de se ronger les ongles, elle joignit les deux mains et les maintint fermement pressées l'une contre l'autre.

— Comment se fait-il que tu ne restes pas chez toi à compter ton or au lieu de traquer le délinquant pour un salaire dérisoire ?

— J'aime mon boulot, Cilla.

Boyd lui prit la main et l'interrogea du regard.

— Quelque chose ne va pas ?

— Si, si, tout va bien. Tu devrais aller te changer. Il faut que j'arrive au centre commercial avec un peu d'avance pour les réglages.

— Je n'en ai pas pour longtemps.

Elle attendit que Boyd ait quitté la pièce pour prendre place sur l'un des canapés jumeaux. L'écho de ces deux mots tout bêtes, « Fletcher Industries », continuait à lui tournoyer dans la tête. Il s'agissait assurément d'un groupe industriel important. Tout cela vous avait un petit relent quasi aristocratique… Cilla fouilla fébrilement dans son sac, et sortit une cigarette de son paquet. Elle l'alluma, aspira profondément la fumée et examina les lieux.

Luxe discret et raffiné. Goût sûr. Rien de tapageur ni d'ostensiblement nouveau riche. Cilla soupira. Elle se trouvait là en territoire résolument étranger.

Sa relation avec Boyd lui avait déjà paru très compliquée lorsqu'elle croyait qu'ils étaient issus de milieux similaires. Mais maintenant ? Autant se l'avouer : l'idée qu'il puisse y avoir quelque chose entre eux avait joué dans un coin de son esprit depuis qu'il l'avait embrassée la veille au soir. Peut-être pas une histoire d'amour, vu sa profession. Mais au moins, une amitié.

Comme si cela ne lui suffisait pas d'être flic, cependant, il fallait en plus qu'il appartienne à une de ces grandes familles d'industriels qui avaient assis leur domination économique sur le pays. Un milieu où les garçons naissaient avec des chiffres romains accolés à leur nom.

Boyd Fletcher III.

Elle-même ne se situait pas dans une lignée aussi glorieuse. Elle était une O'Roarke tout court et aucun de ses ancêtres ne s'était jamais distingué par un haut fait quelconque. La ville où elle avait vu le jour en Géorgie n'était qu'un point insignifiant sur la carte. Sa propre personne, cela dit, n'était pas restée tout à fait obscure. Elle avait même réussi à se faire un nom à sa manière. Mais ses racines resteraient à jamais modestes.

Cilla se leva pour jeter son mégot dans la cheminée. Elle avait hâte que Boyd revienne ; hâte de quitter cette maison pour retrouver son univers professionnel familier. Un univers où elle avait sa place ; où elle était connue et respectée.

Son regard tomba sur le téléphone et elle frissonna en pensant à X. Il ne fallait pas perdre de vue qu'elle traversait une crise majeure. Et c'était à sa survie et à celle de Deborah qu'elle se devait de penser. Explorer ses sentiments pour Boyd était un luxe qu'elle ne pouvait en aucun cas se permettre. C'était le moment ou jamais de rester claire sur ses priorités.

Si encore des affinités profondes les avaient rapprochés ! Mais ils étaient aussi peu assortis que possible. Pour trouver un homme et une femme ayant aussi peu de points communs que Boyd Fletcher et elle, il faudrait se lever de bonne heure. Cela dit, elle pouvait difficilement prétendre qu'il la laissait indifférente sur le plan physique. Mais ces attirances-là ne signifiaient pas grand-chose. Elle pouvait simplement en conclure qu'elle était femme et vivante, et pas tout à fait aussi endormie sexuellement qu'elle l'avait cru pendant des années.

Cependant ce serait une grave erreur de s'attacher à un homme sur la base d'une simple attirance sexuelle. Boyd n'aurait pas pris une telle place dans son affection si le hasard ne l'avait pas promu à ce rôle d'ange gardien, toujours rivé à son côté. Dès que la vie aurait repris son cours normal, leurs chemins s'écarteraient d'eux-mêmes.

Depuis quelques jours, il est vrai, elle se sentait extraordinairement proche de Boyd. Mais c'était une proximité factice, entièrement imputable aux circonstances. En bref, l'importance que Boyd avait prise à ses yeux n'était qu'un sous-produit de la terreur que lui inspirait X.

Ces fascinations-là étaient temporaires par essence. Son attirance mourrait d'elle-même le jour où elle n'aurait plus aucune raison de trembler en décrochant son téléphone. Et en attendant, elle avait tout intérêt à garder une distance prudente avec cet homme. Qu'on se le dise !

Regagnant le salon à grands pas, Boyd la découvrit debout, près d'une des hautes fenêtres, le visage et les cheveux baignés par la lumière du soleil. Pas une seule fois, dans un des innombrables fantasmes où Cilla figurait en vedette, il ne l'avait imaginée se tenant à cet endroit particulier. Et pourtant, en la voyant là, il sut que c'était précisément là qu'il avait espéré la trouver.

Ce constat l'ébranla si profondément qu'il demeura un instant immobile, à la regarder. Découvrir qu'elle s'insérait si parfaitement dans sa maison, dans sa vie, dans ses rêves, lui fit presque l'effet d'un électrochoc. Cilla O'Roarke ne le savait pas encore, mais elle et lui avaient quelque chose à vivre ensemble.

L'intéressée ne l'entendrait pas de cette oreille et se hâterait de proclamer qu'ils n'avaient rien à faire ensemble, au contraire. Farouche, elle se cabrerait, le combattrait becs et ongles, lui opposerait mille arguments plus ou moins pertinents et s'arrangerait pour fuir à toutes jambes dès qu'il lui en laisserait le loisir.

Boyd se surprit à sourire. Il ferait simplement en sorte de ne jamais la lâcher ! Elémentaire, non ? Sa décision prise, il se dirigea vers elle à grands pas.

— Cilla ?

Elle tressaillit et se retourna vers lui.

— Ah, je ne t'avais pas entendu. Je…

Sa phrase se perdit dans un murmure lorsqu'il

l'attira contre lui. Il l'embrassa à pleine bouche, sans avertissements ni préliminaires.

Tremblements de terre, raz de marée, vents sauvages…

« Bizarre », songea Cilla confusément. Comment quelque chose d'aussi merveilleux qu'un baiser pouvait-il évoquer ainsi les pires cataclysmes ? Elle venait de dresser mentalement une longue liste *d'excellentes* raisons pour ne plus tomber dans les bras de Boyd. Mais aucune, étrangement, ne lui revenait à l'esprit. Déterminée à le repousser, elle l'attira plus près. « Attention, tu es en train de te fourvoyer sur toute la ligne ! » se dit-elle dans une ultime tentative de mise en garde.

Mais jamais erreur n'avait paru aussi juste ; jamais égarement aussi lumineux. Echanger des baisers enflammés avec cet homme était délirant, mais leur folie même était magnifique. Tandis qu'elle se pressait contre lui et que leurs bouches s'accordaient passionnément, Cilla comprit que tout ce dont elle avait cherché à se persuader quelques minutes plus tôt n'avait été que mensonge. A quoi bon prétendre ne pas vouloir explorer ses sentiments pour Boyd alors que ceux-ci affluaient déjà à la surface de sa conscience, s'imposant avec la force de l'évidence ?

Elle voulait Boyd. Désirait Boyd. Revendiquait Boyd. Et même si cette certitude avait quelque chose de terrifiant, elle l'acceptait, comme elle acceptait de trembler d'émotion dans son étreinte. Et ce « oui » qui résonnait en elle était comme un puissant nectar de vie qui coulait dans ses veines. Elle comprit soudain qu'elle avait attendu toute son existence pour désirer comme elle désirait en cet instant. Pour s'éprouver, tremblante de faiblesse et néanmoins puissante ; troublée, hagarde et cependant lucide; abandonnée et fondante et en même temps vibrante et sous tension.

Boyd serra son corps gainé de cuir contre le sien et constata qu'ils s'épousaient à la perfection. Cilla en avait-elle conscience? Acceptait-elle d'ouvrir les yeux et de *voir* enfin? Il voulait entendre le mot « désir » sur ses lèvres. Un aveu l'aurait ému plus encore que le gémissement de plaisir qu'elle laissa échapper lorsqu'il lui repoussa la tête en arrière pour tracer un sillon de baisers le long de son cou. Il sentit une petite veine brûlante battre sous ses lèvres. La fièvre qui montait en elle exacerbait encore les dangereuses potentialités de son parfum. Les fragrances enivrantes lui montèrent instantanément à la tête et il défit les attaches retenant sa veste. Dessous, il trouva Cilla et rien que Cilla.

Lorsque les mains de Boyd se refermèrent sur ses seins, Cilla rejeta la tête en arrière pour mieux s'offrir à ses caresses. A son contact, c'était comme s'ils se remplissaient d'un fluide épais et brûlant. Ils se gonflaient, turgescents sous ses doigts. Ses genoux se dérobèrent sous elle et elle dut se raccrocher à ses épaules lorsque Boyd fit rouler les pointes entre pouce et index.

Aveuglée de désir, elle chercha ses lèvres et l'embrassa éperdument, les yeux clos, laissant ses mains et sa bouche parler le langage spontané de la passion. Impatiente de retrouver le contact de sa peau, elle tira sur son veston. Sa main glissa sur le cuir du holster et rencontra le métal de son revolver.

Ce fut comme une claque, une douche froide. Se rejetant en arrière, elle trouva l'appui d'une console sous sa paume soudain glacée et secoua la tête.

— Je suis désolée, murmura-t-elle, mais je ne veux pas vivre une aventure avec toi.

— Trop tard, répliqua Boyd en lui saisissant les épaules. On ne peut plus faire machine arrière maintenant.

— Non, ce n'est pas trop tard.

Cilla se dégagea d'un mouvement brusque et rajusta ses vêtements.

— J'ai pas mal de soucis en tête en ce moment, vois-tu. Et tu as également tes occupations.

Boyd luttait pour conserver le calme dont il se départait pourtant rarement. Imprévisible, brutal, le rejet de Cilla le laissait sans voix. Pour la première fois depuis qu'il avait arrêté de fumer, il se sentait à deux doigts de craquer et d'allumer une cigarette.

— Bon, tu as pas mal de soucis en tête, raisonna-t-il patiemment. Et alors ?

— Et alors, rien. On y va.

Il leva la main pour l'arrêter.

— Avant que nous sortions d'ici, dis-moi au moins une chose : prétends-tu n'avoir rien ressenti ?

Elle haussa les épaules.

— Je ne vois pas pourquoi j'affirmerais une chose pareille. Tu sais pertinemment quel effet tu as sur moi. Rien ne sert de nier l'évidence.

— Justement. C'est pourquoi, ce soir, je veux te ramener ici avec moi.

Cilla ferma un instant les yeux et secoua la tête, comme pour chasser une image obsédante.

— Non. Je ne peux pas.

— Qu'est-ce qui t'en empêche ? Tu m'as dit que tu n'avais personne.

— Le problème n'est pas là.

— Alors qu'est-ce qui te fait donc si peur, Cilla ?

— J'ai peur de décrocher mon téléphone, dit-elle en

détournant les yeux. J'ai peur de m'endormir le soir et j'ai peur de me réveiller le matin.

Tout doucement, juste de la pointe du doigt, Boyd lui effleura la joue.

— Je sais ce que tu traverses en ce moment et crois-moi, je ferai tout ce qui est en mon pouvoir pour te délivrer de ce cauchemar. Mais ce n'est pas à cause de ces peurs-là que tu me repousses.

— C'est vrai. J'ai d'autres raisons.

— Cite-m'en au moins une.

Cilla se pencha pour prendre son sac sur le canapé.

— Tu es flic, au cas où tu l'aurais oublié, Boyd Fletcher.

— Et alors ?

— Et alors, c'était également le métier de ma mère.

Avant qu'il puisse ouvrir la bouche pour répondre, elle avait déjà quitté le salon à grands pas.

— Cilla…

— Arrête, Boyd. Immédiatement, intima-t-elle d'une voix presque sifflante en enfilant son manteau. Je ne peux pas me permettre de péter un câble alors que j'ai une émission en public dans moins d'une demi-heure. Alors, sois sympa et *lâche-moi une fois pour toutes* ! Au cas où tu ne l'aurais pas remarqué, ma vie est déjà passablement chamboulée en ce moment et je n'ai pas besoin de complications supplémentaires. Si tu ne penses pas pouvoir garder tes distances, j'appellerai ton commissaire pour lui demander de désigner quelqu'un d'autre à ta place. Maintenant, tu peux me conduire au centre commercial ou m'appeler un taxi. C'est au choix.

Boyd réprima un soupir. S'il continuait à la bousculer en exigeant des explications, elle risquait de craquer complètement. Et le moment était mal choisi pour une manœuvre de déstabilisation.

— Je t'emmène, dit-il. Et je m'engage à te laisser en paix… jusqu'à nouvel ordre.

6

Boyd tint parole. Il ne revint pas à la charge, ni ce jour-là ni le lendemain. Il était là sans être là, s'acquittant imperturbablement de ses fonctions, comme le plus zélé des gardes du corps. Il resta à son côté pendant toute la durée de son émission en public, filtrant discrètement les fans qui s'approchaient pour échanger quelques mots avec elle et demander des autographes, jaugeant d'un rapide coup d'œil les gagnants qui venaient récupérer leurs disques ou leurs T-shirts.

Et le pire, c'est qu'il n'avait pas l'air malheureux le moins du monde ! Cilla le vit farfouiller dans les rayons du disquaire et profiter de l'occasion pour compléter sa discothèque aussi bien en musique pop qu'en jazz et en classique. Il parla base-ball avec l'ingénieur du son, commenta l'émission avec elle et l'approvisionna régulièrement en boissons fraîches.

On ne pouvait pas dire qu'il se murait dans un silence obstiné. Bien au contraire. Mais la qualité de leurs échanges avait chuté en flèche. Jamais Cilla n'aurait imaginé que ses *vraies* conversations avec Boyd lui manqueraient à ce point. Autre point sensible : il ne la touchait plus jamais. Même sur les petits gestes sans conséquence, comme effleurer une main ou une épaule, Boyd avait tracé un trait définitif.

Toujours avec la plus parfaite indifférence, il lui offrit un dîner rapide avant de l'accompagner à la station pour son émission du soir. Et plus il se montrait joyeux, détaché, serein, plus Cilla se renfrognait. Elle ne se souvenait pas d'avoir jamais passé un après-midi aussi détestable.

Comme par hasard, ce fut Althea qui, ce soir-là et le lendemain, lui tint compagnie dans le studio. Cilla ne comprenait pas pourquoi il lui était tellement difficile de se concentrer en l'absence de Boyd. Elle ressassait ses griefs, maniait ses platines en se répétant qu'il s'agissait vraisemblablement d'une vile stratégie de sa part. Boyd feignait l'indifférence dans le seul but de la faire craquer et de l'amener à faire le premier pas. Mais s'il croyait pouvoir la manœuvrer ainsi, il se trompait sur toute la ligne. Il était hors de question qu'elle revienne sur ses positions.

Elle devait bien reconnaître, cependant, que c'était elle qui avait exigé qu'il la laisse tranquille. Boyd s'était contenté d'accéder à sa demande et elle ne pouvait décemment pas le lui reprocher. Mais quand même… il aurait pu au moins avoir la correction d'afficher une mine de chien battu et un regard affligé !

A en juger par sa réaction, ce qui s'était passé — ou plutôt ce qui avait *failli* se passer entre eux — n'avait été à ses yeux qu'un épisode parmi d'autres. Sans être le type même du tombeur en série, M. Boyd Fletcher III devait aimer accrocher quelques spécimens à son tableau de chasse. Ma foi, tant mieux. Elle finirait bien par se remettre de cette désillusion passagère. De toute façon, il n'y avait aucune place dans sa vie pour un flic au sourire nonchalant issu d'un milieu cossu.

Si seulement elle parvenait à travailler cinq minutes de suite sans penser au flic en question, ce serait parfait !

Pendant que Cilla jonglait avec ses commandes, Althea se concentrait sur ses mots croisés. Rester immobile des heures d'affilée ne lui avait jamais pesé, à condition qu'elle puisse s'occuper l'esprit intelligemment. Pour Cilla O'Roarke, c'était une tout autre histoire, en revanche. Il suffisait de la regarder procéder pendant cinq minutes pour se rendre compte que la jeune femme ne maîtrisait pas l'art subtil de la relaxation. De son écriture fine et régulière, Althea continua à aligner des lettres dans les cases tout en songeant que Boyd était exactement l'homme qu'il fallait à Cilla pour lui enseigner quelques sains principes de patience.

« Elle meurt d'envie de me demander où il est et ce qu'il fait, mais elle ne veut surtout pas me donner l'impression qu'elle s'intéresse à la réponse », se dit Althea et cette pensée la fit sourire. Elle songea que Boyd, de son côté, se montrait plus taciturne et réservé qu'à l'ordinaire. Rivé à son téléphone ou attelé à son ordinateur, il avait poussé ses recherches plus avant et pêché de nouvelles informations sur le passé de Cilla. Ses découvertes l'avaient laissé songeur et perturbé. Althea l'avait regardé faire de loin mais n'avait posé aucune question. Elle savait qu'en l'occurrence, c'était l'homme et non l'inspecteur de police qui traversait une phase de remise en question. Si les nouveaux éléments trouvés par Boyd avaient eu la moindre incidence sur leur enquête, il les lui aurait communiqués aussitôt.

Au fil des années, Boyd et elle avaient noué une relation d'amitié forte tout en respectant leurs vies privées respectives. Elle ne se serait pas permis de questionner Boyd sur ce qui se passait entre Cilla et

lui. Mais s'il lui venait le besoin de parler, elle serait
là. Et vice versa, d'ailleurs.

Sa relation avec Boyd avait toujours été merveilleu-
sement simple, chaleureuse et dépourvue d'ambiguïté.
Sans doute parce qu'il n'y avait jamais eu entre eux ni
rivalité professionnelle ni attirance physique. Dès que
la tension du désir naissait entre un homme et une
femme, tout devenait, malheureusement, beaucoup
plus compliqué.

Cilla repoussa sa chaise d'un mouvement brusque
et abandonna ses platines.

— Je vais aller me chercher un café. Je peux vous
en proposer un, Althea ?

Elle releva la tête.

— Nick ne devrait pas tarder à venir en apporter,
non ?

— Je ne l'ai pas vu à la station, ce soir. Ça doit être
son jour de congé.

— Dans ce cas, je vais m'en occuper.

Althea reposa son magazine et fit le geste de se lever.
Mais Cilla la devança.

— Non, continuez donc à méditer sur vos défini-
tions. Il me reste sept bonnes minutes avant la fin de
la cassette. Et j'ai besoin de me détendre les jambes.

— Très bien, dans ce cas je me laisse servir, déclara
Althea en se replongeant dans ses mots croisés.

Cilla fit quelques étirements puis se dirigea vers
la salle de pause. Billy était déjà passé par là, apparemment. Le sol étincelait et les tasses avaient été lavées
et essuyées. L'odeur du détergent à l'essence de pin dont
il usait toujours en abondance flottait encore dans l'air.
Cilla versa le café et, une tasse dans chaque main, se
retourna pour regagner le studio. La première chose

qu'elle vit fut l'éclat de la lame. Puis la silhouette qui
se découpait dans l'encadrement de la porte. Avec un
hurlement de terreur, elle porta les mains à son visage,
laissant échapper les deux tasses. Dans le fracas de
vaisselle brisée, l'homme au couteau fit un pas hésitant
dans sa direction.

— Mademoiselle O'Roarke ?

— Oh, mon Dieu, Billy, chuchota-t-elle en pressant
une main contre sa poitrine pour essayer de libérer
l'étau d'acier qui la comprimait. Je croyais que vous
étiez déjà parti.

— Mais je...

Livide, le petit homme se rejeta contre le battant
lorsque Althea arriva au pas de course, son revolver
braqué sur lui. Par réflexe, il leva les deux mains
lorsqu'elle s'immobilisa, tenant à deux mains son arme
pointée sur lui.

— Tirez pas, madame. J'ai rien fait. Je vous jure.

— C'est ma faute, Althea.

Cilla s'avança pour poser une main rassurante sur
le bras de Billy.

— Je croyais qu'il n'y avait plus personne à part
nous, dans la station, expliqua-t-elle. Alors quand je
me suis retournée et que j'ai vu...

Saisie d'un effroi rétrospectif, elle enfouit son visage
dans ses mains.

— Je regrette, vraiment, dit-elle en se redressant.
J'ai eu une réaction complètement stupide et dispro-
portionnée.

— M. Harrison avait organisé un déjeuner d'affaires
dans son bureau, bredouilla Billy.

Son regard inquiet se portait alternativement sur
Althea puis sur Cilla.

— Je venais juste de commencer à débarrasser. Et il restait pas mal de… de couteaux et de fourchettes.

Cilla contempla la poignée de couverts à bouts ronds qu'il tenait à la main et se sentit de plus en plus idiote.

— Je suis confuse, Billy. J'ai dû vous terrifier à hurler comme ça. Et en plus j'ai sali le sol que vous venez de nettoyer.

— Ça n'a pas d'importance, mademoiselle O'Roarke.

Billy se détendit lorsque Althea rengaina son arme.

— Je m'occupe de tout remettre en ordre. Et j'écouterai votre émission en travaillant, dit-il en tapotant les écouteurs qu'il avait autour du cou. Vous passerez du rock des années 50, dites ? C'est celui que je préfère.

Le cœur au bord des lèvres, Cilla se força à sourire.

— Comptez sur moi.

Billy rayonnait.

— Et vous prononcerez mon nom à l'antenne ?

— Bien sûr. Mais il faut que je me dépêche, maintenant. Encore toutes mes excuses, Billy.

Laissant Althea aux prises avec la cafetière, Cilla se hâta de regagner le studio. Elle bénissait la collègue de Boyd de lui accorder ainsi deux minutes de solitude pour se ressaisir. Son cas devenait vraiment désespéré si elle s'offrait une crise de nerfs chaque fois qu'elle croisait d'inoffensifs agents d'entretien équipés de couteaux de table !

Contre l'angoisse, une seule solution : le travail. Luttant contre la panique, Cilla sélectionna ses disques en s'appliquant à ne pas précipiter ses gestes.

Lorsque Althea revint avec le café, Cilla invitait ses auditeurs à rester à l'écoute :

— Voici cinq morceaux à déguster d'affilée, les amis. Et le premier est tout spécialement dédié à mon super pote Billy. Pour lui, nous effectuerons un grand, grand retour en arrière. Jusqu'en 1958, très exactement. Je vais vous faire entendre le vrai, l'authentique, l'inoubliable Jerry Lee Lewis avec *Great Balls of Fire*.

Retirant ses écouteurs, elle adressa un pâle sourire à Althea.

— Je suis vraiment désolée.

— A votre place, je crois que j'aurais hurlé tellement fort que j'aurais rameuté toute la ville de Denver sur dix kilomètres à la ronde, déclara Althea en lui tendant un café fumant. Vu ce que vous avez enduré ces derniers temps, il y a de quoi prendre des sueurs froides chaque fois que vous voyez une ombre se profiler quelque part.

— Je dois avouer que je ne serais pas fâchée que ça s'arrête, admit-elle d'une voix lasse.

— Nous allons finir par l'identifier, Cilla.

— C'est la seule chose qui m'aide à tenir : la pensée qu'un type comme ça ne peut pas sévir éternellement.

Elle frissonna, sortit un nouveau disque pour le placer sur la platine et changea délibérément de sujet :

— Qu'est-ce qui vous a fait choisir ce métier, Althea ?

— C'est bête à dire, mais je crois que je suis tout simplement douée pour ce boulot. Question de vocation, sans doute.

— Une vocation solitaire ? Vous n'êtes pas mariée ? ne put-elle s'empêcher de demander.

Althea sourit.

— Pas encore, non. C'est assez dissuasif pour la plupart des hommes, une femme qui se balade avec un revolver à la ceinture. Mais vous avez peut-être eu l'impression que Boyd et moi, nous étions un peu plus que de simples collègues ?

— C'est difficile de ne pas se poser la question, admit Cilla.

Elle s'interrompit, leva la main pour demander le silence et ouvrit son micro afin de présenter sa sélection.

— Vous avez l'air de tellement bien fonctionner ensemble, tous les deux, enchaîna-t-elle une minute et vingt-deux secondes plus tard en retirant son casque pour se tourner de nouveau vers Althea.

Celle-ci porta son café à ses lèvres et but lentement, comme pour se donner un temps de réflexion.

— J'avoue que cela m'étonne un peu de votre part, Cilla. Qu'une femme comme vous puisse tomber si facilement dans le cliché au fond très sexiste qui consiste à penser qu'un homme et une femme couchent ensemble par définition dès le moment où ils sont amenés à collaborer un peu étroitement...

— Attention, je n'ai jamais dit cela ! protesta Cilla, vexée. Enfin... c'est vrai que j'y ai pensé en vous voyant tous les deux, mais...

Elle eut un sourire contrit.

— Bon, O.K., un point pour vous. Désolée, Althea. J'imagine que ça ne doit pas être facile tous les jours pour vous de subir des réflexions et des insinuations en tous genres.

— On s'y fait... Vous devez avoir un peu le même problème, non ? J'ai l'impression que vous êtes plus ou moins la seule femme à part la secrétaire à travailler dans cette station. Une femme attirante qui évolue dans un milieu considéré comme masculin est parfois amenée à défendre ses positions... assez énergiquement.

Ce n'était qu'un minuscule point commun entre elles.

Et néanmoins, Cilla se sentit pour la première fois sur la même longueur d'onde que cette femme d'apparence froide et réservée qui la fascinait par son insolente maîtrise d'elle-même.

— J'ai eu affaire à un disc-jockey, à Richmond, qui ne parvenait tout simplement pas à se mettre dans la tête que je puisse n'avoir aucune envie de me laisser renverser par lui sur sa table de mixage.

Une lueur amusée dansa dans le regard d'Althea.

— Et comment as-tu résolu le problème... si tu permets que je te tutoie ?

Cilla hocha la tête et sourit.

— Au cours d'une de mes émissions, j'ai lancé un appel aux auditrices pour signaler que le beau gosse en question était furieusement en manque de femmes et qu'il suffisait de l'appeler aux heures où il passait à l'antenne pour lui demander un rendez-vous. Je dois dire que ça a rapidement calmé ses ardeurs !

Cilla se tourna vers son micro et ouvrit le standard. Minuit approchait. Après un bref flash météo et la présentation de la séquence suivante, elle ôta de nouveau son casque.

— Je suppose que Boyd, lui, ne se laisserait pas décourager aussi facilement, observa-t-elle, à demi perdue dans ses pensées.

— Je ne te le fais pas dire. Il est têtu comme une mule. Lui, il appelle ça de la patience, mais en vérité, c'est de l'opiniâtreté pure et simple. Quand il s'est fixé un but quelconque, il n'en démord plus.

— J'ai remarqué, oui, acquiesça-t-elle avec un profond soupir.

Althea l'observa quelques instants en silence.

— Tu sais, Cilla, Boyd, c'est tout le contraire d'une brute épaisse. Et je vais même te confier quelque chose : c'est un des rares types vraiment bien que je connaisse.

S'il ne te plaît pas, il suffit de le lui dire calmement en face. Je peux te garantir que s'il sent qu'il ne t'intéresse pas, tu n'auras plus jamais de problèmes. Il est obstiné, mais pas obtus.

— Disons que *j'aimerais* ne pas être intéressée par Boyd, murmura Cilla. Il y a une nuance.

— En effet, oui. Et elle est de taille. Ecoute, si tu trouves que la question est indiscrète, n'hésite pas à m'envoyer paître...

Cilla se mit à rire.

— Entendu. C'est le genre de recommandation que l'on n'a pas besoin de me faire deux fois.

— O.K. Alors pourquoi refuses-tu cette attirance ?

Se tournant vers l'étagère du fond, Cilla attrapa deux albums.

— La profession de Boyd me pose problème.

— Donc s'il était agent d'assurances, ça résoudrait toutes les difficultés entre vous ?

— Oui. Non. Enfin, je ne sais pas.

Cilla se sentit rougir :

— Disons que cela ferait un obstacle en moins. Mais dans la série « je collectionne les blocages », il y a aussi le fait que j'ai fichu en l'air la seule relation amoureuse vraiment sérieuse que j'aie jamais vécue.

— Il faut être deux, généralement, pour commettre ce genre de gâchis.

Elle haussa les épaules.

— C'est ce qu'on dit, oui. Mais ce n'est pas toujours facile d'établir la part des responsabilités des uns et des autres. Et dans le doute, je ne suis pas pressée de renouveler l'expérience. M'occuper de mon quotidien avec Deborah suffit largement à mon confort.

— A ton confort, peut-être. Mais pourras-tu te

contenter toute ta vie d'une existence simplement
« confortable » ?

— Peut-être pas, non, murmura Cilla, les yeux
rivés sur le standard où les voyants clignotaient avec
insistance. Mais je te jure qu'en ce moment, une petite
vie banale, tranquille et même franchement « pépère »,
comme on dit, m'irait comme un gant.

— Je comprends.

Cilla retomba dans un silence tendu et commença à
prendre les appels. Althea se tut pour ne pas troubler
sa concentration. « Elle est terrifiée », songea-t-elle. Et
qui ne le serait pas à sa place ? Etre menacée de mort
par un inconnu dont la voix, soir après soir, s'étranglait
de haine au téléphone... La plupart des gens, dans des
conditions similaires, auraient choisi la fuite. Mais Cilla,
non. Cilla tenait tête. Refusant de modifier ses habitudes
d'un iota, elle continuait insolemment à s'exposer toutes
les nuits, dans la station de radio déserte.

Elle avait une peur bleue du téléphone, c'était clair.
Mais elle ne se forçait pas moins à répondre, à écouter,
à lancer quelques reparties drôles, cinglantes et parfois
même provocantes de cette voix à la fois rauque et suave
qui faisait rêver les hommes. Et tout cela dans la plus
grande décontraction apparente. Si Althea n'avait pas
été présente dans le studio, elle s'y serait elle-même
laissé prendre.

Avec un courage qui commandait le respect, Cilla
défiait un tueur. Mais lorsqu'il s'agissait de regarder ses
sentiments pour Boyd en face, elle se défilait, incapable
de faire front et d'aller à la rencontre de l'homme qui
l'attirait.

Plus Althea méditait sur la question, plus elle s'étonnait du phénomène. Cilla se crispait chaque fois qu'un

voyant s'allumait sur le standard, mais même si sa main tremblait, elle prenait l'appel et jouait le jeu. Boyd, lui, était entré dans sa vie pour la protéger. Et c'était pourtant lui qu'elle fuyait à toutes jambes ! Althea poussa un discret soupir. Ce n'était pas la première fois qu'elle faisait ce constat effarant : les femmes même les plus lucides et les plus intelligentes pouvaient sombrer dans des comportements aberrants lorsque l'homme avec un grand H se profilait à l'horizon de leur vie. Althea se jura que si, un jour, elle devait tomber amoureuse à son tour — ce qu'elle avait eu le bon sens d'éviter jusque-là —, elle trouverait le moyen de rester maîtresse de la situation.

Le brusque changement dans la voix de Cilla la ramena brutalement à sa mission présente. Elle se leva sans bruit et massa les épaules crispées de la jeune femme.

— Fais-le parler, chuchota-t-elle. Garde-le en ligne aussi longtemps que possible.

En se concentrant de toutes ses forces, Cilla réussit à garder ses distances, à ne pas entrer dans la folie de X. Elle s'était aperçue qu'elle parvenait à conserver un calme relatif lorsqu'elle faisait abstraction des insultes, des mots grossiers, des promesses macabres. Le regard rivé sur le chrono, elle ne songeait qu'à gagner de précieuses secondes, à remporter au moins cette bataille. Elle avait remarqué que le plus grand plaisir de X était de la faire craquer. Il continuait inlassablement à la menacer jusqu'au moment où elle se mettait à le supplier. Là seulement, il coupait la communication, satisfait de l'avoir brisée une fois de plus.

— Je ne vous ai jamais fait de mal, répéta-t-elle mécaniquement. Et vous le savez.

— Oui, mais *lui*... Tu y penses, à lui ? Sans toi, il serait encore vivant aujourd'hui.

— Vous prétendez que j'ai fait souffrir cet homme, n'est-ce pas ? reprit-elle, patiemment. Dites-moi au moins son prénom et nous pourrons peut-être enfin nous expliquer.

— Oh non, ce serait trop facile. Je veux que tu lui rendes au moins cet ultime hommage, espèce de garce : te souvenir de ta victime. Lorsque je te tuerai, son nom sera sur tes lèvres.

Cilla ferma les yeux et se concentra de toutes ses forces sur la musique pendant que X laissait libre cours à son inépuisable imagination sadique. Elle attendit qu'il marque une pause pour le relancer :

— Cet homme... Il a dû avoir une grande importance dans votre vie. Vous aviez beaucoup d'affection pour lui ?

— Il était tout pour moi. Tout. C'était mon père. Il était si jeune encore. Sa vie aurait dû être devant lui, aujourd'hui. Et pas derrière. Si tu ne l'avais pas trahi, je ne serais pas seul au monde aujourd'hui. Alors œil pour œil, dent pour dent, salope. Ta vie contre la sienne. Bientôt... très bientôt...

Lorsqu'il raccrocha, Cilla tremblait tellement qu'elle envoya le morceau suivant sur les ondes sans l'intervention micro habituelle. Elle fournirait les détails à la fin, lorsqu'elle aurait recouvré une voix à peu près normale. Laissant les voyants clignoter sur le standard, elle alluma une cigarette et renversa la tête en arrière.

— Ça y est ! Ils ont réussi à détecter l'origine de l'appel ! annonça Althea, les yeux brillants, en venant lui poser la main sur l'épaule. Et c'est grâce à toi. Tu as vraiment été magistrale, ce soir.

— Tu m'en diras tant.

Cilla ferma les yeux et songea qu'il lui restait encore une heure et dix minutes à tenir. Elle ne se souvenait pas de s'être jamais sentie vidée à ce point.

— Tu crois que ça y est ? Qu'ils vont mettre la main sur lui, maintenant ? demanda-t-elle faiblement.

— Nous allons bientôt le savoir. Mais, en tout cas, c'est une grande première, Cilla. Ça commence enfin à bouger. Et c'est toujours bon signe.

Cilla se renversa contre le dossier en laissant Althea prendre le volant. Elle aurait dû être soulagée, excitée même. Mais elle n'éprouvait rien qu'une pénible sensation de vacuité. Ils avaient repéré d'où venait l'appel. Autrement dit, ils savaient désormais où habitait… Avec l'adresse viendrait un nom, et avec le nom une personne. Et ils n'auraient plus alors qu'à le cueillir chez lui.

Une fois X arrêté, elle se forcerait à aller le voir. Pour mettre enfin un visage sur la voix qui la hantait depuis des semaines. Pour découvrir l'être humain avec son histoire, ses blessures. Un être humain qui en était venu à canaliser sur elle toute sa haine. En quoi et comment avait-elle, même indirectement, fait du tort à cet homme ? C'est ce que X finirait sans doute par lui apprendre. Sa main se crispa sur l'accoudoir. Elle allait bientôt avoir la réponse à la question qui la torturait depuis que les appels avaient commencé.

Lui faudrait-il composer, par la suite, avec le poids des remords ?

Du bout de la rue, Cilla repéra la voiture de Boyd garée juste devant chez elle. Il faisait les cent pas sur le trottoir, son trench-coat déboutonné malgré la bise. Il faisait si froid qu'elle voyait la buée blanche que formait son souffle. Ses yeux, en revanche, n'étaient pas visibles, à cette distance.

Cilla se força à ouvrir calmement sa portière et à marcher vers lui. Boyd attendit sans faire un pas dans sa direction.

— Entrons nous mettre au chaud, proposa-t-il d'une voix neutre.

Elle secoua la tête.

— Je veux savoir, Boyd. Maintenant.

Mais la réponse, elle la lisait déjà dans ses yeux.

— Vous ne l'avez pas eu, n'est-ce pas ? murmura-t-elle en regardant fixement les pavés du trottoir.

— Non, nous ne l'avons pas eu.

— Que s'est-il passé ? demanda Althea en les rejoignant.

— L'appel venait d'une cabine située à quelques kilomètres de la station. Il n'y avait aucune empreinte. Notre homme avait soigneusement effacé toute trace de son passage.

Cilla releva la tête. Nerveusement, elle était à bout de ressources. Et elle n'avait plus le courage de lutter pour donner le change.

— Autrement dit, nous n'avons pas avancé d'un pas ?

— Bien sûr que si, protesta Boyd en prenant sa main glacée dans la sienne. Il a commis sa première erreur. Il en fera d'autres.

Epuisée, elle jeta un coup d'œil par-dessus son épaule. Etait-ce son imagination qui lui jouait des tours ? Elle avait l'impression de sentir sa présence, là, quelque part dans l'ombre.

— Viens, insista Boyd. Ne restons pas là. Tu es glacée.

Elle secoua la tête.

— Ça va, je n'ai besoin de rien.

Elle voulait juste un peu de calme et de silence, rien de plus. Laisser entrer Boyd aurait été au-dessus de ses forces. Elle avait atteint un stade où elle avait juste besoin d'être seule.

Evitant soigneusement le regard de Boyd, Cilla les salua d'un bref signe de tête.

— Si ça ne vous dérange pas, je préfère laisser le sujet de côté pour ce soir. Je suis crevée et je vais me coucher directement. Althea, merci de m'avoir raccompagnée. Bonne nuit.

Les yeux rivés sur les dalles de l'allée, elle se hâta jusqu'à la porte. Elle entra sans un regard en arrière.

— Et merde, lâcha Boyd entre ses dents.

Althea vint poser la main sur son épaule.

— Il faut la laisser tranquille pour le moment. Elle a besoin de digérer le choc.

Casser quelque chose lui aurait fait du bien. Mais Boyd se contenta de fixer la porte close en serrant les poings dans les poches de son imperméable.

— Elle ne veut pas de mon aide.

— Pas pour le moment, non.

Dans la maison de Cilla, la lumière se fit à l'étage. Althea frissonna et serra les pans de son manteau autour d'elle.

— Je vais peut-être faire venir quelqu'un pour monter la garde ici, qu'est-ce que tu en penses ?

Boyd secoua la tête.

— Non, ce n'est pas la peine. Je préfère m'en charger moi-même.

— Tu n'es pas de service cette nuit, Boyd.

Althea vit ses mâchoires se durcir.

— Exact. Appelle ça une opération privée si ça te chante.

— Ça te dirait d'avoir un brin de compagnie ?

Il secoua la tête.

— Non, ce serait absurde. Rentre chez toi. Tu vas être en manque de sommeil.

Althea hésita puis laissa échapper un bref soupir.

— Allez… C'est toi qui prends le premier quart. Je ne dors jamais aussi bien que recroquevillée à l'arrière d'une voiture, de toute façon.

Au matin, une fine couche de givre étincelait sur la pelouse. Cilla soupira en contemplant ce spectacle hivernal de la fenêtre de sa chambre. En Géorgie, les azalées devaient fleurir dans une débauche de rose, de mauve et d'orange. Il y avait des années qu'elle n'avait pas été tenaillée ainsi par la nostalgie de son Sud natal. Peut-être était-ce à cause de la menace de mort qui pesait sur elle. Mais en cette matinée si peu printanière, elle se demanda si elle n'avait pas commis une erreur en s'exilant si loin des paysages de son enfance. Si loin du cimetière où ses parents reposaient.

Cilla laissa retomber le rideau et recula d'un pas. Qu'il gèle encore en avril dans ce fichu Colorado était une chose. Mais un problème autrement plus urgent risquait de se présenter sous peu à sa porte : elle venait d'entrevoir la voiture de Boyd toujours garée à la même place, le long du trottoir.

Sans cesser un instant de penser à lui, elle s'habilla avec plus de soin et d'attention qu'à l'ordinaire. Elle n'avait pas changé d'avis, cela dit : s'attacher à Boyd Fletcher lui paraissait toujours aussi peu judicieux.

Mais si erreur il y avait, elle était déjà commise. Et il y avait un principe qu'elle avait appris très jeune : une fois la bêtise faite, il fallait en assumer les conséquences jusqu'au bout…

Cilla tira sur le pull en cashmere couleur prune que Deborah lui avait offert pour Noël et le lissa nerveusement sur ses hanches. Avec ses manches amples et son grand col, il lui donnait un certain air d'élégance. Contrairement à la plupart des chandails informes qu'elle s'achetait d'ordinaire. Sur une impulsion, elle poussa même le souci de son apparence jusqu'à enfiler une paire de lourdes boucles d'oreilles en argent.

Elle trouva Boyd, non pas frigorifié à sa porte, mais en position semi-allongée sur le canapé, plongé dans le journal du matin avec une tasse de café à la main. Sa chemise largement déboutonnée sur son torse était froissée, confirmant à Cilla ce qu'elle soupçonnait déjà : il avait bel et bien monté la garde devant chez elle toute la nuit.

L'art qu'avait Boyd de s'adapter à son environnement la fascinait depuis le début. A le voir ainsi, on avait l'impression qu'il avait vécu toute sa vie dans cette maison. Rien ne semblait plus naturel que sa présence, là, sur son canapé, avec les pages sport du journal ouvertes devant lui, son veston jeté sur une chaise, et le café qu'il sirotait distraitement.

A son entrée, il leva les yeux et se redressa.

— Bonjour.

Même s'il ne souriait pas, il paraissait détendu. Les jambes sciées par un mélange de trouble, de timidité et d'appréhension, Cilla le salua à son tour et s'avança jusqu'à lui. Serait-il préférable de commencer par des excuses ou par des explications ?

— Deborah m'a laissé entrer.

— Elle a bien fait.

De plus en plus tendue, elle chercha un endroit où mettre les mains et regretta amèrement d'avoir enfilé un pantalon dépourvu de poches.

— Tu as passé la nuit devant chez moi, Boyd.

— Ça fait partie de mes fonctions.

— Et tu as dormi dans ta voiture.

Boyd se demanda s'il s'agissait d'une accusation. Cherchant son regard, il se risqua à lui sourire.

— Les nuits dehors, c'est un peu une spécialité, chez nous, dans la police. Il faut croire qu'on aime ça.

— Je suis vraiment désolée, Boyd.

Avec un profond soupir, Cilla se laissa choir juste en face de lui, sur la table basse. Ses genoux vinrent buter contre les siens. Il trouva ce geste singulièrement amical.

— J'aurais dû te demander d'entrer hier soir. C'est vraiment moche de ma part de t'avoir laissé à la porte. J'aurais pu me douter que tu resterais. Mais cette nuit, en arrivant, j'étais un peu…

— Secouée ? Déçue ? Découragée ?

Il lui tendit le café qu'il avait commencé à boire et elle y trempa les lèvres. Le breuvage était si sucré qu'elle fit la grimace.

— Tu avais de bonnes raisons d'être perturbée, Cilla.

Elle haussa les épaules.

— Je crois que j'étais sous le choc, en effet. Je m'étais mis en tête que c'était fini, que tu avais réussi à identifier X et à le coffrer. Et cette idée m'avait plongée dans un état assez bizarre, en fait. Je commençais à appréhender le moment où je l'aurais en face de moi et où il me jetterait enfin les motifs de sa haine à la figure. Et quand nous sommes arrivées ici, Althea et moi, et que tu nous as annoncé que ce n'était qu'une fausse piste… je me sentais incapable de discuter calmement de la situation. C'était plus fort que moi.

— Mais je comprends très bien, Cilla. T'ai-je fait le moindre reproche ?

Elle rit nerveusement.

— Tu es vraiment obligé d'être aussi gentil avec moi ?

— Obligé, non, répliqua Boyd en lui touchant la joue. Tu te sentirais plus à l'aise si je te lançais des insultes ?

Cilla ne put résister à la tentation de poser sa main sur la sienne.

— Peut-être. Je suis douée pour me battre plus que pour déposer les armes.

— J'ai remarqué ça. Tu n'as jamais envisagé de prendre ne serait-ce qu'une journée pour te détendre vraiment ?

— Pas vraiment.

— Et si tu commençais aujourd'hui ? Il faut un début à tout, non ?

Cilla fronça les sourcils.

— En fait, j'avais prévu de remettre mes comptes à jour. Et il faut que je me débrouille pour dégotter un plombier rapidement. Nous avons une fuite sous l'évier. C'est aussi mon tour de faire la lessive. Et ce soir, je suis embauchée comme DJ pour une soirée privée. C'est une ancienne promo de lycée qui se retrouve de temps en temps pour faire la fête. Jim et Bill me remplacent ce soir à Radio KHIP.

— J'ai entendu ça, oui.

Cilla se mordilla la lèvre. Boyd avait pris ses deux mains dans les siennes et elle se sentait soudain timide comme une débutante.

— L'ambiance de ces fêtes de promo est généralement

plutôt sympa. Alors si ça te dit de venir et de traîner un peu à cette soirée…

Boyd plongea son regard dans le sien.

— C'est une invitation ?

— Attention. Il faudra quand même que je travaille et…

Sa protestation se perdit dans un murmure. Elle baissa les yeux.

— Enfin… oui. On peut appeler ça une invitation, si tu veux. Plus ou moins.

Boyd hocha gravement la tête.

— Bon… Et est-ce que je pourrais plus ou moins venir te chercher pour te conduire sur place ?

— Vers 20 heures, alors. Il faut que j'y sois assez tôt pour la mise en place.

— Dans ce cas, je passerai à 19 heures. Ça nous laissera le temps de dîner quelque part.

— Eh bien… euh… pourquoi pas ?

Cilla soupira. Et songea que, mine de rien, elle était en train de s'enfoncer dangereusement.

— Note quand même que je n'ai pas changé d'avis, Boyd. Je ne veux toujours pas m'engager dans une relation un tant soit peu sérieuse avec toi.

Il haussa un sourcil dubitatif.

— Mmm…

— Tu es tout sauf l'homme qu'il me faut.

— C'est un point de vue. Il se trouve que je pense exactement le contraire, mais rien ne nous force à partager une même opinion sur tout.

Gagnée par un nouvel accès de nervosité, Cilla voulut se lever. Mais il la retint en appuyant fermement les mains sur ses genoux.

— Tu es vraiment montée sur ressorts, tu sais ? Reste là et essaye de respirer calmement.

Elle soupira.

— Ce que je veux dire, Boyd, c'est qu'il me paraît important de poser des règles claires et de bien fixer les limites dès le départ.

— S'agit-il d'un contrat d'affaires ou du début d'une histoire ?

Elle fronça les sourcils.

— Je ne crois pas que nous devrions parler « d'histoire ».

— Parce que ?

— Parce que dans « histoire », il y a comme une notion de durée, Boyd Fletcher !

Boyd réussit tant bien que mal à contenir un sourire. En aucun cas, Cilla n'apprécierait qu'il manifeste un amusement quelconque.

— Et alors ? demanda-t-il, les yeux rivés aux siens, en portant lentement sa main à ses lèvres.

— Eh bien…

Sa bouche glissa sur les jointures de ses doigts, puis il retourna sa main pour déposer un baiser brûlant au creux de sa paume.

— Eh bien ?

— Eh bien, ça m'inquiète ! *Boyd*…

Elle frissonna lorsqu'il lui mordilla doucement l'intérieur du poignet.

— Tu avais encore d'autres conditions à poser ou était-ce tout ce que tu souhaitais me dire ?

— Non, ce n'est pas tout. Tu peux arrêter ça, s'il te plaît ?

— Je pourrais… si vraiment je me faisais violence.

Cilla ne put s'empêcher de sourire à son tour.

— Alors fais-toi violence. Je n'arrive pas à penser clairement quand tu me touches.

— Mmm... Voilà une bien dangereuse confession.

Il n'en cessa pas moins docilement de mordiller, d'embrasser, de caresser avec ses lèvres.

— J'ai besoin de te parler sérieusement, Boyd. C'est important.

— Et je t'écoute sérieusement... Non, ne te lève pas. Essaye le coup de la respiration, plutôt.

— D'accord.

Cilla prit une longue inspiration avant de se jeter à l'eau :

— Cette nuit, j'étais allongée dans le noir sans dormir et je crevais de peur. J'avais l'impression d'entendre X se déplacer dans la maison pour venir jusqu'à moi. Les ténèbres étaient pleines de bruissements, de murmures, de glissements terrifiants. Et j'avais sa voix qui me résonnait dans la tête, répétant inlassablement ses projets de meurtre et de torture. C'était comme une bande enregistrée qui repassait, s'accélérait, avec des stridences atroces... J'ai compris que si je continuais comme ça, c'était la folie qui m'attendait — la vraie. Alors j'ai pensé à toi.

Elle se tut quelques secondes avant de trouver le courage de poursuivre.

— Il a suffi que j'évoque ton image pour que toutes les hallucinations auditives disparaissent. Et je n'ai plus eu peur...

Boyd ne dit rien. Il aurait été incapable de prononcer une syllabe, d'ailleurs. Il vit Cilla serrer les lèvres pour les empêcher de trembler. Elle attendait une réaction, une réponse de sa part. Sans se douter qu'il était en train de tomber en chute libre : alors qu'il oscillait depuis deux

jours sur la corde raide, il venait de basculer définitivement en amour. Amour pour elle, Cilla O'Roarke.
Et ce grand plongeon lui donnait le vertige.

L'onde de choc de cette découverte vibrait en lui à la
manière d'un gong. Il en était comme abasourdi. Mais
s'il lui faisait part de ses sentiments maintenant, elle
prendrait peur, pour commencer. Et pour finir, elle
ne le croirait pas. C'étaient des preuves, pas des mots
qu'il fallait à des femmes comme Cilla.

Il lui prit les deux mains et se leva en l'entraînant
avec lui. Puis il l'entoura de ses bras en attirant sa tête
sur son épaule. Au début, elle se raidit, mais peu à peu,
elle se détendit dans son étreinte.

« J'ai besoin qu'il me tienne comme ça », songea
Cilla. Comment Boyd se débrouillait-il pour toujours
savoir ce qu'il lui fallait, sans même qu'elle ait à formuler
ses besoins ? Etre tenue, seulement tenue. Sentir la
solidité, la chaleur rassurante de son corps contre
le sien, la pression ferme de ses bras, les battements
calmes et réguliers de son cœur... Et pouvoir fermer
les yeux. Enfin.

— Boyd ?

— Mmm... ?

Il tourna très légèrement la tête de manière à poser
un baiser dans ses cheveux.

— Tout compte fait, je crois que ça ne me dérange
pas tant que ça que tu sois gentil avec moi.

— Bon. On fait un petit bout d'essai pour tester la
formule pacifique, alors ?

Cilla hésita à poursuivre ses confidences. Mais au
point où elle en était, autant lâcher tout le paquet :

— Tu sais que, dans un sens, ça m'a presque manqué
de ne pas t'avoir dans les pattes, ces deux derniers jours ?

Ce fut au tour de Boyd d'inspirer à fond pour recouvrer un semblant de calme. La tentation de la soulever dans ses bras et de la porter jusqu'au premier étage devenait presque irrépressible.

— Et maintenant, si on passait aux choses sérieuses ? proposa-t-il d'un ton léger en lui posant les mains sur les épaules. Une fois que j'aurai pris quelques arrangements par téléphone, je pourrais peut-être jeter un coup d'œil sous ton évier pour voir ce que dit cette fuite ?

Elle sourit.

— Jeter un coup d'œil, je sais faire aussi, Holmes. C'est une réparation qu'il me faut.

Il se pencha pour lui mordre la lèvre inférieure et marmonna :

— Va me chercher une pince, femme.

Deux heures plus tard, Cilla était assise à son secrétaire dans le petit salon TV qui lui servait accessoirement de bureau. Elle avait les comptes du mois étalés devant elle et pestait tout bas en pointant ses chèques. Deux dollars et cinquante-trois cents s'étaient égarés quelque part en route et elle était déterminée à les retrouver avant de commencer à payer les factures qui s'amoncelaient à sa droite.

Son sens de l'ordre, elle se l'était inculqué elle-même. Et elle s'y était raccrochée pendant les années de vaches maigres, les années douloureuses, les années mouvementées. Réussir à maintenir ce petit îlot de normalité en temps de crise lui avait toujours permis de tenir bon.

— Ah voilà !

Triomphante, elle pointa son erreur, fit les corrections

qui s'imposaient et entreprit de remplir ses chèques, en commençant par la mensualité qu'elle devait à la banque.

Un geste qui, chaque mois, lui procurait comme une légère ivresse. Elle ne payait pas un loyer mais remboursait un emprunt immobilier. Pour la première fois, elle était propriétaire d'autre chose que de quelques valises de vêtements et d'une voiture d'occasion.

Sans avoir jamais connu la vraie pauvreté, Cilla avait grandi dans une famille où on regardait à la dépense. Sa mère travaillait dans la police et son père, avocat aux convictions profondément humanistes, avait choisi de ne défendre que les plus démunis. Leurs deux salaires combinés leur avaient tout juste suffi pour vivre. Lorsqu'elle avait obtenu son bac, ses parents lui avaient proposé de lui payer des études. Mais un tel sacrifice aurait sérieusement grevé leur budget. Cilla n'avait pas voulu leur infliger cette contrainte supplémentaire alors que ses parents se débattaient déjà avec de graves problèmes conjugaux. Dès l'âge de dix-huit ans, elle avait pris son indépendance.

Une décision qu'elle n'avait jamais regrettée, même s'il lui arrivait parfois de ressentir son absence de formation universitaire comme un manque. Mais à présent qu'elle se voyait en mesure de financer les études de Deborah, Cilla ne pouvait que se féliciter du parcours qu'elle avait choisi.

— Cilla…

— Oui ?

Elle aperçut Boyd dans l'encadrement de la porte. Brandissant la pince crocodile qu'elle lui avait confiée, il arborait une expression féroce. Son jean était maculé de taches, ses cheveux hirsutes, sa chemise à tordre.

— Eh bien..., commenta-t-elle, toussotant pour dissimuler l'éclat de rire qui menaçait.

— Ton évier est réparé. Il n'y a plus de fuite.

Boyd plissa les yeux d'un air menaçant en la voyant lutter stoïquement contre le fou rire.

— Il y a un problème ?

Cilla s'éclaircit la voix.

— Aucun. Tu as réussi à colmater la fuite, donc ?

— C'est ce que je viens de te dire, non ? Mission accomplie.

A l'issue de deux heures de combat acharné, de toute évidence ! Cilla jugea opportun de ménager une dignité masculine qui venait d'être très sérieusement mise à mal. Elle se mordit la lèvre et réussit à répondre avec la gravité requise :

— Merci, Boyd. Tu m'as permis de réaliser une économie conséquente. Le moins que je puisse faire en retour, c'est te préparer à déjeuner. Que dirais-tu d'un sandwich au beurre de cacahuètes ?

Boyd haussa un sourcil sceptique.

— Je dirais qu'il serait plus à sa place dans un cartable d'enfant.

— C'est encore une confession que j'ai oublié de te faire, Holmes : de toutes mes prestations culinaires, le sandwich au beurre de cacahuètes est de loin ce que je fais de plus performant.

Laissant résolument ses factures de côté, Cilla se leva pour tâter sa chemise.

— Tu sais que tu es mouillé ?

Boyd leva une main noire de crasse, se ravisa à mi-course, puis obéit à son impulsion première et lui barbouilla copieusement la figure.

— Ouais. Je sais.

Le rire de Cilla le surprit. C'était ce même rire, rauque, profond et séducteur qu'il avait déjà entendu sur les ondes, mais jamais depuis qu'il l'avait rencontrée. Il en eut des frissons jusque dans les reins.

— Viens, Fletcher, nous allons jeter cette chemise dans le lave-linge pendant que tu mangeras ton sandwich.

— Une seconde.

Il lui tenait toujours le menton et l'attira à lui par la seule magie de cette subtile pression. Lorsque sa bouche se posa sur celle de Cilla, il la sentit sourire. Cette fois-ci, elle ne se raidit pas, n'émit aucune protestation. Avec un léger soupir, elle entrouvrit les lèvres et se laissa porter par le baiser, goûtant le plaisir de sentir sa langue danser avec la sienne.

Dans l'étreinte de Boyd, elle trouvait une tendresse, un réconfort dont elle avait même cessé de penser qu'ils pussent exister. Il y avait une douceur extraordinaire à s'abandonner dans les bras d'un homme qui comprenait. Un homme dont la sollicitude était sincère et désintéressée. Un homme qui n'était rebuté ni par ses failles ni par ses faiblesses.

— Je crois que tu avais raison, l'autre fois chez toi, finalement, murmura-t-elle.

— J'ai *toujours* raison... A quel sujet?

Elle prit un risque. Un risque énorme pour elle.

— Pour toi et moi... C'est effectivement trop tard pour faire machine arrière, admit-elle dans un souffle.

Le regard de Boyd brûlait de fièvre. Il lui saisit les épaules.

— Cilla... Emmène-moi dans ta chambre. J'ai envie de toi. J'ai *besoin* de toi.

Une montée de désir l'envahit en écho, répondant au

sien, comme deux instruments dialoguant en parfait accord. Mais elle ferma les yeux et secoua la tête.

— Accorde-moi encore un tout petit peu plus de temps, tu veux bien ? Je ne joue pas avec toi, Boyd, mais tu sais que, pour moi, tout cela est relativement compliqué et j'ai besoin d'y aller… pas à pas.

Elle prit une inspiration pour se calmer, souleva les paupières et réussit presque à sourire.

— Tu es tout ce que je me suis toujours juré d'éviter coûte que coûte, Boyd Fletcher.

Il lui prit les deux mains et les serra très fort.

— En ce qui concerne ta mère, tôt ou tard, il faudra qu'on en parle, Cilla.

— Oui, mais pas maintenant, dit-elle en entrelaçant ses doigts aux siens. Je suis encore trop secouée pour remuer des souvenirs sombres. En revanche, j'aimerais passer ces quelques heures avec toi comme si nous étions des gens normaux. Si le téléphone sonne, je ne répondrai pas ; si quelqu'un frappe à la porte, nous attendrons qu'il s'en aille. Tout ce que je veux, c'est te préparer ton sandwich, te laver ta chemise et ronronner dans tes bras en parlant de tout et n'importe quoi. Ça te va ?

Avec un léger sourire, Boyd déposa un baiser sur son front.

— Il y a des années qu'on ne m'avait pas fait une offre aussi tentante.

7

Ce soir-là, le rock régnait en maître. Le contre-rythme, la basse, le gémissement d'un riff de guitare formaient comme une voûte sonore dans la salle gagnée par une fièvre collective. Les lumières clignaient, les corps ondulaient, les pieds battaient le rythme. Et c'était elle, Cilla, qui donnait le ton. Officiant à sa table de mixage, elle tenait son public suspendu à sa musique, au son de sa voix. Même si elle ne connaissait pas un seul visage, elle était aux commandes. C'était *sa* fête.

Boyd l'observait en buvant de l'eau de Seltz à petites gorgées. Une grande blonde serrée dans une robe bleue, minuscule, vint l'inviter à danser. Il l'éconduisit poliment. La fête battait son plein, il vibrait au rythme de la musique et il n'aurait pas été fâché de faire un tour sur la piste. Mais il préférait garder un œil sur Cilla. Se cantonner dans un rôle de spectateur n'avait jamais été une corvée pour lui. Sans compter qu'il avait largement de quoi s'occuper en regardant la disc-jockey.

Cilla se tenait à l'extrémité d'une grande table, avec ses disques soigneusement classés devant elle. Dans sa tenue du soir, une sorte de smoking féminisé avec un veston cousu de paillettes sur un pantalon noir très large, Cilla scintillait d'un éclat mystérieux et nocturne. Ses cheveux défaits formaient comme un halo autour d'elle. « Ma déesse de la nuit… », songea Boyd qui savait qu'il ne se lasserait jamais de regarder cette femme. Elle était absolument magnifique.

Sa voix de velours avait déjà attiré plusieurs douzaines de couples sur la piste et les danseurs évoluaient coude à coude. D'autres petits groupes étaient restés près du buffet ou bavardaient, assis à des tables rondes. Selon toute apparence, la promo 75 « s'éclatait ». Et Cilla tout autant qu'eux, d'ailleurs. Elle était régulièrement entourée par une cour masculine. Certains de ses admirateurs assidus avaient sensiblement forcé sur la boisson. Mais Boyd dut admettre qu'elle savait les tenir à distance. Il fronça les sourcils lorsqu'un type bâti comme une armoire à glace passa un bras poilu autour de ses épaules. Mais Cilla lui glissa deux mots à l'oreille et le gros velu s'éloigna docilement. Avec le sourire aux lèvres, qui plus est. Dieu sait comment elle se débrouillait, mais elle avait une technique imparable !

— Et maintenant, la promo 75, laissez-vous aller à un brin de nostalgie, susurra-t-elle dans le micro. Nous allons revenir à la nuit de votre premier bal…

Elle mit un disque des Eagles, puis tourna la tête à gauche et à droite, scrutant la salle bondée. Boyd sentit comme une décharge électrique lui traverser le cœur : c'était lui qu'elle cherchait des yeux dans la foule. Elle lui fit un sourire — un vrai, tellement éclatant qu'il vit luire son regard à l'autre bout de la salle. Peut-être, un jour, se risquerait-elle à sourire ainsi sans qu'une masse de cinq cents personnes ne les sépare ? Cilla porta la main à sa gorge et lui indiqua par une mimique désespérée qu'elle mourait de soif. Amusé, il lui fit signe qu'il arrivait et se tourna vers le bar.

Cilla l'observait avec de drôles de palpitations au

niveau de la poitrine. Flic ou pas flic, Boyd était de loin l'homme le plus attirant de la soirée. Elle le couva du regard tandis qu'il se frayait un chemin vers elle dans la foule. Etonnant. En règle générale, elle ne se serait jamais intéressée à un homme en veston gris, tenue qu'elle jugeait beaucoup trop classique à son goût. Mais, pour Boyd, elle voulait bien faire une exception. Les femmes de la promo 75 ne s'y étaient pas trompées, d'ailleurs. Cilla les voyait de son poste d'observation. Elles lui tournaient autour depuis le début.

« Désolée, les filles, mais c'est chasse gardée. Ce soir, je ne le lâche pas. » Un peu surprise par cette pensée possessive, Cilla se secoua et choisit un petit papier sur la pile de requêtes que danseurs ou amateurs de musique venaient déposer sur sa table.

— Mais c'est que vous êtes tous des nostalgiques, dans cette promo ! commenta-t-elle en sélectionnant un autre titre des années 70 parmi ses disques.

Elle avait toujours aimé animer ce genre de fête. Et les organisateurs avaient fait du bon travail, que ce soit au niveau de la déco ou des éclairages. Ils avaient même prévu un stroboscope qui lui permettait, au gré de ses humeurs, de recréer l'univers psychédélique de l'époque de leurs vingt ans.

— Voici pour Rick et Sue, tombés amoureux au lycée et mariés depuis quinze ans. « Juste une amourette d'adolescents ! », c'est ce qu'ils disaient tous. Et les voici maintenant parents de deux enfants, avec un troisième en route.

— Sympathique, comme message, commenta Boyd.

Elle tourna la tête et sourit.

— Merci.

Il lui tendit un verre d'eau gazeuse agrémenté d'une rondelle de citron.

— J'ai une réunion de promo dans quelques mois. Tu seras libre, j'espère ?

— Je consulterai mon agent... Eh, tu as vu ça ?

Cilla regarda un couple se détacher des autres pour danser un rock endiablé.

— Ils sont vraiment très bons, commenta-t-elle, admirative.

— Tu danses, toi, Cilla ?

— Pas comme eux, hélas.

Boyd la retint alors qu'elle choisissait un nouveau papier sur la pile.

— Tu accepterais de passer un titre pour moi ?

— Pourquoi pas ? Dis-moi ce qui te ferait plaisir.

Lorsqu'il se mit à farfouiller dans sa collection, Cilla se surprit à le regarder faire avec bonne humeur. Pour une fois, elle pouvait tolérer qu'on touche à son ordre sacrosaint. Elle réorganiserait tout ça plus tard. Lorsqu'il lui tendit le disque de son choix, elle rougit légèrement.

— *When a man loves a woman* ? C'est de la soul, ça, Holmes. Pas du tout mon style... Bon. C'est bien parce que c'est toi...

Elle ouvrit son micro.

— J'ai l'impression que nos danseurs ont besoin de souffler un peu. Alors, un petit slow rêveur pour vous, juste avant de redémarrer du bon pied...

De nouveaux danseurs affluèrent sur la piste et les couples s'enlacèrent, hommes et femmes se mouvant lentement l'un contre l'autre. Cilla se tourna pour adresser la parole à Boyd et se retrouva dans ses bras.

— Tu veux danser ? murmura-t-il.

En fait, la question était superflue : il l'entraînait déjà au rythme lent de la musique. Boyd la tenait si serrée qu'elle en avait le vertige.

— Tu sais que je suis ici pour travailler, Fletcher ?

— Tu peux bien prendre deux minutes de pause, chuchota-t-il en lui déposant un baiser sur le front. A défaut de faire l'amour avec toi, ceci constitue un avant-goût tellement sublime...

Ce n'était pas sérieux. Pas sérieux du tout, même. Elle allait d'ailleurs se dégager de ses bras. C'était juste l'affaire de quelques secondes... Mais si la voix de la raison parlait ainsi en Cilla, son corps, lui, semblait avoir pris de tout autres dispositions. Ajusté à celui de Boyd, il suivait le moindre de ses mouvements. En signe de capitulation silencieuse, elle lui noua les bras autour du cou.

Boyd appuya son front contre le sien et sourit. Avec des gestes lents et fermes, il laissa glisser les mains sur ses hanches. Puis elles remontèrent avec nonchalance, suivant la ligne de ses flancs, insistant imperceptiblement à hauteur de ses seins, avant de redescendre par le même parcours.

Cilla se sentit tanguer sous l'impact érotique de cette simple caresse.

— Mmm... Joli sens du rythme, Holmes, commenta-t-elle d'une voix étranglée.

— Merci.

Leurs bouches n'étaient qu'à un murmure l'une de l'autre, lorsque Boyd baissa la tête et, la laissant sur sa faim, lui mordilla doucement le cou.

— Je ne sais pas si c'est toi, ton parfum ou les deux ensemble, Cilla, mais ton odeur me rend fou. Je suis véritablement obsédé depuis quelques jours.

Un baiser, voilà ce à quoi elle aspirait. Un de ces baisers « à la Boyd » qui lui faisaient tourner la tête et oublier le reste du monde. Elle gémit lorsqu'elle sentit ses doigts courir dans ses cheveux et ferma les yeux en renversant la tête. Mais il la faisait languir, lui refusant ses lèvres, se contentant d'effleurer ses tempes et ses joues.

Le souffle coupé, elle se raccrocha comme une noyée à son cou. Lénifiant, le plaisir devenait brouillard, anesthésiant ses pensées. Autour d'eux, des centaines de personnes tournoyaient, glissant au même rythme, prises elles aussi dans un lent tourbillon érotique. « Cilla, tu travailles », se rappela-t-elle à l'ordre in extremis alors qu'elle se sentait partir complètement.

— Continue comme ça, Boyd, et je décroche, murmura-t-elle. Si tu ne te sens pas d'attaque pour manier les platines à ma place, il vaudrait mieux qu'on s'arrête là.

Boyd lui effleura les lèvres et mit docilement quelques centimètres de distance entre eux.

— Bon, je te lâche... mais sous la menace !

Lorsqu'il la laissa aller, le cœur de Cilla battait si fort qu'elle prit un titre au hasard et le plaça sur la platine. La salle ne lui en tint pas rigueur, car il y eut une clameur approbatrice lorsque le rythme s'accéléra de nouveau. Cilla souleva ses cheveux pour dégager sa nuque brûlante. La pression des corps — ou peut-être d'un corps ? — avait fait monter la température en flèche. Elle n'avait jamais constaté à quel point la danse pouvait être une activité dangereuse.

— Tu veux que j'aille te chercher une autre boisson ? proposa Boyd lorsqu'elle vida son verre d'un trait.

— Ça ira, merci.

Elle prit un nouveau papier sur la pile et s'essuya le front.

— Parle-moi un peu de ton passé musical, Fletcher. Te souviens-tu de la chanson qui passait à la radio la première fois que tu as embrassé une jeune fille à l'arrière d'une voiture ?

Il sourit.

— Le titre m'échappe, mais je sais que c'était un air de banjo endiablé.

— Non, quelle horreur ! Tu oses m'avouer que tu as découvert l'amour sur fond de musique *folklorique* ?

— Tu prenais le risque en me posant la question, rétorqua Boyd, les bras croisés sur la poitrine.

Le rire de Cilla s'étrangla dans sa gorge lorsqu'elle baissa les yeux pour parcourir le bout de papier qu'elle tenait à la main. L'espace d'une seconde, ce fut comme si un silence écrasant se creusait autour d'eux. Elle ferma les yeux. Mais lorsqu'elle les rouvrit, le message était toujours là.

« Je veux t'entendre crier lorsque je te tuerai. »

— Cilla ?

Luttant contre une panique paralysante, elle tendit le papier à Boyd et promena un regard terrifié sur la salle. *X était là.* Quelque part dans cette foule joyeuse où elle ne distinguait que des visages souriants, il la guettait, tenace, anonyme, attendant son heure…

Quand s'était-il approché pour poser ce papier d'allure innocente sur sa table ? X était venu jusqu'à elle. Peut-être même l'avait-il regardée dans les yeux. Il se pouvait aussi qu'il lui ait souri et qu'ils aient échangé quelques mots. Et elle ne s'était aperçue de rien ! Il n'y avait pas eu de choc, de sursaut. Même pas une impression trouble ou désagréable. Rien.

Elle tressaillit si violemment lorsque Boyd lui posa la main sur l'épaule qu'elle serait tombée en arrière s'il ne l'avait pas retenue.

— Je pensais que ce soir au moins, il me laisserait tranquille, murmura-t-elle en luttant pour ne pas claquer des dents. Rien qu'un soir, Boyd... C'était vraiment trop demander, tu crois ?

— Prends une pause, Cilla. Tu as besoin de souffler un moment.

— Je ne peux pas.

Boyd saisit une de ses mains inertes dans les siennes.

— Au moins une minute ou deux, le temps que je passe un coup de fil. Je préfère t'avoir sous les yeux en permanence.

X se trouvait peut-être encore là, dans la foule. Si près qu'il n'aurait qu'à étendre le bras pour la toucher. Avait-il apporté son couteau, celui avec la lame effilée qu'il lui avait décrit presque amoureusement ? Attendait-il un moment d'inattention de la part de Boyd pour se jeter sur elle et le plonger dans sa poitrine ?

— Viens, Cilla.

— Attends... Attends, une minute.

Enfonçant les ongles dans sa paume, elle se pencha sur le micro :

— Je vous accorde une petite pause pour souffler, mais jurez-moi de ne pas vous endormir, hein ? Promis ? Dans dix minutes, je serai là et ça va swinguer dur. Alors préparez-vous.

D'un geste mécanique, elle plaça deux disques sur ses platines.

— Surtout, ne me lâche pas, chuchota-t-elle à Boyd.

— Pas une seconde.

Un bras solidement ancré autour de sa taille, il l'arrima contre lui et leur fraya un chemin à travers la foule. Chaque fois qu'ils heurtaient quelqu'un, elle tressaillait et se recroquevillait un peu plus contre lui. Brusquement, un homme de haute taille se détacha d'entre les danseurs et s'avança pour lui prendre les deux mains. Elle faillit hurler de terreur.

— Cilla O'Roarke !

Cilla se figea, raide comme une statue. Boyd, à son côté, semblait tendu et prêt à bondir.

— Je me présente : Tom Collins. Ça ne vous dit rien ? C'est moi qui préside le comité d'organisation des fêtes. J'ai pris contact avec vous par téléphone, vous ne vous souvenez pas ?

Cilla se força à esquisser un semblant de sourire.

— Mais si, bien sûr.

— Je voulais juste vous dire à quel point nous sommes enchantés de vous avoir là, ce soir. Vous avez de nombreux fans dans cette salle, Cilla. Et je suis sans doute le plus enthousiaste d'entre tous. J'ai perdu ma femme l'an dernier, voyez-vous.

Cilla s'éclaircit la voix.

— Je suis désolée pour vous, Tom.

— Oui, enfin, perdue... Disons plutôt qu'elle a disparu corps *et* biens. Ça m'a fait un choc quand je suis rentré un soir et que j'ai trouvé l'appartement vidé de fond en comble.

Cherchant désespérément des paroles adéquates pour commenter ce drame, Cilla se trouva en panne d'inspiration totale. Par chance, le dénommé Tom Collins éclata d'un rire bon enfant.

— Tout ça pour vous dire que votre émission m'a

aidé à traverser quelques nuits tristement solitaires, Cilla. Et je vous en serai éternellement reconnaissant.

Avec un large sourire, il lui glissa une carte de visite dans la main.

— Tenez, je travaille dans l'électroménager. Lorsque vous aurez besoin d'un nouveau réfrigérateur, comptez sur moi pour vous faire un prix d'ami, ajouta-t-il en lui décochant un clin d'œil.

Cilla le remercia d'une voix faible. « Normalement, cette scène aurait dû prêter à sourire », songea-t-elle. Plus tard, peut-être, lorsque le cauchemar serait passé, elle pourrait apprécier l'humour de la situation.

— Attends-moi ici, dit Boyd en se dirigeant vers une cabine téléphonique.

Elle hocha la tête. Et réussit même à sourire à deux jeunes femmes qui sortaient des toilettes.

— Je me sens déjà mieux. Je vais m'asseoir là un moment, déclara-t-elle en désignant quelques fauteuils groupés autour d'un palmier en pot dans un coin du hall d'entrée.

Laissant Boyd fouiller dans ses poches pour trouver une pièce de monnaie, elle alla s'effondrer dans le premier siège qui lui tendait les bras. « Cauchemar » n'était pas le mot pour décrire ce qu'elle vivait. Les cauchemars s'évanouissaient comme neige au soleil dès qu'on ouvrait les yeux. Alors que cette histoire avec X, elle, n'en finissait plus.

Cilla tira une cigarette de son paquet et l'alluma d'une main tremblante. Croire qu'il la laisserait tranquille ce soir avait peut-être été exagérément optimiste. Mais de là à penser qu'il irait jusqu'à s'introduire dans cette fête privée… Cilla frissonna violemment. Le dos collé au mur, elle suivit des yeux les gens qui entraient et sortaient de la salle et songea que X pourrait être n'importe lequel d'entre eux.

De lui, elle ne savait strictement rien : il pouvait être gros ou maigre, grand ou petit, jeune ou vieux, laid ou beau. Il se manifesterait peut-être sous les traits d'un passant qui se tiendrait derrière elle, au marché. D'un client anonyme dans une file d'attente à la banque. D'un employé de pressing ou de station-service.

N'importe qui. Il pouvait être n'importe qui parmi les hommes innombrables qui vivaient dans cette ville.

Alors que lui connaissait son nom, son adresse, son visage. Il avait son numéro de téléphone et se trouvait mystérieusement informé de son emploi du temps. Il la suivait partout, pas à pas, lui volant sa liberté, sa paix intérieure, son droit à l'existence.

Et il ne s'arrêterait que lorsqu'il lui aurait ôté la vie.

Se mordant la lèvre, Cilla vit Boyd reposer le combiné. Il la rejoignit en quelques pas.

— J'ai réussi à joindre Thea. Elle vient chercher le bout de papier pour l'envoyer au labo... Mais je crains qu'il n'ait pas laissé d'empreintes, vu ses habitudes de prudence, précisa-t-il en lui massant doucement les muscles tendus à la base du cou. Et il s'est bien gardé d'écrire ces quelques mots à la main.

Cilla hocha la tête. Elle appréciait que Boyd ne cherchât pas à lui donner de faux espoirs.

— Tu crois qu'il est encore dans la salle ?

— Je n'en sais rien. Dans un endroit comme celui-ci, il y a pas mal d'allées et venues. Je ne pense pas que ça nous mènerait bien loin de boucler la salle et d'interroger tout le monde. Si tu préfères rentrer, je peux aller leur annoncer que tu as eu un malaise.

— Jamais. Je ne lui donnerai pas cette satisfaction.

Elle tira une ultime bouffée sur sa cigarette et l'écrasa dans le cendrier.

— S'il est encore dans le secteur, il verra que je ne plie pas l'échine facilement, déclara-t-elle en relevant la tête.

— O.K. Mais je te préviens que je vais rester collé à ta chaise.

— Pas de problème. Etrangement, il m'arrive d'apprécier ton côté pot de colle, Holmes.

Cilla se leva et glissa spontanément sa main dans la sienne.

— Boyd, il a changé de tactique en écrivant un petit mot. Comment faut-il interpréter son geste ?

— Cela peut signifier différentes choses, répondit-il en lui entourant les épaules pour regagner la salle de bal.

— Comme quoi, par exemple ?

— Peut-être était-ce tout simplement la façon la plus commode pour lui de se rappeler à ton bon souvenir, ce soir. Ou alors, il commence à prendre des risques, à devenir plus négligent.

Frappée par une pensée angoissante, elle s'immobilisa pour se tourner vers lui.

— Ou alors, il s'impatiente, tu ne penses pas ? Sois franc avec moi, Boyd.

— Ou alors, il s'impatiente, en effet, admit-il en prenant son visage entre ses deux mains. Mais il faudrait qu'il déjoue d'abord ma surveillance. Et je te promets que je lui donnerai du fil à retordre.

Elle se força à sourire.

— Ah, vous, les flics... Vous vous prenez tous un peu pour Rambo, avoue-le.

— Non, rétorqua-t-il en posant un instant ses lèvres sur les siennes. Mais nous sommes formés pour ce métier et nous sommes armés. Ce qui n'est déjà pas si mal. Et maintenant, allons voir si tu n'as pas un petit air de banjo pour moi, dans ta collection. Ça me rappellera mes premières amours.

— Un air de banjo ? Alors ça, jamais, c'est hors de question, Fletcher !

Cilla anima sa soirée jusqu'au bout, ce dont Boyd n'avait jamais douté. Mais même s'il commençait à mieux cerner son caractère, sa façon de tenir tête à la peur ne cessait de l'impressionner. Penchée sur son micro, elle s'exprimait sans hésitations, sans balbutiements et sans fausse note. Il fallait un œil exercé pour remarquer la façon dont elle scrutait sans cesse la foule, détaillant chaque visage alors que la musique faisait rage autour d'elle. Ses mains étaient constamment en mouvement, marquant le rythme sur la table, glissant sur les rangées de disques, jouant avec les paillettes de sa veste.

Cela dit, même dans des conditions normales, Cilla ne serait jamais une personne sereine. Inutile d'attendre le moindre apaisement de sa compagnie. Une fois X arrêté, Cilla O'Roarke continuerait à mener son existence au pas de course, au gré de ses nerfs et portée par son ambition. Vivre à son côté serait déstabilisant, compliqué et parfois même totalement infernal.

En clair, Cilla ne correspondait en rien au portrait de la femme idéale tel que Boyd l'aurait tracé s'il avait pris le temps de réfléchir à la question. Et pourtant, aussi paradoxal que cela puisse paraître, elle était exactement telle qu'il souhaitait qu'elle soit.

Sa présence auprès d'elle ce soir était dictée par le devoir aussi bien que l'amour. Ce qui compliquait passablement la situation. Mais si le projet qu'il avait mis en place fonctionnait, Cilla finirait par s'apercevoir qu'elle ne faisait pas vibrer que la corde professionnelle en lui.

Pas un instant, alors qu'il méditait sur ces questions, Boyd n'avait quitté les danseurs des yeux. Il guettait le moindre signe, le moindre mouvement suspect. Mais il ne voyait que des corps en nage et des visages souriants.

Il repéra Althea dès qu'elle pénétra dans la salle. Et il ne fut assurément pas le seul. Sa coéquipière portait une robe de cocktail noire qui dégageait ses épaules rondes et lisses. La plupart des hommes dans la pièce suivirent des yeux la progression de cette magnifique fille rousse au corps insolemment sensuel.

— Comme d'habitude, tu fais une entrée remarquée, Thea, commenta-t-il en souriant.

Sa coéquipière leva les yeux au plafond.

— En tout cas, merci de m'avoir appelée, tu m'as sauvée d'une soirée désastreuse. A priori, il devait s'agir d'une innocente invitation à dîner, mais le monsieur en question avait glissé sa brosse à dents dans une poche et établi son programme pour la nuit entre mes draps.

— Ah, l'animal !

— Tous les mêmes, non ?

Le sourire amusé d'Althea s'évanouit lorsque son regard glissa sur Cilla.

— Elle tient le coup ?

— Comme tu vois. Elle est incroyable. Absolument incroyable.

Thea haussa les sourcils.

— Mon cher collègue, au terme d'une enquête approfondie où se sont exercées toutes mes redoutables compétences professionnelles, je suis parvenue à la conclusion que vous avez un penchant marqué pour la jeune personne que nous avons pour mission de protéger.

— Si je n'en étais encore qu'aux penchants… Je suis amoureux, Thea. C'est difficile à croire, non ?

— Mmm… L'amour avec un « A » majuscule ou minuscule ? demanda Althea, avec l'ombre d'un sourire.

— Le mot entier en capitales. Si j'arrive à la convaincre de m'épouser, tu accepteras d'être mon témoin ?

— Tiens donc. Mais bien sûr ! Nous avons toujours fait équipe, je ne vais pas te lâcher au moment crucial.

L'enthousiasme initial d'Althea céda cependant la place à une expression soucieuse. Elle posa la main sur son bras.

— Méfie-toi quand même, d'accord ? Les amoureux n'ont pas la réputation d'être des gens très lucides. Or il s'agit de garder les idées claires. Elle est en réel danger, Boyd.

Il eut un sursaut de contrariété.

— On peut être flic tout en étant homme, non ? Les deux ne sont pas incompatibles.

Althea venait de toucher un point sensible. Mais il ne se sentait pas d'humeur à aborder ce sujet délicat ce soir. Boyd glissa la main dans la poche de son veston et en sortit le bout de papier avec les quelques mots tapés à la machine.

— Tiens, voilà le billet doux.

Althea le parcourut des yeux puis glissa la pièce à conviction dans son sac.

— Charmante prose… On va voir ce qu'ils peuvent en tirer au labo.

— Pas grand-chose, sans doute, mais ce serait un tort de ne pas essayer, observa Boyd. J'ai procédé à quelques vérifications concernant l'ex-mari, au fait. Le sénateur Lomax mène une vie des plus rangée : marié depuis sept ans et père de deux enfants. Cela fait trois mois qu'il n'a pas quitté Atlanta.

Althea soupira.

— Un suspect de moins, donc. De mon côté, j'ai fini par avoir Abraham Goldman, le directeur de la station de radio où Cilla travaillait à Chicago. Il ne m'a tenu que des propos élogieux sur elle. Notre ami Goldman a passé toute la semaine dernière à Rochester chez sa fille qui vient d'accoucher. J'ai vérifié en appelant l'hôpital. Il est effectivement grand-père d'une petite fille de deux kilos huit cents grammes. Il m'a faxé tout un fichier, avec les coordonnées personnelles des disc-jockeys, journalistes et personnel administratif de la station. Mais a priori, ça ne donne rien de bien concluant.

Boyd fronça les sourcils.

— Nous regarderons ça de plus près lundi.

— J'avais l'intention de potasser le dossier ce week-end. Si mon invitée me laisse quelques moments de liberté, cela dit.

Il lui jeta un regard reconnaissant.

— Au fait, oui, merci, Thea. Je te revaudrai ça.

— J'y compte bien, mon vieux !

Althea glissa la bride de son sac sur une épaule et reprit le chemin de la sortie. Boyd sourit en la voyant zigzaguer pour échapper à ses admirateurs.

Cilla, de son côté, choisissait ses trois derniers titres pour faire monter la fièvre juste avant les douze coups de minuit. A la fin de la dernière chanson, la piste de danse était comble.

— Merci, la promo 75, vous avez été formidables. Continuez comme ça et vous resterez jeunes toute votre vie ! J'espère vous revoir bientôt et en aussi grande forme, pour vos prochaines retrouvailles.

Très vite, le bruit des conversations emplit la salle tandis que les anciens camarades de lycée se faisaient leurs adieux. Pressée d'en finir, Cilla rangea ses disques sans traîner. Il lui restait encore à charger tout l'équipement dans la voiture de Boyd pour le rapporter à Radio KHIP. Et ensuite… Ensuite, elle préférait ne pas y penser.

Une voix familière s'éleva soudain à sa gauche :

— Alors ? Comment se débrouille ma DJ vedette ?

Surprise, Cilla tourna la tête.

— Mark ? Qu'est-ce que tu fais ici à une heure pareille ?

— Qu'est-ce que tu crois ? Je viens contrôler que tu fais du bon boulot.

Cilla haussa les épaules.

— Mmm… bien sûr. Mais encore ?

— En fait, je suis venu récupérer l'équipement pour le rapporter.

— N'importe quoi ! Depuis quand un directeur de station joue-t-il les chauffeurs-livreurs ?

Mark secoua la tête.

— J'ai encore le droit de faire ce que je veux, non ? Quant à toi, ma belle, tu es en congé maladie à partir de maintenant. Si je te revois à la station avant lundi soir, tu es virée.

Cilla commença par jeter un regard furieux à Boyd. Lui ne perdait rien pour attendre.

— Mark, je…

Le directeur posa une main sur son épaule.

— Crois-moi, je fais ça dans mon intérêt autant que dans le tien, Cilla. J'ai eu des DJ qui ont craqué dans des situations nettement moins stressantes que celle que tu traverses en ce moment. Je préfère te donner un bref congé maintenant que de t'avoir en dépression pendant six mois.

— Le stress, je suis capable de le gérer, Mark.

— Parfait. Dans ce cas, tu dois être capable aussi de gérer deux journées de congé. Et maintenant, file. Je ne veux plus te voir ici.

— Mais qui va… ?

Boyd l'interrompit en lui prenant le bras.

— Tu as entendu les ordres du chef, non ?

— Je déteste être manipulée, maugréa-t-elle en se laissant entraîner hors de la salle.

— Radio KHIP ne fera pas faillite parce que tu manques un soir, rétorqua Boyd.

— Le problème n'est pas là.

— Exact. Le problème, c'est que tu as besoin de souffler. Et c'est ce qui va se passer maintenant.

Furieuse, Cilla sortit du bâtiment à grands pas. Boyd la suivit en silence et s'abstint prudemment de commentaires. Elle s'installa dans la voiture et croisa les bras sur la poitrine.

— Et maintenant, comment suis-je censée m'occuper ?

— Nous trouverons une solution.

— Comment ça « nous » ? C'est nouveau ? Ça vient de sortir ?

— Le hasard veut que je sois libre aussi ce week-end. Ça tombe bien.

— Ah, vraiment très bien, oui, bougonna-t-elle.

Boyd mit une cassette de musique classique avant de démarrer.

— Mozart ? s'enquit-elle, dédaigneuse.

— Non, Bach. Je ne connais pas de meilleur remède pour les nerfs.

Avec un profond soupir, Cilla pêcha son paquet de cigarettes dans son sac. Elle ne supportait pas que ses amis s'inquiètent pour elle et refusait d'admettre qu'elle était morte de fatigue… et secrètement soulagée de pouvoir se boucler chez elle pendant deux jours.

— Je peux soigner mes nerfs toute seule, Holmes.

— Je suis payé par l'Etat pour m'occuper de toi, ne l'oublie pas.

Elle lui jeta un regard noir.

— Aurais-je par hasard oublié de te dire à quel point je déteste les flics ?

— Mmm… Il me semble que ça fait bien vingt-quatre heures que tu n'as plus émis de remarque de ce type.

— C'est signe d'un triste laisser-aller de ma part.

Boyd se contenta de sourire et Cilla se résigna à ronger son frein en silence. Apparemment, il n'était pas d'humeur à se disputer. Elle avait beau multiplier les provocations, elles glissaient sur lui sans l'atteindre. Au fond, tant mieux. Elle mettrait ce week-end à profit pour avancer dans ses lectures et écouter quelques nouveaux titres. Et peut-être même, qui sait, pour se lancer dans le jardinage.

Tout à ses projets pour les deux jours à venir, Cilla mit un bon quart d'heure avant de se rendre compte que la voiture prenait de la vitesse et qu'ils laissaient Denver derrière eux.

— Hé là ! Stop ! Qu'est-ce que tu fais ? se récria-t-elle en se redressant.

— Je roule sur l'autoroute 70, en direction de l'ouest.

— Et en quel honneur ?

— Comme tu vois, nous nous dirigeons vers les

montagnes, répondit Boyd de son ton éternellement placide.

— Les montagnes ? *Quelles* montagnes ?

— Je crois qu'on les appelle les Rocheuses. Il se pourrait que tu aies entendu parler de cet ensemble de chaînes montagneuses qui traversent le pays de...

— O.K., ça va, ça va ! Tu es censé me raccompagner à la maison. Pourquoi ce détour stupide ?

— En fait, je te conduis chez moi.

— Ta maison est à Denver et Denver est derrière nous, objecta-t-elle, exaspérée. Arrête de me raconter des histoires.

— Il s'agit d'une résidence secondaire, en l'occurrence. J'ai un petit chalet sympa où je passe mes week-ends.

— *Tes* week-ends, peut-être, Fletcher. Mais les miens, je les passe chez moi.

— O.K. Nous programmerons un séjour chez toi pour le prochain, acquiesça Boyd d'un ton d'amabilité parfaite.

— Fletcher, en tant que flic, tu devrais savoir qu'emmener une personne contre son gré, ça s'appelle un enlèvement ! C'est passible d'une peine d'emprisonnement, ce genre de plaisanterie !

— Tu pourras porter plainte au retour.

Cilla serra les dents et changea de tactique :

— Ecoute, Boyd, je suis sérieuse : il est hors de question que je laisse Deborah seule tout le week-end avec ce fou furieux qui tourne autour de la maison, le couteau à la main !

— Ce ne serait pas prudent, en effet, acquiesça Boyd en mettant son clignotant pour prendre une sortie.

Cilla allait pousser un soupir de soulagement lorsqu'il enchaîna :

— C'est pourquoi j'ai prévu de l'installer chez Althea. Deborah est ravie et me charge de te souhaiter un excellent séjour. Elle a également préparé ton sac de voyage. Il est dans le coffre.

Elle ferma les yeux.

— Boyd Fletcher, je crois que je te hais.

— Tant que je ne te laisse pas indifférente… Tu verras, le chalet est vraiment très agréable. Et la vue est une merveille.

— Tout ce que je demande, c'est une falaise bien abrupte du haut de laquelle je te pousserai avec un immense plaisir !

— Tu trouveras également ça sur place, lui assura Boyd en ralentissant pour prendre une route qui s'élevait en lacets.

— Je savais que tu avais du culot, Fletcher, mais à ce point… Me jeter dans une voiture, organiser la vie de ma sœur et m'embarquer dans une espèce de cabanon…

— Un chalet.

— Un chalet, une cabane, peu importe. Je vais te dire une chose, Fletcher : j'ai horreur de la campagne, je déteste tout ce qui est rustique et j'abhorre les activités de camping. Il me faut des gaz d'échappement et des buildings. Point final. Alors, je n'y vais pas.

— Tu y vas déjà.

Comment pouvait-il garder ce calme exaspérant en toute circonstance ? Il n'aurait tout de même pas l'intention, *en plus*, de profiter de ce week-end de misère dans son chalet pourri pour…

— Dis donc, espèce de rat ! Si tu crois que c'est une technique efficace pour m'attirer dans ton lit — ou, pire encore, pour m'obliger à partager quelque bat-flanc sordide avec toi — tu viens de faire l'erreur de calcul du siècle. Je préfère encore mille fois mourir glacée dans la voiture !

— Le chalet compte plusieurs chambres à coucher, rétorqua Boyd aimablement. Tu seras la bienvenue dans la mienne, mais tu pourras aussi en prendre une autre. Le choix t'appartient.

Ce dernier argument la laissa sans voix. Se recroquevillant contre la portière, Cilla ferma délibérément les yeux et se tut pendant le reste du trajet.

8

Romantique, un enlèvement ? Au temps des flibustiers, peut-être. Mais au XXᵉ siècle à Denver ? Non, non et non. Cilla avait d'ores et déjà mis sa politique au point : deux jours entiers sans paroles aimables ni sourires. Boyd allait regretter amèrement de l'avoir traînée dans ces hauteurs inhospitalières.

Elle n'ouvrit les yeux qu'en arrivant à destination et faillit trahir ses résolutions en laissant échapper une exclamation admirative. Baignée par le clair de lune, la grande maison de bois clair qui se découpait sur fond de ciel étoilé ne ressemblait en rien à un « cabanon ». Pour Cilla, un chalet était nécessairement une construction sommaire en rondins, dénuée du confort le plus élémentaire. Le genre d'endroit où les hommes se retirent entre eux pour se laisser pousser la barbe, boire des bières et dire du mal des femmes en jouant interminablement au poker…

Mais la résidence secondaire de Boyd se situait aux antipodes de ce concept rustique. La maison de bois patiné s'élevait sur plusieurs niveaux, avec de savants décrochements ménageant toute une série de terrasses. Tout autour, les pins majestueux étaient couverts d'un léger poudroiement de neige. Et la noire silhouette des hauts sommets en arrière-plan achevait de donner de la grandeur au paysage.

Ravalant in extremis un commentaire positif, Cilla descendit de voiture, laissa Boyd se débrouiller avec les bagages et se fraya un chemin dans la neige en maugréant que ses chaussures allaient être fichues.

L'endroit était féerique, d'accord. Mais cela ne changeait rien au fait qu'elle n'avait pas *choisi* d'y venir. Elle se boucklerait donc dans une chambre et passerait les prochaines quarante-huit heures couchée s'il le fallait.

Boyd la rejoignit avec les sacs, ouvrit la porte et lui fit signe d'entrer. Cilla frissonna et retint une remarque acerbe… Après tout, tant mieux si la maison était glaciale. Plus ce serait inconfortable, plus il lui serait facile de se raccrocher à sa mauvaise humeur. Mais lorsqu'il appuya sur un interrupteur et qu'elle découvrit l'intérieur du chalet, elle fut encore une fois à deux doigts de sortir de son mutisme boudeur. La pièce centrale était immense ; une architecture à pignons, très haute, avec une charpente à nu. Autour d'une accueillante cheminée centrale en granit étaient arrangés de grands coussins de couleur. Une galerie de bois courait en hauteur, sur toute la largeur de la pièce. Pour le reste, tous les murs étaient blancs, avec des renfoncements formant étagères. L'impression d'espace était extraordinaire.

En contraste avec les voûtes et les arches de la maison de Boyd à Denver, le chalet n'était que lignes droites et pures. Aucun tapis précieux pour orner le plancher rustique à larges lattes. L'escalier qui menait au premier étage était pareillement dépouillé. A côté de la cheminée, un espace avait été aménagé pour stocker une provision de bois fendu.

— Ne t'inquiète pas, la maison se réchauffe très vite, déclara Boyd en se frottant les mains.

Debout, les bras croisés sur la poitrine, Cilla le regarda allumer le chauffage, accrocher son manteau à une patère et s'approcher de la cheminée pour préparer le feu.

— Si tu veux aller te coucher, Cilla, les quatre chambres sont à l'étage. Tu devrais pouvoir trouver ton bonheur.

Son *bonheur* ? Sans un mot, Cilla ramassa son sac et gravit l'escalier. Après une rapide exploration, elle choisit délibérément la chambre la plus petite. Petite mais absolument délicieuse, il fallait le reconnaître, avec son plafond mansardé et sa salle de bains privée entièrement lambrissée. Elle jeta son sac sur le lit et l'ouvrit pour voir ce que sa sœur — cette conspiratrice ! — avait prévu pour elle.

Quelques T-shirts, un gros chandail en laine, un solide pantalon en velours côtelé. Parfait. Mais au lieu d'un des habituels polos à manches longues qu'elle mettait pour dormir, elle trouva un semblant de chemise de nuit de soie noire avec le déshabillé assorti. Un petit mot était épinglé sur la manche du peignoir :

« Bon anniversaire avec quelques semaines d'avance. A lundi. Affectueusement, Deb. »

Cilla n'en revenait pas. Sa propre petite sœur… Avec quelle sulfureuse intention en tête Deborah avait-elle glissé ces froufrous de séductrice dans son sac ? C'était parfaitement absurde, bien sûr. Comme si elle, Cilla, allait dormir dans un machin pareil ! Vaguement intriguée malgré tout, elle effleura la soie. Il fallait reconnaître que la sensation était exquise.

Et sa sœur avait dû payer une fortune pour ces deux

pièces de lingerie fine. Le moins qu'elle pouvait faire, c'était de passer la nuisette au moins une fois. Ne serait-ce que pour dire qu'elle l'avait essayée.

C'était sans risque, après tout, puisqu'elle ne reverrait pas Boyd avant le petit déjeuner. Cilla se déshabilla rapidement et décida de s'offrir le luxe d'un bain avant de se coucher dans le petit lit à une place.

Deborah, décidément très prévoyante, avait mis dans sa trousse de toilette une dose d'huile parfumée pour le bain dont les notes chaudes, épicées créèrent aussitôt une ambiance orientale, teintée de volupté. Cilla ne put résister à la tentation d'allumer les bougies dans les deux bougeoirs en argent placés de chaque côté de la baignoire.

L'eau chaude et odorante formait comme une enveloppe mouvante qui caressait la peau. Contemplant le ciel étoilé à travers le Velux, elle barbota avec délice et finit par tomber dans des rêveries inavouables où Boyd se trouvait jouer un rôle de tout premier plan.

Ridicule.

Elle se secoua, s'arracha du bain et enfila la chemise de nuit. Le glissement léger de la soie sur sa peau nue lui procura des sensations d'une coupable douceur. Si Boyd la voyait ainsi, résisterait-il à la tentation de toucher du bout du doigt la dentelle légère ? Chercherait-il la chaleur d'un sein sous ses paumes tout en laissant courir une main dans son dos presque nu ? Se pencherait-il pour poser les lèvres sur...

Et puis quoi encore ?

Irritée de s'être laissée aller à des fantasmes stériles, Cilla se hâta de quitter l'atmosphère chaude et parfumée de la salle de bains pour passer dans la chambre. Elle avait mieux à faire dans la vie que de laisser son imagination s'emballer sur des sujets pareils ! Avec une nature aussi peu sensuelle que la sienne, c'était une perte de temps totale.

Cilla ôtait son sac du lit pour le poser par terre lorsqu'elle vit le verre à pied en cristal posé sur la table de chevet. Il était rempli d'un liquide couleur d'or pâle. Elle le porta à ses lèvres et ferma les yeux. Du vin. Un vin précieux, moelleux, qui enchantait le palais et faisait monter encore la température du sang dans ses veines. Jetant un coup d'œil sur son propre reflet dans la psyché, elle vit que ses yeux étaient immenses, ses joues brûlantes. Elle paraissait… différente. Quelle étrange transformation Boyd induisait-il en elle ? Et pourquoi ne parvenait-elle pas à se libérer de l'enchantement ?

Son verre à la main, elle glissa les bras dans les manches du déshabillé et sortit dans le couloir au pas de charge. Il était clair qu'elle ne fermerait pas l'œil de la nuit. Alors assez de bouderies puériles ! Autant aller débusquer Boyd dans sa chambre pour s'expliquer avec lui une fois pour toutes.

Boyd jura tout bas. Une heure déjà qu'il lisait la même page de son roman. Inlassablement, il revenait à la première ligne et, tout aussi inlassablement, ses pensées s'évadaient. Elles s'envolaient toujours dans la même direction, d'ailleurs : Cilla O'Roarke était devenue une obsession majeure, une torture de chaque instant. A se demander si elle s'arrêterait un jour de lutter férocement contre elle-même, contre lui, contre la terre entière. En attendant, il avait dû se faire violence pour poser le verre sur sa table de chevet et quitter la chambre, alors qu'à moins d'un mètre, il entendait les mouvements sensuels de son corps glissant dans l'eau.

Si encore il avait été le seul des deux à désirer l'autre ! Mais Cilla était aussi troublée, aussi attirée que lui. Et il ne s'agissait pas que d'un banal élan physique, en plus. Il était fou amoureux d'elle, bon sang !

Reposant le livre sur ses genoux, Boyd laissa la voix de Billie Holiday couler en lui et contempla les flammes. Il aurait pu se dispenser d'allumer un second feu dans sa chambre à coucher. Mais tout à ses stupides fantasmes, il n'avait pu résister à la tentation de créer une atmosphère propice à une hypothétique nuit d'amour. En disposant le bois d'allumage, il avait eu une vision d'elle, vêtue d'une petite chose fine, fluide et sexy, venant à lui, la main tendue, le sourire aux lèvres…

« Rêve toujours, mon vieux. » Le jour où Cilla O'Roarke se glisserait dans sa chambre de son plein gré, il pousserait des cocotiers au sommet du mont Everest. Elle préférerait toujours se ronger les ongles et allumer cigarette sur cigarette plutôt que de donner corps, forme et couleur à ses sentiments pour lui.

Rancunière, rigide et refoulée. Telle était Priscilla Alice O'Roarke. Boyd se tourna sur le côté pour prendre son verre de vin et se figea sur place. Etait-ce sa libido malmenée qui lui procurait des visions ? Cette créature à peine vêtue d'un soupçon de soie avec ses longs cheveux noirs flottant sur la blancheur des épaules serait-elle pure hallucination ? Non. Cilla en chair et en os se tenait dans l'encadrement de la porte… Il songea avec regrets que la femme de ses fantasmes, *elle*, aurait été souriante.

— Je voudrais te parler, Boyd.

Il ouvrit la bouche mais aucun son n'en sortit. Boire

une gorgée de vin lui apparut dans l'immédiat comme la solution la moins périlleuse.

— Mmm?

Avec une sensualité sans doute inconsciente, elle porta la main à ses cheveux.

— Ecoute, Boyd, je ne suis pas stupide. Je sais que ma vie est en danger et que c'est avec les meilleures intentions du monde que tu m'as amenée jusqu'ici. Mais tu avoueras que tes méthodes sont quelque peu étranges.

Boyd marmonna quelques vagues syllabes incohérentes. Impossible de détacher les yeux de cette nouvelle Cilla. Il avait conscience qu'elle lui parlait, mais il n'était plus que regard.

— Boyd?

Il secoua la tête pour tenter de s'éclaircir les idées.

— Oui?

— Tu n'as rien à me répondre?

— A quel sujet?

Les yeux de Cilla étincelèrent. Elle s'avança dans la chambre et posa son verre sur la table avec fracas.

— Le moins que tu puisses faire après m'avoir traînée ici de force, c'est de m'écouter quand je te parle!

Ainsi elle était venue à lui, vêtue de cette tenue affriolante, rien que pour se livrer à une de ces âpres disputes qu'elle affectionnait! Boyd prit une nouvelle gorgée de vin pour se préparer à cette épreuve.

— Tu sais pertinemment que tu avais besoin d'une coupure, Cilla.

— Peut-être. Mais ce n'était pas à toi de me l'imposer, merde!

Il reposa le verre avant de céder à la tentation de le faire éclater entre ses doigts.

— Si je te l'avais proposé, tu aurais refusé mordicus.

— Nous n'en saurons jamais rien puisque tu ne m'as pas laissé la possibilité de faire mes propres choix !

Boyd serra les poings.

— Peut-être. Mais une chose est certaine, Cilla O'Roarke : je fais des efforts inhumains *en ce moment même* pour te laisser exercer librement ton pouvoir de décision.

Elle lui jeta un regard surpris.

— Comment ça ?

Jurant tout bas, Boyd se leva et, les mains en appui contre la cloison, commença à se taper rythmiquement le front.

— Qu'est-ce que tu fais, au juste ? questionna-t-elle, clairement déconcertée.

— A ton avis ? Ça s'appelle « se taper la tête contre les murs », je crois. L'expression te dit quelque chose ?

— Oui, O.K. Mais pourquoi te livres-tu à cette séance maintenant ?

Boyd eut un rire las. Se frottant le front, il se tourna de nouveau vers elle.

— Aussi étrange que cela puisse paraître, c'est devenu une manie chez moi depuis que je te connais. Etonnant, non ?

Cilla passa nerveusement les mains sur ses hanches gainées de soie. Elle paraissait inquiète et vaguement mal à l'aise. Boyd soupira.

— Tu devrais aller te coucher, Cilla. Tu pourras toujours continuer à m'achever demain matin.

— Parce que c'est *moi* qui t'achève, maintenant ? Et qui a enlevé qui, on peut le savoir ?

Au lieu de suivre son sage conseil, elle se lança dans une nouvelle diatribe en arpentant la pièce. Le spectacle qu'elle offrait ainsi, semi-déshabillée avec ses jambes extraordinaires qui s'agitaient sous ses yeux, était une torture en soi.

— Pour l'amour du ciel, arrête de faire les cent pas. Tu essayes de me tuer ou quoi ? protesta-t-il en s'efforçant vainement de respirer.

Elle se mit à gesticuler de plus belle.

— J'ai besoin de bouger quand je suis énervée. C'est instinctif ! Comment veux-tu que j'aille me coucher calmement alors que tu me mets dans tous mes états ?

— Que *je* te mets dans tous tes états ? répéta-t-il mécaniquement.

Il sentit quelque chose craquer en lui — un ultime mécanisme de contrôle sans doute. Les mâchoires crispées, il se leva et lui saisit les deux bras.

— M'accuser *moi* de te mettre dans tous tes états ? C'est vraiment la meilleure, O'Roarke. Et maintenant, la vérité, tu m'entends ? Es-tu venue t'exhiber ainsi devant moi pour me faire souffrir le martyre, oui ou merde ?

Elle parut perturbée par cette question.

— Eh bien… Deborah a mis cette chemise de nuit dans mes bagages. C'est tout ce que j'ai pour dormir. Si je suis venue te voir, c'est parce que je pensais qu'on pourrait peut-être discuter en adultes.

Boyd frémit. S'il ouvrait la bouche, ce serait assurément un grognement de fauve qui s'échapperait de sa gorge aride.

— Ecoute, Cilla, si c'est pour parler que tu es là, j'ai un coffre plein de couvertures, lâcha-t-il entre ses dents. Enveloppe-toi au moins dans l'une d'elles.

Une couverture ? Elle suffoquait déjà assez comme cela avec la chaleur du feu et les mains de Boyd qui esquissaient un lent mouvement de va-et-vient sur les manches de soie de son déshabillé.

— Tu sais quoi, Boyd ?

— Mmm ?

— Inconsciemment, j'avais peut-être envie de te provoquer un peu, c'est vrai, admit-elle dans un souffle.

Il se mit à jouer avec la bride qui glissait sur son épaule.

— Eh bien, tu peux te féliciter d'avoir atteint ton but. Mais je ne vais pas te faciliter la tâche en te hissant sur mon dos pour te jeter sur mon lit de force, Cilla. Je ne te dis pas que je ne suis pas tenté. Mais si nous faisons l'amour, je veux que tu te réveilles demain matin en sachant que c'était ton choix autant que le mien.

Qu'est-ce qui l'avait *réellement* poussée à venir trouver Boyd dans sa chambre ? Avait-elle espéré en secret qu'il prendrait l'initiative, la dessaisissant ainsi de ses responsabilités et de ses choix ? Une telle attitude ferait d'elle une lâche. Pour ne pas dire une tricheuse.

— Ce n'est pas simple à formuler pour moi, Boyd.

Il prit ses mains dans les siennes.

— Ça pourrait l'être, pourtant. Si tu es prête.

Lentement, elle leva les yeux pour soutenir son regard.

— Je crois que j'ai été prête dès l'instant où je t'ai rencontré.

Elle vit un éclair brûlant passer dans les yeux de Boyd.

— Alors dis-moi oui, murmura-t-il. Juste « oui » et cela me suffira.

— Lâche mes mains, s'il te plaît, chuchota-t-elle.

Il hésita un instant, puis ses traits se détendirent. Lorsqu'il la laissa aller, Cilla se glissa dans ses bras.

— Je te désire, Boyd. Et j'ai envie de passer la nuit avec toi.

Cette fois, les mots étaient prononcés. Avec un léger soupir, elle mêla sa bouche à la sienne en se pressant contre lui. Laissant tout juste à Boyd le temps de lui ôter son déshabillé, elle l'entraîna vers le lit.

Dès la première seconde, Boyd se trouva pris dans un tourbillon frénétique de baisers et de caresses. De son côté, il ne demandait qu'à explorer, savourer, embrasser à son tour. Festoyer du regard, des mains, des lèvres et des narines. Mais Cilla semblait fermement résolue à garder l'initiative. Elle lui ôta ses vêtements en un tournemain et se lança dans une série d'attouchements aussi directs qu'irrésistibles dans l'état de tension exacerbée où il se trouvait. Ses mains, sa bouche le rendaient fou. Il sentait que la pression montait beaucoup trop vite, mais lorsqu'il voulut reprendre le contrôle de la situation, elle se contenta de retirer sa nuisette et le repoussa fermement contre le matelas.

Cilla procédait avec application, déployant les techniques d'approche que Paul lui avait inculquées. Elle n'avait plus qu'une idée en tête : satisfaire Boyd. S'il regrettait de l'avoir désirée, elle ne le supporterait pas. Puisqu'il était écrit qu'ils devaient passer une nuit d'amour ensemble, elle voulait au moins qu'elle reste gravée dans sa mémoire comme un souvenir positif.

Le contact de sa peau dorée sous ses doigts l'enchantait. Tentée de ralentir ses caresses, Cilla se ravisa. Les hommes s'ennuyaient toujours pendant les préliminaires. En amour, ils aimaient la rapidité.

Lorsque Boyd manifesta son plaisir en émettant un son rauque, elle se félicita du bon déroulement de l'opération. Il murmura ensuite quelques mots dont elle ne parvint pas à saisir le sens. Sa voix était fiévreuse et il lui exprimait sans doute à quel point il était pressé d'aboutir. Lorsqu'il la fit basculer sous lui, elle murmura un acquiescement et le saisit d'une main ferme pour l'introduire en elle.

Boyd se raidit. Il jura, tenta de se reprendre et de revenir en arrière. Mais déjà elle se cambrait, ondulait des hanches, l'entraînant irrépressiblement vers une jouissance bâclée à laquelle il ne pouvait plus se soustraire.

Cilla souriait. C'était bon de sentir Boyd allongé sur elle, son visage enfoui dans ses cheveux. Sereine, elle écoutait le son de sa respiration encore laborieuse. Elle lui avait donné son plaisir. A priori, il ne regretterait pas d'avoir fait l'amour avec elle. Elle-même se sentait presque comblée, au demeurant. L'acte amoureux lui avait paru beaucoup plus intense — et plus émouvant surtout — qu'à l'ordinaire. Au moment où Boyd était venu en elle, il y avait eu comme une chaleur très douce qui l'avait enchantée. Et puis une sorte de paisible fierté, aussi, lorsqu'elle avait senti les spasmes de sa jouissance en elle. A présent que Boyd était détendu, elle pouvait s'abandonner au sommeil avec la satisfaction d'avoir accompli un parcours sans fautes. Serrée nue dans ses bras, elle passerait une nuit de rêve...

Boyd remua la tête, posa un baiser dans les cheveux de Cilla et se traita mentalement de tous les noms. Il était furieux contre lui-même de s'être laissé entraîner à son corps défendant dans cette espèce de gymkhana. Et furieux contre cette brute de Lomax pour la terne barbarie de ses mœurs sexuelles.

— Pourquoi as-tu fait cela ? demanda-t-il en roulant sur le côté.

La main de Cilla qui glissait dans ses cheveux s'immobilisa à mi-parcours.

— Je ne comprends pas. Je croyais que tu avais envie de faire l'amour...

— En effet, oui, acquiesça-t-il en se redressant en position assise. Mais je pensais que c'était un désir que nous avions en commun.

— Tu veux dire que...

Cilla ferma les yeux. Ainsi elle avait déployé tous ces efforts en vain : Boyd avait été déçu, comme elle aurait pu le prévoir à la lumière de ses précédentes expériences. Si seulement elle avait eu le bon sens de rester cloîtrée dans sa chambre !

— O.K., ça va, inutile d'en dire plus. Je t'avais prévenu que je ne valais pas grand-chose au lit, objecta-t-elle avec lassitude.

Boyd jura si bruyamment qu'elle tressaillit. C'était trop d'humiliation. Se relevant en hâte, elle enfila la désastreuse nuisette de soie noire.

— Où vas-tu encore ?

— Me coucher, murmura-t-elle à voix basse pour éviter de fondre en larmes. Je savais que ce serait une erreur, de toute façon.

Alors qu'elle se baissait pour récupérer son déshabillé, elle entendit claquer la porte. Elle bondit mais trop tard. Boyd avait déjà tourné la clé dans la serrure.

— Je ne peux pas rester ici, protesta-t-elle en réprimant un sanglot. S'il te plaît.

— Désolé, mais tu as déjà fait ton choix, Cilla. Je ne te laisserai pas revenir dessus.

Cilla roula le déshabillé en boule et le pressa nerveusement contre sa poitrine. Ainsi, il était en colère, en plus. Mais quoi d'étonnant ? La scène avait un petit air de déjà-vu. Combien de fois ne s'était-elle pas disputée avec Paul parce qu'elle était incapable de le satisfaire au lit ?

Malade de honte et d'embarras, elle baissa la tête.

— On pourrait peut-être conclure cet intermède de façon civilisée, Boyd ? J'ai fait ce que j'ai pu et ça n'a pas suffi. Maintenant, laisse-moi sortir d'ici.

— Et ça n'a pas suffi, répéta-t-il en faisant un pas en avant. Faut-il donc te cogner sur la tête pour t'inculquer un minimum de sens commun ? Ce qui se passe dans un lit est une affaire entre *deux* personnes, Cilla. Il s'agit d'un processus *mutuel*, O.K. ? Ce n'est pas une technicienne du sexe que je recherche, bon sang !

Boyd jura en la voyant pâlir. Il se serait volontiers étranglé lui-même lorsque les yeux de la jeune femme se remplirent de larmes. Quel imbécile il faisait.

— Cilla... je suis sûr que tu n'as rien senti, rien éprouvé.

— Eh bien, si, justement !

Furieuse, elle essuya ses joues humides de larmes.

— Si tu as senti quelque chose, c'est un miracle, car tu ne m'as même pas laissé te toucher. Je ne te le reproche pas, je suis en majeure partie responsable. J'aurais dû t'arrêter tout de suite, mais quand j'ai compris ce qui se passait, j'étais déjà parti trop loin pour revenir en arrière... Autrement dit, je suis désolé et j'aimerais maintenant me faire pardonner.

— Il n'y a rien à pardonner, riposta Cilla, toujours aussi dangereusement au bord des larmes. Laisse-moi partir !

Elle n'avait qu'une envie : mourir. Et ailleurs que sous le regard de Boyd, de préférence. Ce dernier soupira et se dirigea vers la porte. Soulagée, Cilla lui emboîta le pas, mais il se contenta d'éteindre la lumière.

— Qu'est-ce que tu fais, encore ? s'enquit-elle, à bout de forces, lorsqu'il se mit à allumer des bougies un peu partout.

Sans répondre, Boyd se dirigea vers la chaîne hi-fi. Le tendre solo d'un saxophone ténor s'égrena dans la pièce.

— Nous avons essayé l'amour à ta façon, non ? Je propose que, cette fois, nous tentions une seconde méthode : la mienne.

Cilla ne savait plus si elle tremblait de gêne, de fatigue ou de peur.

— Je t'ai dit que je voulais aller me coucher, Boyd.

— Ça tombe bien. Moi aussi, dit-il en la soulevant dans ses bras.

— Tu ne crois pas que j'ai été déjà suffisamment humiliée pour une nuit ? murmura-t-elle, les larmes aux yeux.

Il lui adressa un regard indéchiffrable.

— Je regrette, tu sais. Je ne voulais pas te blesser.

Il la déposa sur le lit avec une douceur qui la surprit. Sans détacher ses yeux des siens, il étala ses cheveux sur l'oreiller et les caressa longuement.

— Si tu savais le nombre de fois où je t'ai imaginée ici, Cilla. Avec ta chevelure défaite et la lueur des bougies dansant sur le satin de ta peau. Rien que le clair de lune, la chaleur des flammes dans la cheminée. Et toi. Rien que toi. Et personne d'autre à des lieues à la ronde.

En danger de se laisser amadouer, Cilla détourna la tête. Il était hors de question de se laisser prendre au piège de ses mots et de sombrer une seconde fois dans le ridicule.

Boyd sourit et appuya ses lèvres sur son cou.

— Je vais te faire l'amour, Cilla, chuchota-t-il en écartant la bride de la nuisette pour explorer la courbe d'une épaule. Je t'emmène là où tu n'es encore jamais allée, alors laisse-toi conduire, d'accord ? Mais pour cela, il ne faut pas avoir peur de tes sensations.

— Je n'ai pas peur.

— Pas des vrais dangers, non. Mais tu as peur de te détendre, peur de te laisser aller, peur de laisser l'autre t'approcher.

Luttant contre la tentation de fermer les yeux et de céder au pouvoir de cette voix trop tendre, elle secoua la tête.

— Laisse-moi, Boyd. Nous avons déjà eu un rapport.

Il lui posa un baiser au coin des lèvres.

— Un rapport, oui. Mais maintenant, nous allons faire l'amour. Nuance.

Sans lui laisser le temps de protester, il s'empara de sa bouche. Le cœur de Cilla fit un bond dans sa poitrine.

— Je ne veux pas, protesta-t-elle dans un souffle tandis qu'il lui mordillait la lèvre inférieure.

— Ne me dis pas ce que tu ne veux pas. Dis-moi ce que tu veux.

— Je... je ne sais pas, chuchota-t-elle.

Son esprit s'embrumait déjà. Elle leva une main pour le repousser, mais dut se contenter de la laisser reposer sur son épaule.

— Si tu ne sais pas, je vais te proposer des choix multiples. Et quand j'aurai fini, tu pourras établir ta liste de préférences.

Boyd parlait. Parlait sans relâche. Et ses mots flottaient dans sa tête, s'emmêlaient, glissaient sur elle comme une longue caresse. Lorsqu'il s'interrompait, c'était juste le temps d'un baiser. Baisers nonchalants ; baisers rapides ; baisers luxuriants. Il en avait toute une série en réserve. Et Cilla tremblait déjà tout entière de désir alors qu'il n'avait touché que son visage, son cou, ses cheveux.

Seulement lorsqu'elle exerça une légère pression sur sa tête, il glissa un peu plus bas et sa langue effleura le haut de ses seins, juste au-dessus de la dentelle noire de sa chemise de nuit. Boyd prenait son temps, se servant de ses dents pour repousser le tissu, millimètre après millimètre. Le souffle court, Cilla gémit et ouvrit les jambes dans un silencieux mouvement d'invite. Mais Boyd n'en faisait qu'à sa tête. Sa bouche allait et venait, d'un sein à un autre, progressant avec une lenteur dévastatrice. Lorsque, enfin, sa langue effleura une pointe tendue, elle frissonna violemment et murmura son nom dans un sanglot. Boyd parut satisfait et arrondit les lèvres pour aspirer doucement, puis plus fort, plus vite... toujours plus vite.

La tête renversée, Cilla sentit monter la pression entre ses cuisses. Il y eut une suite de resserrements et d'ouvertures, de contractions et de détentes. La tête vide, soulevée par un élan irrépressible, elle s'arc-bouta, enfonça les ongles dans les mains de Boyd et poussa un cri. Quelque chose s'était déclenché qui n'était pas tout à fait de la souffrance et qui se mua aussitôt en une sensation de plaisir presque inavouable.

Lorsqu'elle retomba, vidée de ses forces, Boyd couvrit sa bouche de la sienne.

— Tu es incroyable, chuchota-t-il.

Elle pressa une main contre sa tempe.

— Je... je n'arrive plus à penser.

— Aucune importance. Laisse-toi aller à tes sensations. Et à rien d'autre.

Fermant les yeux, elle sourit et se prépara à l'accueillir en elle. Il lui avait déjà tant donné que c'était largement à son tour de prendre. Mais Boyd paraissait toujours aussi peu pressé d'aboutir. Il fit descendre la chemise de nuit plus bas, jusque sur ses hanches, et pressa les lèvres sur la chair frémissante de son ventre. Elle posa les mains sur ses cheveux et se laissa flotter dans un univers de pure sensualité. Avec une étonnante acuité, elle percevait les draps sous elle, froissés et tiédis par la chaleur de son corps. Elle écoutait les sons, aussi. Des glissements légers et néanmoins brûlants : froufroutement de la soie, d'abord, puis caresse des paumes de Boyd sur son corps, et ensuite le bruit de succion de sa bouche — une bouche dont elle connaissait si intimement la saveur que la sienne en semblait imprégnée.

La palette de sensations qu'il lui offrait était si riche, si variée qu'il lui faudrait sans doute une vie entière pour les assimiler toutes. S'il continuait ainsi pour l'éternité, ce serait encore trop bref.

Boyd posa les lèvres sur la rondeur d'une hanche et sourit. Elle était sienne maintenant. Entièrement sienne. Comme fondue sous ses mains, sous sa bouche. Elle avait un corps superbe, longiligne avec une peau légèrement rosie par la chaleur des flammes. Sa main remonta le long de sa jambe. Ses cuisses ouvertes étaient d'une douceur de soie. Elle accueillit ses doigts en elle, se livra à eux avec une confiance, un abandon qui l'émurent presque autant que de sentir les ondes de son plaisir lorsqu'elle se cambra une seconde fois, nuque renversée, le corps secoué de frissons.

Nouant alors les bras autour de lui, elle murmura son nom d'une voix chavirée. Lorsqu'il sentit qu'elle n'était plus qu'appel éperdu de lui, Boyd abandonna toute retenue et ils roulèrent sauvagement ensemble sur le lit. De nouveau, tout comme la première fois, les mains de Cilla coururent sur son dos, s'attardèrent sur son ventre, cherchèrent son sexe. Mais cette fois-ci, elle était du voyage, voguant sur la même onde de désir que lui. Ses yeux, noirs comme la passion et la nuit, lancèrent une silencieuse invite.

Il mit toute sa puissance à venir en elle, sa bouche plaquée sur la sienne pour absorber son cri de délice. Avec un léger sanglot, elle noua bras et jambes autour de lui, le tenant serré pour le dernier périple, la course vers le sommet, la plus belle folie à deux.

Boyd était à bout de force. Faible comme un bébé qui vient de naître... Et lourd comme seul un homme adulte peut l'être. Craignant d'étouffer Cilla sous son poids, il rassembla ses ultimes forces pour la faire rouler sur lui. Satisfait de la manœuvre, il la serra contre sa poitrine, songeant que rien au monde n'aurait pu le combler plus que de la sentir abandonnée sur lui ainsi.

Lorsqu'elle frissonna, il noua les bras autour d'elle.

— Tu as froid ?

Cilla se contenta de secouer la tête.

— Dans une heure peut-être, j'aurais recouvré suffisamment d'énergie pour me mettre à la recherche des couvertures, promit-il paresseusement.

— Je t'assure que ça va.

Le message était rassurant mais la voix pas très ferme. Sourcils froncés, Boyd lui prit le menton et le souleva. Il entrevit une larme perlant dans ses cils.

— Qu'est-ce qui se passe ?

— Je ne pleure pas, déclara-t-elle d'un ton presque farouche.

— Mmm... De joie peut-être ?

Elle tenta de se dérober à son regard mais il la tenait fermement.

— Oh, Boyd. Tu vas penser que je suis stupide…

— Probablement, oui. Mais une fois de plus, une fois de moins… Allez, va, lâche le morceau, O'Roarke.

— C'est juste que…

Cherchant ses mots, elle soupira avec impatience.

— Juste que je ne pensais pas que ça pouvait se passer comme ça.

— Se passer comment ?

Boyd sourit. Etrangement, ses forces semblaient lui revenir avec une rapidité stupéfiante. Cela venait de la façon dont elle le regardait, sans doute. Elle était si extraordinairement belle avec cette expression à la fois tendre et étonnée dans ses yeux noirs.

— Tu cherches peut-être à me dire que c'était bien ? super ? ou même carrément stupéfiant ?

— Arrête de te moquer de moi, Boyd !

— Mmm… pas du tout. J'espérais obtenir un compliment, c'est tout. Mais tu n'as pas l'air très généreuse en la matière. Peut-être es-tu trop têtue pour reconnaître que ma méthode est infiniment plus plaisante que la tienne ? Mais ça ne fait rien. Je peux toujours te garder enfermée dans cette chambre jusqu'à ce que tu admettes ta défaite.

Cilla grogna et lui mordit l'épaule en signe de protestation.

— Boyd, tu es infernal. Tu crois que c'est facile pour moi de t'exprimer ce que j'ai ressenti ?

— Tu n'es pas obligée de mettre des mots sur cette expérience, murmura-t-il en laissant glisser une main sur ses hanches. On peut aussi communiquer… autrement.

Cilla pressa ses lèvres entrouvertes sur sa poitrine et émit un soupir qui s'alanguissait déjà.

— Je voulais quand même te dire que je n'ai jamais… que personne ne m'a… Enfin, bref, n'ayons pas peur de le dire : c'était super.

— Exact, acquiesça-t-il en lui prenant la tête entre les mains pour amener son visage contre le sien. Et maintenant, pour la troisième édition de la nuit, visons le stade au-dessus. « Carrément stupéfiant » sera notre nouvel objectif.

9

La fraîcheur commençait à tomber. Cilla se frotta les bras pour se réchauffer et continua à observer le paysage de pins, de neige et de roche. Boyd avait eu raison une fois de plus : la vue était extraordinaire. Perché dans les hauteurs d'un vallon qui se fondait dans un cirque de montagnes ciselées, le chalet était isolé du reste du monde. Sous les glaces et les pics altiers, la masse sombre des forêts entrecoupait ici et là l'uniformité blanche et lisse. Quelque part en contrebas, un torrent roulait ses eaux glacées avec une joyeuse exubérance.

L'ombre des conifères s'étirait. L'après-midi tirait à sa fin et la lumière déclinante parait les champs de neige d'un reflet bleuté. Pendant un long moment, Cilla avait pu observer une biche qui s'était avancée jusqu'au chalet, fouillant du museau à la recherche d'un brin d'herbe. Mais l'animal gracieux s'était éloigné à petits pas, laissant derrière lui comme une ombre de silence.

Cilla prit une profonde inspiration. Elle avait oublié jusqu'au souvenir de cette sensation : baigner dans une paix profonde. L'apaisement qu'elle ressentait, elle ne l'avait plus connu depuis l'époque lointaine où elle croyait encore aux fées, aux lutins… et aux familles unies. A presque trente ans, il était assurément trop tard pour revenir aux croyances optimistes de ses premières années d'existence. Mais une chose était certaine, malgré tout : ce séjour dans le chalet de Boyd marquerait un tournant décisif.

Boyd avait tenu ses promesses. Il l'avait emmenée là où elle n'avait encore jamais été. Et il lui avait appris qu'on pouvait accepter aussi bien qu'offrir, prendre aussi bien que donner. Mais elle n'avait pas seulement découvert ce que faire l'amour voulait dire. Avec Boyd, elle avait également expérimenté des moments de partage et d'intimité.

Après une nuit de vrai sommeil comme elle n'en avait pas connu depuis des années, elle s'était réveillée dans ses bras sans gêne ni sentiment d'étrangeté. Elle ne se souvenait pas de s'être jamais sentie aussi calme, comme si le monde se limitait au chalet et aux bois alentours. Comme s'il n'y avait plus, au-dehors, un univers fait de souffrance, de danger et de peur.

Ni Denver ni X n'avaient disparu pourtant. Et elle ne pouvait rester cachée indéfiniment. La réalité, hélas, finissait toujours par vous rattraper. Elle n'échapperait ni à ses souvenirs ni à l'homme qui avait juré sa mort.

Avec un profond soupir, Cilla offrit son visage aux derniers rayons d'un soleil mourant. Quoi qu'il puisse arriver, elle se devait d'être honnête avec Boyd. Autrement dit, le prévenir d'emblée qu'elle ne pourrait pas s'engager dans une relation *sérieuse* avec lui. Cilla ferma les yeux, se mordit la lèvre et se répéta que c'était la seule politique possible. Mieux valait souffrir un peu maintenant que se retrouver plus tard avec le cœur réduit en cendres.

En l'espace de quelques semaines, son respect pour Boyd n'avait cessé de croître. Elle le découvrait profondément humain, scrupuleusement honnête, patient,

intelligent et affectueux. Et doté en plus d'un solide
sens de l'humour, ce qui ne gâtait rien.

Si seulement il n'exerçait pas ce fichu métier de flic...

Cilla frissonna et ses mains se crispèrent sur ses
avant-bras.

Boyd avait une marque sur la poitrine dont elle avait
retrouvé la trace dans le dos, juste sous l'épaule droite.
Souvenirs d'une balle qui lui avait traversé le corps
de part en part. « Les risques du métier », comme ils
disaient tous. Cilla frissonna et sentit la tension familière
de l'angoisse lui contracter la poitrine. Elle se garderait
bien de lui demander comment c'était arrivé et s'il avait
vu la mort de près. Mais les cicatrices de Boyd n'en
avaient pas moins rouvert les siennes.

Croire qu'il existait un avenir pour eux deux serait
une illusion dangereuse. Elle avait eu tort, sans doute,
de passer la nuit avec Boyd. Mais il n'y avait plus de
retour en arrière possible : la fatalité d'une attirance
trop forte avait voulu qu'ils deviennent amants. Cela
étant, il s'agissait de fixer de toute urgence les limites à
imposer à leur relation : ni attachement ni obligations
mutuelles. A priori, Boyd devrait apprécier de garder
une liberté sans entraves. Quant à elle, il ne lui resterait
plus qu'à serrer la vis à ses sentiments. A se convaincre
qu'elle n'était pas amoureuse de lui, en somme. Ce qui
nécessiterait sans doute quelques vigoureuses séances
d'autosuggestion...

Boyd la trouva sur une des terrasses à l'arrière du
chalet, le regard rivé sur les montagnes. Du premier
coup d'œil, il nota les traits tendus, le visage marqué
par l'angoisse. Le naturel, hélas, revenait au galop.

Cilla se rendait-elle compte à quel point elle avait été détendue lorsqu'elle s'était réveillée, la tête sur son oreiller, et qu'elle s'était étirée doucement contre lui, rompue d'amour et néanmoins fondante de désir dès la première caresse ?

Lorsqu'il s'approcha pour lui toucher les cheveux, la jeune femme commença par tressaillir avant de se laisser aller dans son étreinte.

— J'aime ton modeste cabanon dans les bois, Holmes.

Tant mieux. Boyd avait l'intention de revenir régulièrement se retirer ici avec elle. Cilla enfonça les mains dans ses poches.

— C'est un héritage familial également ?

— Non, ce chalet, je l'ai conçu et je l'ai fait construire moi-même. J'ai même mis la main à la pâte et planté quelques clous ici et là.

Cilla siffla entre ses dents.

— Un peu menuisier, un peu architecte… Tu as décidément tous les talents. C'est presque un gâchis que cette maison ne serve que les week-ends, tu ne trouves pas ?

— Oh, j'y passe aussi mes vacances. Et mes parents y séjournent de temps en temps, expliqua-t-il en massant les muscles tendus de ses épaules. Ils vivent à Colorado Springs, mais ils voyagent beaucoup.

— Ton père a dû être déçu que tu ne marches pas sur ses traces, observa Cilla après quelques secondes de silence pensif. Tu n'as jamais songé à reprendre l'entreprise familiale ?

— Jamais. Ma sœur s'est chargée de reprendre le flambeau.

Cilla jeta un regard surpris par-dessus son épaule.

— Tu as une sœur, toi ?

— Eh oui, tu ne sais pas encore tout de moi. Natalie est une vraie femme d'affaires. Alors que moi... Mais tu es en train de prendre froid, Cilla. Viens t'asseoir près du feu.

Elle se détourna docilement et descendit dans la cuisine à sa suite.

— Mmm... je sens comme une odeur d'épices et de haricots rouges, je me trompe ?

— J'ai préparé un chili con carne.

Il souleva le couvercle pour humer le fumet qui se dégageait de la casserole.

— A vue de nez, ça devrait être prêt dans une heure.

— Tu aurais dû m'appeler, protesta-t-elle, gênée. Je t'aurais aidé.

— Tu cuisineras la prochaine fois, dit-il en choisissant un pouilly-fuissé pour l'apéritif.

Elle sourit faiblement.

— Dois-je comprendre que tu es moralement préparé à affronter de nouveau mes sandwichs du chef au beurre de cacahuètes ?

— Pourquoi pas ? Ils me rappellent ceux que me préparait ma maman quand j'avais huit ans.

Cilla ne répondit pas. Elle doutait que la mère de Boyd ait jamais confectionné un repas de sa vie. Dans ces milieux-là, les femmes étaient généralement déchargées de toute corvée domestique.

— Je peux faire quelque chose pour toi ? demanda-t-elle, soudain aux prises avec un pénible sentiment d'inutilité.

— Oui, t'asseoir et te détendre.

— Me détendre ? Je n'ai fait que ça depuis ce matin.

— En principe, oui, mais les tensions ont insidieusement regagné du terrain. Je ne sais pas ce qui a provoqué leur retour, Cilla, mais je pense qu'il serait temps que nous en parlions ouvertement. Va t'asseoir près du feu, si tu veux. Je sers le vin et je te rejoins.

Pensive, Cilla alla se blottir sur les coussins disposés près de la cheminée. Elle n'avait rien dit, rien fait de particulier. Et pourtant, Boyd avait noté au premier coup d'œil son changement d'humeur. Qu'il soit ainsi en phase avec elle alors qu'ils se connaissaient si peu avait quelque chose de déconcertant.

Lorsqu'il entra, elle se força à lui sourire gaiement pour donner le change. Mais ce fut peine perdue. Il s'assit près d'elle et lui tendit son verre.

— C'est l'idée de retourner travailler qui t'inquiète ? demanda-t-il de but en blanc.

Elle soupira.

— Non. Ou plutôt si. Je sais que vous faites tout ce que vous pouvez pour me protéger, Thea et toi, mais ce n'est quand même pas tout à fait évident.

— Tu as confiance en moi, Cilla ?

— Eh bien… oui. Naturellement.

— Mais mon métier te fait peur.

— Disons que je ne l'aime pas, précisa-t-elle d'une voix lasse. Je ne te demande pas de comprendre, tu sais. Tout cela est lié à mon histoire familiale.

— Je crois savoir pourquoi tout ce qui touche à la police te rebute.

Boyd se renversa contre les coussins et porta son verre à ses lèvres.

— J'ai dû procéder à des recherches sur toi dans le cadre de l'enquête. Pour bien te protéger, j'ai besoin de te connaître. Et de te comprendre aussi. Tu m'avais dit que ta mère était dans les forces de l'ordre. Ça n'a pas été très difficile après cela de retracer ce qui s'est passé.

Les mains crispées sur son verre, Cilla regarda fixement les flammes. Malgré le passage des années, la souffrance, la révolte et les regrets ne s'étaient jamais vraiment atténués.

— Tu as vu comment s'est terminée la brillante carrière de ma mère, donc ? Décédée dans l'exercice de ses fonctions, comme ils disent. « L'exercice de ses fonctions… », répéta-t-elle, avec hargne. Comme si cela faisait plus ou moins partie de ses attributions de tomber sous les balles !

— D'une certaine façon, c'est le cas, commenta Boyd en fixant le feu à son tour.

Elle lui jeta un regard en coin et frissonna en imaginant que lui aussi… Chassant cette pensée intolérable, elle riposta dans un sursaut de colère :

— Oui, bien sûr. C'était son boulot de se faire descendre, ce jour-là. Merveilleux. Et pour mon père, on dira que c'était la faute à pas de chance, c'est ça ?

— Cilla, je comprends que tu sois triste et amère…

Elle émit un rire sans joie.

— C'est vraiment l'ironie du sort qui a voulu que ces deux-là soient morts ensemble, enterrés ensemble. Elle, la femme inspecteur ; lui, l'avocat. Le hasard les a réunis sur une même affaire et ils s'affrontaient avec leur violence coutumière. Aussi loin que je me souvienne, je ne les ai jamais vus d'accord. Deux jours avant le drame, ils avaient recommencé à parler séparation. A l'essai, avaient-ils précisé.

Cilla porta son verre vide à ses lèvres et fronça les sourcils.

— Je suis en panne de vin, semble-t-il.

Sans un mot, Boyd les resservit l'un et l'autre et

attendit qu'elle reprenne le fil de son récit. Cilla but une gorgée et, la gorge nouée, se força à poursuivre :

— Je suppose que tu as dû lire le rapport officiel. Ils avaient fait entrer l'inculpé en salle d'interrogatoire — un type carrément malade, violent, parano, suant la haine. L'accusé devait répondre d'un triple chef d'accusation — vol à main armée, viol et trafic de drogue. Il a exigé que son avocat soit présent durant l'interrogatoire. En fait, il savait qu'il en avait au moins pour vingt ans et il s'était mis en tête que son malheur était entièrement imputable à deux personnes : le flic qui l'avait coffré et l'avocat chargé de le défendre.

Cilla ferma les yeux. Ce double meurtre auquel elle n'avait pas assisté restait toujours aussi difficile à visualiser, aussi douloureux à décrire.

— Mes parents étaient assis l'un en face de l'autre à la table — comme ils auraient pu l'être dans notre propre cuisine — et ils s'opposaient comme d'habitude sur des questions de droit. Et cette espèce de malade a sorti le revolver qu'un type lui avait fait passer en douce et il les a descendus l'un après l'autre. Froidement. Ça a été l'affaire de quelques secondes...

Elle baissa les yeux et contempla le contenu de son verre.

— Quantité de gens ont perdu leur emploi à cause de cette bavure. Mes parents, eux, y ont laissé la vie.

— Jamais ce type n'aurait dû obtenir une arme, commenta Boyd d'une voix sourde. C'est inadmissible qu'une chose pareille ait pu se produire.

Les poings de Cilla se crispèrent.

— J'aime mieux entendre ça que des discours édifiants sur le courage de nos « bleus » et autres vaillants défenseurs en uniforme. C'était ma mère, merde !

Boyd avait passé des heures à potasser les comptes rendus de l'affaire. Il savait qu'elle avait provoqué un scandale. Mais il avait surtout été marqué par une photo d'archives. On y voyait Cilla, le visage blanc de chagrin, debout devant les deux tombes encore ouvertes, la main de Deborah serrée dans la sienne.

— Je regrette pour Deb et pour toi que vous ayez perdu vos deux parents dans de pareilles conditions.

Cilla détourna les yeux pour contempler fixement les flammes.

— De fait, ma mère, je l'avais déjà perdue avant qu'elle ne tombe sous les balles. Le jour où elle est entrée dans la police, c'était fichu pour moi.

— J'ai vu son dossier, commenta Boyd. Ses états de service sont impressionnants. Et Dieu sait que ce n'était pas facile pour une femme de s'imposer dans ce métier, à l'époque. Mais pour la famille, c'est toujours très dur.

— Qu'est-ce que tu en sais, toi qui es de l'autre côté de la barrière ? Ce n'est pas toi qui restes à la maison à te ronger les sangs, à tourner en rond et à te préparer mentalement à la catastrophe.

— On ne peut pas passer sa vie à s'attendre au pire, Cilla.

— Au pire ? C'est une mère, surtout, que j'attendais ! Et la plupart du temps en vain. Pour elle, ce qui comptait, c'était la PJ, le service. Ça passait avant mon père, avant moi, avant Deb. Elle n'était jamais là lorsque j'avais besoin d'elle.

Boyd voulut lui prendre la main mais elle se dégagea, trop hérissée pour supporter le moindre contact.

— Dans mon souvenir, elle était constamment ailleurs, constamment préoccupée par des drames autrement plus importants qu'une poupée brisée ou des problèmes de petite fille de ce genre.

— Peut-être était-elle un peu trop obnubilée par sa carrière ?

— Je t'interdis de la comparer à moi, d'accord ?

Haussant les sourcils, Boyd lui prit cette fois la main de force.

— Ce n'était pas mon intention. La comparaison, c'est toi qui viens de l'établir, en l'occurrence.

— Moi, j'ai besoin de gagner ma vie et celle de Deborah. Alors que ma mère avait une vraie famille. Mais c'est à peine si elle paraissait s'apercevoir de notre existence.

— Je n'ai pas connu ta mère, Cilla, et il m'est difficile de porter un jugement sur ses choix de vie. Mais tu ne crois pas qu'il serait temps pour toi de laisser tes griefs de côté et de te donner une chance de vivre ce à côté de quoi elle est passée, justement ?

Elle alluma une cigarette, prit une bouffée et la jeta aussitôt dans les flammes.

— Toutes ces défaillances maternelles ne m'ont jamais empêchée d'avancer dans la vie au cas où tu ne l'aurais pas remarqué. J'ai un métier, une maison. J'assure un avenir à ma sœur...

— Mais tu es entrée dans cette relation avec moi à reculons car ma profession te terrifie.

Cilla ferma les yeux. « Ainsi, nous y voilà », songea-t-elle.

— Je respecte tes choix, Boyd, déclara-t-elle prudemment. Et je ne te demande pas de changer quoi que ce soit dans tes fonctionnements. Il est vrai que je ne voulais pas que les choses en arrivent là, entre nous. Mais... mais je ne regrette pas ce qui s'est passé cette nuit.

— Merci, murmura-t-il avec une mimique soulagée avant de vider son verre d'un trait.

— En revanche, je pense qu'il faut que nous restions raisonnables si nous voulons éviter les complications.

— Non, rétorqua-t-il en posant son verre sur une console.

— Non, quoi ?

— Non, je ne veux pas être raisonnable. Et les complications, nous sommes déjà en plein dedans. Je suis amoureux de toi.

Boyd prit une profonde inspiration et se prépara à affronter la réaction qui ne manquerait pas de suivre. L'effet de ses paroles ne se fit pas attendre. Le sang se retira du visage de Cilla et elle le regarda avec consternation.

— Bon… Je vois que la nouvelle t'enthousiasme, commenta-t-il sombrement en jetant un morceau de bois sur le feu.

Cilla regarda voler les étincelles un instant. Puis elle secoua la tête.

— Nous ne nous connaissons pas depuis très longtemps, Boyd. Et nous nous sommes rencontrés dans des circonstances assez particulières. Je pense que…

— Tu penses trop, Cilla. Dis-moi plutôt ce que tu ressens.

— Je ne sais pas.

Ou plutôt, si, elle savait. Mais c'était si compliqué… Elle était excitée et terrifiée à la fois. Assaillie par un mélange de craintes et d'espoirs si ténus qu'elle n'osait même pas se les formuler.

— Boyd, tout s'est passé très vite entre nous. Et je n'ai pas l'impression d'avoir pu maîtriser quoi que ce soit. Je ne voulais pas d'une aventure avec toi et c'est arrivé quand même. Je ne voulais pas m'attacher à toi, mais je tiens à toi à mon corps défendant.

Il saisit ses deux mains dans les siennes.

— C'est bien la première fois que je parviens à t'arracher des aveux aussi encourageants.

— Qu'est-ce que tu crois, Fletcher ? Je n'ai pas l'habitude de coucher avec un homme simplement parce qu'il me plaît.

— De mieux en mieux, déclara Boyd en pressant un baiser dans sa paume. Je te plais et tu tiens à moi. Epouse-moi, Cilla.

Ses yeux s'écarquillèrent. Elle chercha vainement à se dégager.

— Arrête, Boyd. Ce n'est pas drôle !

— Et alors ? Je ne fais pas de l'humour. Je te demande en mariage.

Une bûche craqua dans le feu, et une nouvelle flamme s'éleva, haute et claire. Elle regarda fixement les ombres qui dansaient sur le visage de Boyd. Respirer devenait si difficile qu'elle en avait le vertige.

— Boyd…

— Je suis amoureux de toi, Cilla.

Lentement, sans détacher son regard du sien, il l'attira contre lui.

— J'aime tout en toi, chuchota-t-il contre ses lèvres. Et je ne te demande pas grand-chose : juste une petite cinquantaine d'années pour te montrer combien je tiens à toi… soixante années, à la rigueur.

Inondant son visage de baisers, il l'allongea avec lui sur l'épais tapis en laine, juste devant le foyer.

— Je n'ai pas l'intention d'épouser qui que ce soit, Boyd.

Il lui mordilla les lèvres et ses mains commencèrent à s'animer sur son corps.

— Bien sûr que si, tu vas te marier. Il faut juste que tu t'habitues à l'idée que ce sera avec moi, murmura-t-il en glissant la langue entre ses lèvres.

Ce fut le début d'un baiser qui prit très vite des proportions considérables.

— Boyd... non...

Il rit doucement.

— Non, non, toujours non... C'est un « oui » que j'aimerais entendre, pour une fois. Mais je suis prêt à t'accorder un délai de réflexion. Quelques jours. Une semaine, à l'extrême rigueur.

Elle secoua la tête.

— Tu n'as jamais été marié, Boyd. Moi si. Je me suis déjà trompée une fois et je ne veux pas renouveler cette erreur.

D'un geste vif, il lui saisit le menton. Cilla ouvrit les yeux brusquement et vit bouillonner une rage inattendue dans son regard.

— Ne me compare pas à lui, tu m'entends ? Jamais.

Elle voulut parler, mais d'une pression de la main, il lui imposa silence.

— Je t'interdis de penser que ce que je ressens pour toi a un *quelconque* rapport avec ce que d'autres hommes ont éprouvé jusqu'à présent. C'est clair ?

— Oh, rassure-toi, je ne te compare à rien ni à personne, murmura-t-elle en détournant la tête. Le problème vient entièrement de moi. Je ne suis pas faite pour la vie conjugale, c'est tout.

Les yeux de Boyd étincelèrent.

— Arrête de te dévaloriser comme ça ! La réalité est pourtant simple et mathématique : dans un couple, on est *deux*, tu es bien d'accord ? Alors au nom de quelle mystérieuse fatalité serais-tu la seule à fonctionner de travers ?

Le visage crispé par l'exaspération, Boyd lui plaqua les deux mains au sol en prenant appui sur elle de tout son poids.

— Bon, très bien. Puisque tu ne veux pas comprendre, on va changer de tactique. Pose-toi juste cette question très simple, Cilla : as-tu déjà ressenti *ça* avec qui que ce soit d'autre que moi ?

Il s'empara alors de ses lèvres en un baiser incandescent qui la fit s'arc-bouter contre lui. En signe de rébellion ou de plaisir, elle n'aurait su le dire. Trop de sensations violentes faisaient rage en elle, comme si des milliers de comètes rougeoyantes traversaient le ciel enflammé de ses perceptions. Avant qu'elle ait pu reprendre son souffle, elle fut emportée, soulevée au cœur d'une tempête sensorielle sans précédent.

« Non, Boyd, non, cria une voix dans sa tête. Jamais je n'ai rien éprouvé de tel. Avec personne. Jamais. » Il était le seul à la chavirer ainsi, de la tête aux pieds ; le seul avec qui l'amour devenait fête des sens. Alors même que son corps vibrait contre le sien, Cilla luttait pour garder les idées claires, se souvenir que désirer ne suffisait pas.

En proie à un mélange de fureur et d'impuissance, Boyd posséda sa bouche avec violence, encore et encore, comme pour la marquer de son sceau. Tant qu'il la tenait dans ses bras, il pouvait lui montrer avec ses mains, avec ses lèvres que c'était un sentiment unique et incomparable qui les jetait l'un vers l'autre. Tant qu'il la tenait dans ses bras, il pouvait chasser le passé, le sombre imbécile qui s'était prétendu son mari et faire en sorte qu'elle ne pense qu'à lui.

Loin de s'effrayer de cet élan de violence en lui, Cilla répondait à l'assaut de sa bouche avec une frénésie égale à la sienne. Le feu qu'attisaient leurs baisers était dévorant et sans pitié. Oubliées la douceur, la tendresse qui avaient imprégné leur nuit d'amour. L'ardeur qui les consumait en cet instant était muette, violente, insatiable.

Ils se déshabillèrent avec une égale impatience. Roulèrent l'un sur l'autre tour à tour. Possédèrent. S'agrippèrent. Dévorèrent. Agile, électrique, triomphante, Cilla l'enfourcha. Il lui saisit les hanches et l'ajusta au-dessus de lui.

Avec un sanglot de délice, elle rejeta la tête en arrière et le sentit pénétrer en elle. Lentement. Pleinement. Totalement. Jusqu'au cœur même de ses cellules, elle éprouva le sens profond, mystérieux de cette union. Boyd était le seul à avoir trouvé la clé, le seul à avoir ouvert les portes de ses sens. Il avait découvert la voie d'accès à son corps, son esprit et son cœur. Et d'une façon ou d'une autre, sans même le vouloir, elle semblait avoir réussi à se frayer le même chemin en lui.

Cilla gémit. Aimer Boyd n'entrait pas dans ses intentions. Elle chercha ses mains et les serra fort dans les siennes. Elle refusait l'attachement, la dépendance émotionnelle et la vulnérabilité qui en découlait inéluctablement. Ouvrant les yeux, elle scruta son visage. Le regard de Boyd était rivé sur elle. Il ne dit rien mais il savait.

Savait les émotions contradictoires qui faisaient rage en elle.

Avec un soupir où désespoir et plaisir se mêlaient à

parts égales, Cilla se pencha pour poser sa bouche sur la sienne. Tout en restant fermement ancré en elle, il se redressa de manière à l'entourer de ses bras. L'assaut de plaisir la prit par surprise. Elle écarquilla les yeux et ses ongles s'enfoncèrent dans le dos de Boyd. Criant son nom à son tour, il la rejoignit. Leur jouissance fut une et entière.

Enveloppée dans un vieux peignoir trois fois trop grand pour elle et les pieds bien au chaud dans une paire d'épaisses chaussettes en laine, Cilla goûta le chili con carne « à la mode Fletcher ». Dans la cuisine, la lumière était douce, la chaleur agréable. Il faisait bon être là, dans la maison de bois clair, alors que le vent dehors gémissait dans les arbres. Elle n'en revenait pas que cette journée à la montagne ait pu passer aussi vite. Dire qu'ils rentraient déjà le lendemain…

— Alors ?

Détournant les yeux de la fenêtre, elle contempla l'homme assis en face d'elle. Boyd portait un peignoir en tout point semblable au sien. Ses cheveux étaient en bataille parce qu'elle y avait passé fiévreusement les mains. Aussi étonnant que cela pût paraître, ce dîner partagé avec Boyd possédait un caractère d'intimité aussi fort que la scène d'amour qui l'avait précédé.

Mal à l'aise, elle porta un morceau de pain à ses lèvres en se demandant, non sans inquiétude, si ce « alors » se référait à sa demande en mariage.

— Alors, quoi ?

— Mon chili con carne ? Tu aimes ?

La réponse prit Cilla au dépourvu. La désorienta même.

— Le chili… Ah oui, délicieux, murmura-t-elle sans savoir si elle était soulagée ou déçue qu'il ne revienne pas à la charge. Mais je suis surprise que tu saches cuisiner. Tu aurais largement les moyens d'embaucher une cuisinière, non ?

Boyd hocha la tête.

— Quand nous serons mariés, nous pourrons en prendre une, si tu veux. Même à demeure, si tu préfères.

Cilla se raidit et reposa sa cuillère.

— Je ne me marierai pas avec toi, Boyd.

Son refus parut l'amuser.

— Tu paries ?

— Arrête, O.K. ? Ce n'est pas un jeu.

— Mais si ! Un des plus passionnants qui soient, même.

Tout appétit envolé, Cilla pianota du bout des doigts sur la table. La façon qu'il avait de ne jamais prendre aucun de ses refus au sérieux commençait à devenir proprement exaspérante.

— Tu te rends compte, au moins, à quel point ton attitude est condescendante ? s'emporta-t-elle. « Moi Tarzan, toi stupide. Toi rien comprendre. »

Boyd se mit à rire, ce qui ne fit que l'exaspérer davantage.

— Vous, les hommes, vous croyez vraiment que les femmes sont incapables de se passer de vous, n'est-ce pas ? « Oh, ma petite Cilla, que ferais-tu sans moi ? Je vais prendre soin de toi, t'expliquer le sens profond des choses et de la vie… »

Il haussa les sourcils.

— T'ai-je jamais tenu ce type de discours ? Pour autant que je me souvienne, j'ai seulement dit que je t'aimais et que je te demandais de devenir ma femme.

— Tu sais pertinemment que cela revient au même !

— Tu recommences à déraisonner, O'Roarke, observa-t-il, placide, en enfournant une solide fourchetée de chili. Ça n'a rien à voir.

— Quoi qu'il en soit, *moi* je n'ai aucun désir de me marier. Mais toi tu te fiches de ce que je veux et de ce que je ne veux pas ! Les hommes sont tous comme ça.

Boyd lui jeta un regard d'avertissement.

— Ne recommence pas à me comparer à lui.

— Je ne pensais pas à Paul, figure-toi. Je ne pense d'ailleurs *jamais* à Paul. C'est toi qui le ramènes chaque fois sur le tapis. Et puis si j'ai envie de te comparer à d'autres hommes, c'est mon droit ! tempêta-t-elle.

Elle se leva abruptement pour allumer une cigarette. Boyd les resservit en vin et plongea son regard dans le sien.

— Combien d'hommes t'ont demandée en mariage, jusqu'à maintenant ?

Cilla mentit avec aplomb.

— Des douzaines. Et comme tu vois, j'ai réussi à leur dire non.

— Tu n'étais pas amoureuse d'eux, objecta-t-il calmement.

— Je ne suis pas amoureuse de toi.

Au grand dam de Cilla, Boyd prit le temps de terminer tranquillement son assiette avant de répliquer d'un ton patient :

— Tu mens, O'Roarke. Tu es folle de moi, mais tu es trop têtue pour l'admettre.

— *Quoi ?* C'est toi qui oses me parler d'entêtement ? C'est la meilleure !

— Il est vrai que je peux être persistant, admit-il

d'un air faussement modeste. Mais jusqu'ici, je ne me plains pas des résultats.

— Arrête de me regarder de cet air possessif et suffisant, Fletcher ! Je ne t'épouserai pas parce que je suis contre le mariage, parce que tu es flic et parce que tu es riche. Point final.

— Tu m'épouseras, Cilla, car nous savons l'un et l'autre que tu serais malheureuse comme les pierres sans moi.

— Ton arrogance te perdra, Holmes. N'oublie pas que j'ai des techniques imparables pour me débarrasser des hommes trop collants. J'ai même une riche expérience dans ce domaine.

Son verre à la main, elle se leva et commença à faire les cent pas.

— Tu sais à qui tu me fais penser, Boyd ? A ce gamin de Chicago qui s'était mis dans la tête que nous étions destinés l'un à l'autre de toute éternité. La différence avec toi, c'est que lui au moins ne me collait pas son sourire suffisant sous le nez. Il avait choisi l'option romantique et m'envoyait des fleurs, des poèmes, des lettres enflammées. Pour ce qui était de l'obstination bornée, en revanche, il remportait la palme : « Tu ne le sais pas encore toi-même, Cilla, mais tu m'aimes aussi. Tu as besoin de moi pour te protéger, pour donner un sens véritable à ta vie. » Ah, il était sacrément gonflé, lui aussi. Il m'attendait à la sortie du travail, passait des heures à faire le pied de grue devant mon immeuble. Imagine-toi qu'il m'a même envoyé une bague de fiançailles ! C'est ahurissant, non ?

Boyd l'écoutait à présent avec une attention soutenue. Aucune trace de sourire ne se lisait plus sur son visage.

— Ce garçon t'a acheté une bague ? Avec un diamant ?

— Je ne me suis pas amusée à la faire expertiser, répondit-elle, étonnée par son changement d'attitude. Je l'ai renvoyée aussi sec.

— Son nom, Cilla. J'ai besoin de connaître son nom.

Elle eut un geste évasif de la main.

— Ecoute, laisse tomber. Je ne sais pas pourquoi j'en suis venue à te parler de ce type. Il...

— Il est hors de question de laisser tomber quoi que ce soit, Cilla. Essaye de te souvenir, lança Boyd en se levant.

Décontenancée, elle recula d'un pas. La conversation tournait à l'interrogatoire. Quelque chose dans ses paroles avait réveillé le flic en lui.

— Il s'appelait John, si mes souvenirs sont bons. John McGill... non... McGillis. Mais il ne s'est rien passé entre nous, Boyd.

— Aucun McGillis ne travaillait avec toi à Chicago, si ?

Elle secoua la tête.

— Exact. Mais nous nous éloignons du sujet. Je...

— Honnêtement, je ne te comprendrai jamais, Cilla ! l'interrompit Boyd d'une voix tendue par l'exaspération. Comment as-tu pu garder un pareil épisode sous silence ? Je crois que j'ai dû te demander au moins dix fois de me livrer la liste des hommes avec qui tu avais été en relation !

— Mais je n'ai pas eu d'aventure avec John, à la fin ! Ce n'était qu'un gamin qui faisait une fixation sur moi. Au début, j'étais sympa avec lui et il a pris ça pour un encouragement. Au bout d'un moment, j'ai mis assez vigoureusement les points sur les i et je n'ai plus entendu parler de lui. Tu vois que ton « histoire » ne va pas bien loin.

— Et ça a duré combien de temps, cette affaire ?

Cilla se demandait où il voulait en venir avec ses questions. C'était à peine si elle se rappelait à quoi ressemblait ce pauvre John.

— Je ne sais pas… Trois ou quatre mois, peut-être.

— Trois ou quatre mois, dit Boyd en lui prenant les épaules pour les serrer à les broyer. Et tu ne m'as rien dit à son sujet ?

— Ça ne m'a même pas traversé l'esprit, admit-elle faiblement, effrayée par l'expression de son regard.

Comme pour s'armer de patience, il ferma un instant les yeux.

— Bon. Admettons. Mais maintenant, je veux que tu me racontes tout — absolument tout — ce que tu sais sur ce garçon.

Plus secouée qu'elle ne voulait l'admettre, Cilla se laissa tomber sur une chaise.

— John travaillait de nuit comme manutentionnaire aux halles. Et il écoutait religieusement mon émission. Il appelait presque toutes les nuits, pendant son temps de pause. On avait pris l'habitude de bavarder quelques minutes et je lui passais les titres qu'il aimait. Une fois, j'ai fait une émission en public et il est venu se présenter à la fin. C'était un type tout jeune encore — vingt-trois ou vingt-quatre ans. Plutôt sympa. Un visage aux traits agréables quoique assez insignifiants. Je lui ai signé un autographe et c'est là qu'il a commencé à m'écrire à la station de radio. Mais jamais rien de grossier ni de suggestif.

— Continue.

— Boyd, écoute…

— Continue, je te dis.

Cilla jura tout bas.

— Quand j'ai vu qu'il se montait un peu trop la

tête à mon sujet, j'ai tenté de lui faire comprendre en douceur qu'il perdait son temps. Mais il ne voulait rien entendre. Un jour, il m'a invitée à boire un verre. J'ai refusé, bien sûr. Ce qui ne l'a pas empêché de venir m'attendre régulièrement sur le parking, à la sortie de mon émission. Mais contrairement à ce que tu peux penser, il n'a même jamais essayé de me toucher. C'était quelqu'un d'inoffensif qui s'était fabriqué tout un scénario. Il me faisait plutôt de la peine. D'où les difficultés que j'ai eues à m'en dépêtrer, d'ailleurs. J'avais du mal à l'envoyer bouler franchement. Il paraissait tellement paumé, tellement fragile. Du coup, il s'est obstiné. Je suppose qu'un soir, il m'a suivie jusque chez moi car il s'est présenté un jour à ma porte.

— Il a tenté d'entrer ?

— Pas de force, non. Ce n'était pas son style. La plupart du temps, il venait en mon absence. Et il laissait un bouquet. Un petit mot qu'il glissait sous la porte. Des trucs de gamin, quoi.

Boyd soupira. Elle ne lui avait jamais vu une expression aussi sévère.

— Et qu'est-ce qu'il te disait, précisément ? Essaye de te souvenir.

— Eh bien… les trucs habituels, en fait. Qu'il m'aimait, qu'il m'aimerait toute sa vie. Et qu'il savait qu'au fond, je l'aimais aussi. Et ça ne faisait qu'empirer. Au téléphone, il se mettait à pleurer pour un rien. Il parlait même de se suicider si je n'acceptais pas de l'épouser. Lorsque j'ai reçu le paquet avec la bague de fiançailles, je l'ai renvoyé avec une lettre très sèche. C'était sans doute cruel, mais il fallait que je lui fasse comprendre qu'il perdait son temps. Quelques semaines plus tard, je partais pour Denver.

— Et il a repris contact avec toi depuis que tu as déménagé ?

— Jamais. Et je peux t'assurer que ce n'est pas lui qui m'appelle à Denver. J'aurais reconnu sa voix.

Boyd se leva et lui tendit la main.

— Je prendrai tous les renseignements nécessaires à son sujet. En attendant, allons nous coucher. J'ai révisé nos projets : finalement nous partons dès demain matin. A la première heure, de préférence.

Cilla et Boyd ne furent pas les seuls à mal dormir cette nuit-là. A Denver, un autre insomniaque veillait dans l'attente de l'aube. Mais lui était brouillé depuis longtemps avec le sommeil. Deux cierges neufs se consumaient lentement sur la table. Leur lumière était si pâle et si pure qu'il en avait les larmes aux yeux.

Allongé sur son lit avec le petit portrait appuyé contre sa poitrine, il tendit une main impatiente pour éteindre la radio. La voix qui s'élevait entre deux morceaux de musique n'était pas celle de Cilla. Et il n'y avait personne non plus chez elle. Autrement dit, elle était partie avec cet homme. Partie pour se donner au flic. Alors qu'elle appartenait à John. Et à lui, d'une certaine façon.

Elle était belle, tout comme John la lui avait décrite. Et son regard semblait doux, parfois. Mais la douceur en elle était mensonge car elle incarnait le mal et la destruction. Presque amoureusement, il caressa la lame affilée de son couteau. Bientôt, il l'entendrait supplier et la verrait se tordre de douleur. Les souffrances que John avait endurées, elle les traverserait à son tour.

Lui donner la mort, c'était, d'une certaine façon, la rendre à John. Son frère pourrait reposer en paix. Enfin. Quant à lui, il aurait accompli son ultime mission. C'était tout ce qui le retenait encore à la vie.

10

Au commissariat, la chaudière, prise d'une soudaine folie, fonctionnait en surrégime. Et les neurones de Boyd en étaient à peu près au même point. Il avait renoncé depuis longtemps à son veston et à sa chemise. Affublé d'un vieux T-shirt de la police judiciaire de Denver et posté face à une fenêtre entrouverte pour lutter contre la chaleur d'étuve qui régnait dans la pièce, il s'escrimait sur le dossier O'Roarke.

Sourcils froncés et indifférent à la sueur qui lui dégoulinait dans le dos, Boyd planchait sur un nouveau dossier : Jim Jackson, le DJ quadragénaire qui sévissait sur Radio KHIP entre 2 heures et 6 heures du matin. Il but une gorgée de café amer et pesta contre Cilla et sa manie du silence. Elle allait finir par le rendre fou et pas seulement d'amour ! Pourquoi ne lui avait-elle jamais dit que Jackson et elle avaient déjà travaillé ensemble, à Richmond ? Jackson s'était fait virer, à l'époque, pour un problème d'alcoolisme. Non seulement le disc-jockey s'était mis à délirer à l'antenne, mais il avait également été surpris à somnoler au micro, laissant — crime radiophonique suprême — de longues plages de blanc sur les ondes.

Lorsqu'il avait dû quitter son emploi, c'était Cilla qui avait pris sa place comme directrice des programmes.

Et en six mois à peine, la petite station de Richmond avait décollé de façon impressionnante. Autrement dit, l'ami Jackson pourrait bien vouer une haine tenace à une rivale nettement plus chanceuse que lui. Boyd en était là de ses réflexions lorsque Althea entra avec deux boissons fraîches. Sans un mot, il colla le dossier Jackson sous le nez de sa coéquipière.

— Il n'a pas de casier judiciaire, commenta-t-elle en se perchant sur un coin de son bureau. Pas d'antécédents non plus.

— Peut-être, mais il a été salement humilié, là-bas, à Richmond. Il a perdu son boulot, sa femme, sa réputation. D'après le directeur de la station de Richmond, Jackson n'a pas pris son renvoi à la légère. Il est parti en hurlant que Cilla avait manœuvré pour obtenir sa place. Et maintenant, comme par hasard, il bosse de nouveau avec elle. Ça ne l'amuse peut-être pas beaucoup d'assurer une animation de nuit, aux heures où l'écoute est à son minimum alors que Cilla est considérée comme la star incontestée de Radio KHIP. Un déclin professionnel mal vécu peut inspirer parfois les scénarios de vengeance les plus étonnants.

— Tu veux interroger Jackson ? demanda Althea, sourcils froncés.

— Oui. Et rapidement, même. Je ne suis pas tranquille.

— Et si on en profitait pour convoquer aussi le jeune Nick Peters ? Il a l'air inoffensif. Mais d'après ma riche expérience des hommes, une allure innocente n'est pas un gage de bonne conduite en soi.

— Et qu'est-ce que tu lui reproches, à Peters, à part son air inoffensif ? s'enquit Boyd en s'essuyant le front.

Althea retira sa veste en lin turquoise et la drapa avec précaution sur le dos d'une chaise.

— C'est Deborah qui a attiré mon attention sur lui, ce week-end. Elle le connaît par la fac où ils ont des cours en commun. Il semble que Peters la presse régulièrement de questions sur sa sœur. En apprenant que Cilla avait déjà été mariée, Nick a paru très secoué. Sur le coup, Deborah ne s'en est pas trop inquiétée. Mais elle a quand même jugé plus prudent de me faire part de la curiosité poussée de Nick à l'endroit de Cilla.

Boyd hocha la tête et griffonna le nom de Peters sur son carnet.

— Nous avons pas mal sympathisé, Deborah et moi, pendant le week-end, poursuivit Althea en le regardant fixement. C'est une fille qui a la tête sur les épaules. Elle a l'air de penser que tu exerces une heureuse influence sur Cilla. Et je dirais, tant mieux pour elle. Mais je ne suis pas certaine que Cilla ait des effets aussi positifs sur toi.

— Ne fais pas ta mère poule, Thea, d'accord ? Je suis un grand garçon.

Althea baissa la voix :

— Boyd, tu manques totalement de neutralité dans cette histoire. Si le commissaire savait que tu es fou amoureux d'une personne dont tu es censé assurer la protection, il te retirerait cette affaire. Et il aurait raison de le faire.

Réprimant tant bien que mal son irritation, Boyd se renversa contre le dossier de sa chaise.

— Je suis encore capable de faire mon boulot, Thea. Sinon, je me retirerais spontanément.

— Tu en es certain ?

Il pianota du bout des doigts sur le bureau.

— Si tu estimes que c'est ton devoir d'aller voir le commissaire, fais ce que tu as à faire. Mais je ne pourrai pas laisser à un autre que moi le soin de veiller sur Cilla. C'est viscéral, Thea.

— Justement! Le danger est là.

— C'est ma vie. Et mon problème.

Les yeux d'Althea étincelèrent.

— Si tu crois que ça me tranquillise de te voir dans cet état, Boyd, tu te trompes gravement! Tant que tu te passionnais pour une voix à la radio, passe encore. Mais là, tu en es à parler mariage, progéniture et avenir commun! Tu es fou d'elle et s'il arrive quelque chose, tu vas réagir avec tes tripes et perdre tes réflexes professionnels!

— Je suis prudent, Thea. Et je veille à garder la tête froide. Nous sommes là, toi et moi, pour éviter que ce type ne mette ses menaces à exécution. C'est notre boulot. Quant au reste, c'est mon problème, alors laisse tomber les sages conseils.

Le visage d'Althea se ferma.

— Très bien. Alors passons à Bob Williams, dit « Wild Bob » qui, comme son surnom ne l'indique pas, est le type même du citoyen exemplaire. Cilla et lui ne se sont jamais croisés avant son arrivée à Denver. Il est marié, fidèle, va à l'église le dimanche et accompagne sa femme enceinte à ses séances d'accouchement sans douleur hebdomadaires.

— A priori, on devrait pouvoir l'écarter de la liste des suspects, en effet... Harrison, de son côté, semble avoir un mariage solide et ne s'intéresser à Cilla que sur le plan professionnel. Mais je poursuis mes vérifications quand même. Il s'est vraiment battu pour l'avoir, lui offrant même une augmentation de salaire conséquente pour qu'elle quitte Chicago et vienne s'installer à Denver.

Althea sortit un paquet de bonbons de son sac.

— Et le jeune McGillis ? Tu as eu des infos à son sujet ?

— J'attends un coup de fil de Chicago, répliqua Boyd en ouvrant un autre dossier. Ah ! Nous avons également Billy Lomus, vétéran du Viêt-nam. Il a reçu deux médailles de guerre avant que sa jambe ne le mette définitivement hors jeu. Apparemment, Billy est un solitaire. Reste rarement plus d'un an au même endroit. A séjourné à Chicago quelque temps, il y a deux ans. Ni famille, ni amis proches. Son arrivée à Denver remonte à quatre mois. A vécu dans des familles d'accueil toute son enfance.

Althea ne releva pas la tête.

— On ne peut pas dire que la vie lui ait fait beaucoup de cadeaux, à celui-là…

Boyd contempla son profil détourné quelques instants. Il faisait partie des rares personnes à savoir qu'Althea Grayson avait été traînée toute son enfance de foyers en familles d'accueil.

— Je n'ai pas l'impression que le coupable se trouve parmi les gens qui travaillent pour Radio KHIP, observat-il avec un soupir.

— Espérons que la piste McGillis mènera quelque part, répondit Althea d'un ton neutre. Tu veux commencer par Jackson ou par Peters ?

— Jackson.

— Entendu. Je vais leur passer un coup de fil.

Boyd l'arrêta d'un geste. Il fallait la connaître comme il la connaissait pour savoir qu'elle était toujours en colère.

— Désolé, Thea. Tu comprendras mieux ce que je traverse lorsque tu succomberas toi-même à un grand coup de foudre. Je ne peux pas plus faire abstraction de ce que je ressens pour Cilla que je ne puis renoncer à la tâche pour laquelle j'ai été formé.

Elle soupira.

— Tu sais que j'ai toujours respecté tes choix. Mais sois prudent quand même, d'accord ? Je tiens à toi, collègue.

Prudent, il le serait. Mais tout en veillant sur lui-même, il veillerait également sur Cilla. Il avait la ferme intention de ne plus la quitter d'une semelle, dorénavant. Ce qui ne manquerait pas de susciter de vigoureuses protestations. Dès l'instant où il lui avait avoué qu'il l'aimait, elle s'était appliquée à remettre des distances.

De fait, ce n'était pas de lui que Cilla avait peur mais d'elle-même. Plus elle s'attachait à lui, plus il lui devenait difficile de composer avec ses propres sentiments. Boyd soupira. Il avait pourtant cru qu'il pourrait se passer d'un aveu d'amour explicite. Mais ce n'était pas si simple. Il aspirait à entendre les mots « Je t'aime » de la bouche même de Cilla. Cela devenait une torture, une obsession.

Il aurait pu se contenter de ses caresses, de ses sourires, de la façon dont, la nuit, elle criait son nom. Mais il voulait le lien, la promesse, l'engagement verbal. Trois petits mots… juste ces trois petits mots qui, pour certains, venaient si facilement aux lèvres.

Cilla, elle, ne les prononcerait jamais à la légère. Si, d'aventure, elle parvenait à surmonter la triple barrière du doute, du manque de confiance et de la vulnérabilité pour lui avouer son amour, ce serait une déclaration solennelle. Un serment.

Boyd referma son dossier d'un geste sec. Pour le moment, l'inspecteur de police en lui devait prendre le pas sur l'amant. Pour la protéger, il avait besoin d'être ce qu'elle détestait le plus : un flic. A cent pour cent.

Althea passa la tête dans l'encadrement de la porte.

— Boyd ? Jackson devrait arriver dans une dizaine de minutes.

— Parfait. Je...

Il s'interrompit pour répondre au téléphone. C'était la police de Chicago. Il fit signe à Althea de rester.

— Oui, c'est cela, confirma-t-il. McGillis, oui...

Il commença machinalement à griffonner des notes, mais ses doigts se crispèrent soudain sur le stylo.

— Bon sang ! Il s'est suicidé, vous dites ? Quand cela ?

Il prit méthodiquement les informations et raccrocha en jurant.

— Tu es sûr que c'est le même McGillis ? s'enquit Althea en se laissant tomber sur une chaise.

— Il n'y a aucun doute possible. Cilla m'avait donné une description et les informations correspondent. Il s'est ouvert les veines il y a cinq mois. Avec un couteau de chasse.

— Cette fois, nous tenons notre piste, Boyd. Tout se recoupe. Tu as dit que ce John McGillis était obsédé par Cilla et qu'il l'avait menacée de mettre fin à ses jours. Or c'est très précisément ce que X lui reproche au téléphone : d'être la cause de la mort de son frère.

— Le seul hic, c'est que McGillis n'avait pas de frère.

— Le mot « frère » peut être pris dans un sens purement affectif.

Althea avait raison. Le scénario était parfaitement cohérent. Mais Boyd préférait ne pas penser à la réaction de Cilla lorsqu'il lui apprendrait la nouvelle.

— La mère de McGillis vit toujours à Chicago, observa-t-il en se levant. Cela vaudrait sans doute le coup de nous rendre sur place pour l'interroger sur les amis de son fils.

Althea acquiesça.

— O.K. Je prévois le déplacement. Tu vas dire à Cilla que le jeune s'est suicidé ?

— Ça me paraît inévitable… Mais commençons par voir Jackson et Peters. Avec un peu de chance, nous découvrirons qu'il existe un lien entre McGillis et l'un d'eux.

De l'autre côté de la ville, Cilla, un drap de bain noué autour de la poitrine, sortait en courant de la salle de bains pour répondre au téléphone. Boyd avait promis de l'appeler dès qu'il aurait des nouvelles de John McGillis. Et elle n'avait qu'une hâte : apprendre que le jeune homme se portait comme un charme et continuait tranquillement à charger des caisses de légumes dans son marché couvert.

— Boyd ? dit-elle, hors d'haleine.

— Tu as couché avec lui ?

Sa main se crispa sur le combiné.

— Que me voulez-vous, encore ?

— Tu lui as susurré de belles promesses à lui aussi ? Comme celles que tu as faites à mon frère ? Il ne sait pas encore que tu es une criminelle ? Une catin ?

Cilla soupira sans répondre.

— Tant pis pour lui. Il va devoir mourir également.

Le sang se figea dans ses veines. La peur, qu'elle croyait pourtant bien connaître, dépassa d'un coup le seuil du tolérable. Elle perdit tout contrôle d'elle-même.

— Non ! protesta-t-elle dans un cri. Pas lui, vous

m'entendez ? Il n'a rien à voir là-dedans. C'est une histoire entre vous et moi, comme vous l'avez dit vous-même.

— Lui aussi est impliqué, maintenant. Il a fait son choix. Lorsque j'en aurai fini avec lui, je viendrai à toi. Tu te souviens de ce que je vais te faire ? Tu te souviens, dis ?

— Ne vous en prenez pas à Boyd, je vous en supplie. Je ferai tout ce que vous voudrez !

— C'est un fait. Tu feras tout ce que je voudrai.

A l'autre bout du fil, il y eut le son d'un rire aigu, inquiétant.

— S'il vous plaît… ne lui faites pas de mal.

Mais seule la tonalité répondit à ses supplications. Avec un sanglot étouffé, elle reposa le combiné et courut s'habiller dans sa chambre. Il fallait qu'elle voie Boyd. Tout de suite. Pour s'assurer qu'il était indemne, d'abord. Et surtout pour le mettre en garde. Elle avait perdu son père, sa mère. Mais *Boyd*… Non, pas Boyd… Elle ne pouvait accepter l'idée qu'une autre personne aimée lui soit enlevée ainsi, brutalement, dans un contexte de meurtre et de violence.

Sans même prendre la peine de sécher ses cheveux trempés, Cilla dévala l'escalier, ouvrit la porte et faillit heurter Nick Peters de plein fouet.

— Oh, Nick… Tu m'as fait peur, s'écria-t-elle en pressant la main contre sa poitrine.

— Désolé, marmonna le stagiaire en repoussant ses lunettes sur son nez.

— Excuse-moi, Nick, mais il faut vraiment que je file. Il a encore appelé. Je dois prévenir Boyd. C'est urgent.

Nick se baissa pour ramasser les clés de voiture qu'elle venait de laisser tomber.

— Tu crois vraiment que tu es en état de conduire ?

— Il le faut! lança-t-elle, les larmes aux yeux, en se cramponnant au manteau de Nick. X a l'intention de tuer Boyd maintenant!

Au grand étonnement de Cilla, le stagiaire recula d'un pas, la mine renfrognée.

— Tu t'inquiètes beaucoup pour ce flic. Il me paraît pourtant de taille à se défendre.

— Tu ne comprends pas…

— Oh, si. Je ne comprends que trop bien, au contraire. Tu es amoureuse de ce type.

Le ton accusateur de Nick la glaça. Dans un sursaut d'angoisse, Cilla vérifia la présence de la voiture de patrouille garée le long du trottoir. Puis elle vit l'expression boudeuse de l'étudiant et se traita mentalement d'idiote.

— Nick, je suis désolée, mais je n'ai pas le temps de discuter maintenant. On ne peut pas plutôt en reparler ce soir, à la station?

— Ce sera difficile. J'ai démissionné, riposta-t-il sèchement.

— *Quoi?* Mais c'est absurde. Tu faisais du très bon travail!

— Qu'est-ce que tu en sais? Ça t'est complètement égal, de toute façon. Et moi qui ne pensais qu'à toi, ne voyais que toi!

« Oh, non, pas lui aussi! » Cilla sentit une douleur sourde lui marteler les tempes.

— Nick, je…

— Moi, c'est à peine si tu t'apercevais de mon existence. Alors qu'il a suffi qu'il débarque, les mains dans les poches et, tout de suite, tu es tombée dans ses bras. Et maintenant, je suis convoqué au commissariat! Ils veulent m'interroger, en plus ! Ils croient que c'est moi qui te harcèle au téléphone !

— Oh, non, Nick. C'est affreux... Il doit y avoir une erreur.

— Comment as-tu pu me faire une chose pareille ? cria-t-il. Croire que je serais capable de te vouloir du mal ?

Il lui déposa les clés de voiture dans la main.

— Voilà, je suis juste venu t'annoncer que je quittais Radio KHIP. Tu n'auras plus à souffrir de mon odieuse présence.

— Nick, s'il te plaît. Attends une seconde. Nous allons...

Mais il partit vers sa voiture sans un regard en arrière.

Cilla avait les jambes si faibles qu'elle dut s'asseoir un instant sur les marches du perron. Il lui fallait quelques minutes pour se ressaisir avant de prendre le volant. Comment avait-elle pu être aussi stupide, aussi aveugle ? Elle avait blessé Nick dans sa dignité en lui prêtant si peu d'attention. Sans le vouloir, elle avait commis bien des ravages, finalement. Cilla prit une profonde inspiration. Une fois que cette histoire avec X serait réglée, elle se rachèterait. Pendant toutes ces années, ses propres blessures l'avaient empêchée de voir plus loin que le bout de son nez. Il était grand temps d'ouvrir les yeux et de se conduire de façon plus humaine.

Depuis toujours, Cilla détestait les commissariats. Sans cesse de tripoter nerveusement le badge qu'on lui avait remis à l'entrée, elle longea un grand couloir. Des relents mêlés de détergent industriel et de mauvais café flottaient dans l'air. Des voix s'élevaient d'un peu partout, couvertes par les sonneries incessantes des téléphones. Parvenue dans la grande salle où s'alignaient les bureaux, elle nota quelques améliorations par rapport aux locaux plutôt sordides où sa mère avait travaillé.

Par rapport aux locaux où sa mère était morte.

Il y avait plus d'espace, moins de crasse et le cliquetis feutré des claviers d'ordinateur offrait une certaine sérénité sonore par rapport au crépitement plus incisif des anciennes machines à écrire. Il faisait une chaleur de serre dans la pièce et les agents qui travaillaient à leurs bureaux s'éventaient en remontant leurs manches de chemise. Sur un banc, une femme tenait un bébé agité qu'un policier en uniforme s'efforçait de distraire en faisant osciller une paire de menottes sous son nez. De l'autre côté de la pièce, une adolescente en larmes s'entretenait avec une femme flic vêtue d'un jean et d'un T-shirt.

Un souvenir très ancien remonta alors à la mémoire de Cilla. Cela se passait dans un poste de police, en Géorgie, dans une pièce exiguë. Elle devait avoir cinq ou six ans. Sa mère l'avait casée là, un jour où la jeune fille qui la gardait à domicile était tombée malade. « Juste un rapport à finir, avait-elle dit. Je n'en ai pas pour longtemps. Tu seras bien sage, ma chérie ? » Cilla s'était recroquevillée sur un banc avec sa poupée et elle avait écouté le son des voix, la stridence des téléphones et regardé tourner le ventilateur au plafond. Pendant des heures et des heures et des heures, elle était restée là, à attendre.

Sa mère l'avait oubliée.

Jusqu'au moment où elle avait vomi tout son petit déjeuner par terre. Perturbée par ces réminiscences,

Cilla porta la main à son front moite. Le souvenir était déjà ancien. Et il fallait reconnaître que sa mère l'avait lavée, dorlotée et lui avait consacré ensuite une partie de sa journée. Mais pendant quelques secondes, elle avait revécu ses souffrances d'enfant avec une extraordinaire acuité : la lente montée de la nausée, les sueurs froides, la sensation terrifiante d'être petite, seule et oubliée.

Son cœur battit plus vite lorsque Boyd apparut enfin. Mais Cilla se rembrunit en découvrant Jackson, juste derrière lui. Flanqué d'Althea, comme un accusé sur la sellette, le disc-jockey était écarlate.

Jackson fut le premier à repérer sa présence. Il fit un pas dans sa direction puis s'immobilisa en tripotant sa casquette. Cilla n'hésita pas, elle. S'avançant vers lui, elle prit ses mains entre les siennes.

— Jim ? Ça va ?

Elle sentit ses doigts se crisper sous les siens.

— Oui, ne t'inquiète pas. Tout est réglé. Il a juste fallu éclaircir deux ou trois petits détails.

— Je suis désolée, murmura-t-elle. Si tu as besoin de parler, attends-moi ici.

Jim ajusta sa casquette d'une main mal assurée.

— C'est bon, va, marmonna-t-il. Je tiens le choc. Mais le passé me colle à la peau, tu vois. On croit le laisser derrière soi et on le ramasse en pleine figure quand on ne s'y attend plus.

— Oh, Jim…

— Hé, ne fais pas cette tête. J'assume ! Allez, à ce soir.

— Ah, ce soir, Jim.

— Encore merci, monsieur Jackson, intervint Althea. Vous avez été très coopératif.

— Comme je vous l'ai dit, je ferai tout ce qui est

en mon pouvoir pour aider Cilla... Je te dois bien ça, dit-il en se tournant vers elle.

Elle allait protester, mais il secoua la tête et quitta la pièce.

— J'aurais pu vous le dire, que vous perdiez votre temps en interrogeant Jackson, observa Cilla, les poings serrés.

Boyd hocha la tête.

— Tu aurais pu nous dire quantité de choses que tu as tues.

— Peut-être, oui. Mais j'ai besoin de vous parler justement. A l'un comme à l'autre.

D'un geste, Althea désigna une petite salle de réunion.

— Allons nous asseoir là. Nous y serons plus tranquilles. Est-ce que tu veux que je te trouve quelque chose à boire, Cilla ? La chaudière fait des siennes aujourd'hui et les températures sont tropicales.

Cilla secoua la tête et s'assit à côté de Boyd.

— Ça va aller. Je n'en ai pas pour longtemps... Au fait, je peux savoir pourquoi vous avez convoqué Jackson ?

— Vous avez été collègues, à une certaine époque, dit Boyd en écartant une pile de dossiers. Et il n'était pas très content que tu prennes sa place.

— C'est vrai.

— Pourquoi as-tu gardé le silence sur cet épisode, Cilla ?

Elle soupira.

— Honnêtement, je n'y ai pas songé une seconde. Ça s'est passé il y a longtemps et il y a des années que Jackson a cessé de boire.

— C'est toi qui lui as trouvé un boulot chez KHIP, ajouta Boyd.

— Disons que je l'ai recommandé. Jim est un ami et c'est un bon disc-jockey. Sobre, il ne ferait pas de mal à une mouche.

— Mais lorsqu'il a bu, il casse tout dans les bars, menace les femmes et se paye des poteaux téléphoniques en roulant ivre mort.

— Ça a été le cas, oui, acquiesça Cilla patiemment. Mais c'est fini. Jim a pris le problème en main et il a changé. On ne peut pas lui jeter éternellement son passé à la figure.

Boyd la regarda fixement.

— C'est notre droit et notre devoir de nous dégager de l'emprise du passé, en effet.

Cilla reçut le message cinq sur cinq. Elle songea à sa mère, au danger que courait Boyd, et ses mains se crispèrent sur la table.

— J'ai eu un nouvel appel.

— Oui. L'information nous est parvenue, intervint Althea sans la regarder.

— Vous avez entendu ce qu'il a dit, alors ? Qu'il a l'intention de s'en prendre à Boyd, maintenant ?

Boyd hocha la tête.

— On a pu retracer d'où venait le coup de fil. X a appelé d'une cabine téléphonique située à quelques centaines de mètres de chez toi.

Incrédule, Cilla tapa du poing sur la table, envoyant voler crayons et bouts de papier.

— Vous ne m'avez pas entendue ? Il a l'intention de te tuer, Boyd.

— Concrètement, cela ne change rien, répondit-il calmement. Dans la mesure où je suis là pour te protéger, il est obligé d'en passer d'abord par moi, dans tous les cas de figure.

Cilla explosa.

— Cela change tout, au contraire. *Tout.* Tu ne comprends donc pas ? Ce n'est pas après le flic qu'il en a mais après l'homme. Il faut absolument qu'un autre inspecteur prenne ta place, Boyd. Tant que cette histoire ne sera pas terminée, je ne veux plus te voir.

Boyd écrasa un gobelet en plastique entre ses doigts et le jeta à la corbeille.

— Ne sois pas ridicule.

— Je ne suis pas ridicule... Althea, s'il te plaît, parle-lui. Toi au moins, il t'écoutera.

La coéquipière de Boyd avait pâli. Un lourd silence tomba au terme duquel Althea secoua lentement la tête.

— Je crains que Boyd n'ait raison, Cilla. Au point où il en est, il ne peut plus reculer.

La gorge nouée par la terreur, Cilla se leva d'un bond.

— O.K. Je veux voir votre commissaire. Je vais lui dire que nous couchons ensemble.

— Assieds-toi, intervint Boyd avec une fermeté telle qu'elle retomba sans un mot sur sa chaise. Ta démarche ne servirait à rien, Cilla. Même si tu obtenais gain de cause, je démissionnerais de la police sur-le-champ.

Elle tressaillit.

— Je ne te crois pas.

— Essaye si tu veux. Tu verras.

Son calme effara Cilla. Il était inébranlable. « Comme un mur », songea-t-elle, atterrée. Jamais elle n'obtiendrait quoi que ce soit en opposant sa volonté à la sienne.

— Boyd, s'il te plaît, une fois dans ta vie, essaie de comprendre... Je deviendrais folle s'il devait t'arriver quelque chose.

— Je comprends. Songe simplement que je suis tout aussi vulnérable en ce qui te concerne.

— Vulnérable, oui. C'est justement ce qui me fait peur !

Renonçant à maintenir une façade, elle lui prit la main et la porta à sa joue.

— Pendant huit ans, je me suis demandé si ma mère n'aurait pas réagi différemment si un autre que mon père s'était trouvé dans cette pièce avec elle. Peut-être aurait-elle été plus vive, plus professionnelle. Je n'ai pas envie de passer le reste de ma vie à me poser la même question à ton sujet.

— Ta mère ignorait qu'elle était en danger. Moi, je suis prévenu.

— Rien de ce que je dirai ne te fera changer d'avis, n'est-ce pas ? murmura-t-elle, anéantie.

— Non. Parce que je t'aime, Cilla. Et en attendant que tu veuilles bien l'accepter, il faudra commencer par me faire confiance.

Tête basse, elle retira la main qu'il tenait toujours dans la sienne et la laissa tomber sur ses genoux.

— Alors je suppose que la discussion est close ?

— Pas tout à fait. Il reste John McGillis.

Boyd prit le dossier sur une pile. Elle était déjà très éprouvée nerveusement et il s'apprêtait à lui assener un coup supplémentaire. Mais ils avaient déjà perdu tellement de temps sur cette affaire que chaque seconde devenait précieuse.

— John McGillis ? murmura Cilla en se massant les paupières.

— Il est mort.

— Mort ?

Les yeux écarquillés, elle secoua la tête.

— Non, ce n'est pas possible ! Il était encore si jeune. Vous devez confondre avec quelqu'un d'autre.

Boyd s'éclaircit la voix. L'homme en lui aurait voulu lui épargner cette épreuve ; le policier savait qu'il n'avait pas le choix.

— Il s'agit bien du même McGillis. Et il s'est suicidé il y a environ cinq mois.

Le sang se retira du visage de Cilla.

— Oh, non… Oh, mon Dieu, non ! Il avait menacé de le faire mais je ne l'ai pas cru une seconde…

— Il était très instable, Cilla. Ses premières consultations psychiatriques remontent à l'âge de dix ans et les problèmes n'ont jamais cessé depuis. Il souffrait de grosses difficultés relationnelles avec sa mère, ses amis. Et il avait déjà fait deux tentatives de suicide avant celle-ci.

Cilla ferma un instant les yeux. Elle paraissait à bout de force.

— Il s'est donné la mort juste après mon départ pour Denver, observa-t-elle d'une voix blanche. Il m'avait prévenue qu'il le ferait.

— C'était un garçon très perturbé, intervint Althea gentiment. Avant de fixer son dévolu sur toi, il avait eu une petite amie. Lorsqu'elle a rompu, il a avalé un tube de barbituriques. Une tentative de suicide qui s'est soldée par un long séjour en clinique psychiatrique. Il n'était sorti que depuis quelques semaines lorsqu'il a commencé à s'intéresser à toi.

Cilla joua nerveusement avec la bride de son sac.

— J'ai été cruelle avec lui. Vraiment cruelle. Mais je ne voyais plus d'autre recours possible. Je pensais qu'il me détesterait pendant quelque temps, mais que ça l'aiderait à tourner la page et à reporter son affection sur une fille qui ne serait pas un fantasme. Mais… mais cela n'arrivera pas. Tout est fini pour lui.

— Ecoute, Cilla, je ne vais pas te dire que ce n'est pas ta faute car tu le sais déjà, déclara Boyd d'un ton délibérément neutre. Tu n'étais qu'un prétexte.

Elle frissonna.

— Vous êtes sans doute habitués. Mais la mort n'a jamais été facile à accepter pour moi.

— La mort n'est facile pour personne, Cilla, dit-il en ouvrant le dossier. Mais notre seule priorité pour le moment est de trouver le lien entre McGillis et l'homme que nous recherchons.

Cilla hocha lentement la tête.

— Vous croyez vraiment que c'est à cause de John que je suis menacée aujourd'hui ?

— A l'évidence, oui. Et maintenant, essaye de te souvenir… Venait-il parfois chez toi avec d'autres personnes ? T'a-t-il parlé de ses proches ? de ses amis ?

— Il venait toujours seul… Et les rares fois où on se voyait, il m'entretenait surtout de ses sentiments pour moi. Il n'est pas rare, en fait, qu'un auditeur fantasme ainsi sur un animateur radio. Il m'a fallu un certain temps pour me rendre compte que, chez John, ça prenait des proportions un peu inhabituelles.

Boyd hocha la tête en griffonnant des notes.

— Continue.

— Peu à peu, ses petits mots sont devenus plus personnels. Mais ils restaient plus émotionnels que sexuels à proprement parler. La seule fois où son comportement a été un peu limite, c'est le jour où il m'a montré son tatouage. Il s'agissait d'un dessin assez horrible : deux couteaux, aux lames croisées. Je lui ai dit que je trouvais dommage de se marquer ainsi le corps pour la vie. Ma remarque l'a mis en colère. Je crois que c'était une sorte de signe de reconnaissance entre son frère et lui, ou un truc comme ça.

— Son frère ? releva Boyd.

— Son frère, oui.

— Il n'en avait pas.

Cilla cessa de se tordre les doigts et fronça les sourcils.

— C'est bizarre. Il me semble qu'il m'a parlé de lui à plusieurs reprises, pourtant.

— Il a mentionné son nom ? s'enquit Boyd d'une voix tendue.

Elle secoua la tête.

— Non, jamais. Il m'a simplement dit qu'il vivait en Californie. Et qu'il aurait bien voulu que je fasse sa connaissance… Tu crois qu'il avait inventé ce frère ?

— Pas vraiment, non, rétorqua Boyd en regardant tour à tour Cilla et sa coéquipière. Je doute que l'homme qui te menace tous les jours au téléphone soit un pur produit de l'imagination de feu John McGillis.

11

Le sang martelait douloureusement les tempes de Cilla. Tout s'était précipité en quelques heures : l'appel de X, les accusations de Nick, le souvenir douloureux qu'avait suscité la vue du commissariat, puis la nouvelle du suicide de John McGillis.

Au milieu de ce champ de ruines, une seule aspiration vague surnageait encore : avaler deux somnifères et sombrer dans un sommeil comateux. Cilla était au bout du rouleau. K. O... Finie... Lorsque Boyd pénétra chez elle à sa suite, elle n'ouvrit même pas la bouche pour protester. A quoi bon élever la voix alors que ses arguments n'avaient aucun impact sur lui ? Pas plus qu'elle n'était parvenue à le persuader qu'elle et lui ne vieilliraient pas ensemble, elle ne réussirait à le convaincre de renoncer à cette affaire. Alors que, dans les deux cas, elle ne cherchait qu'à le protéger.

Se dirigeant vers la cuisine, elle sortit trois cachets d'aspirine extra-forte d'un tube et les avala avec un grand verre d'eau. Boyd assista à l'opération sans faire de commentaire. A pas lents, elle marcha jusqu'à la fenêtre et vit deux jonquilles sur le point de fleurir. Son cœur se serra devant cette fragile promesse printanière.

— Tu as mangé ? questionna la voix de Boyd derrière elle.

— Je ne sais plus. Mais je n'ai pas faim, de toute façon.

Croisant les bras sur la poitrine, elle repéra un soupçon de vert sur les branches nues des arbres et se demanda combien de temps il faudrait aux feuilles pour se déplier, grandir et offrir leur ombre.

Les mains de Boyd vinrent se poser sur ses épaules et esquissèrent un mouvement de massage. Les yeux rivés sur le jardin, elle se mit à parler, d'une voix qui lui parut lointaine, détachée, presque désincarnée :

— Tu sais que je commençais à m'attacher à cet endroit ? Et pas seulement à la maison. C'est la première fois que je me plais quelque part depuis que j'ai quitté la Géorgie. Je n'avais pas vraiment conscience d'un manque, pourtant. Il a fallu que j'arrive ici pour m'apercevoir que j'avais envie de poser mes valises, de me fixer.

— Ce n'est pas toujours lorsque l'on cherche que l'on trouve, observa Boyd.

Cilla comprit qu'il parlait d'amour. Son cœur battit plus vite.

— Parfois, le ciel est si bleu ici que cela fait presque mal aux yeux de le regarder. Et tu peux te trouver en plein centre à l'heure de pointe et voir quand même les montagnes. J'aimerais faire « mon trou » dans cette ville, Boyd. Y trouver une petite place.

— Ta place ici, tu l'as déjà, murmura-t-il en la faisant pivoter vers lui.

Elle posa la tête contre sa poitrine.

— Je ne sais pas s'il existe un endroit au monde où je pourrai me sentir en paix si la peur doit continuer à me hanter.

Rejetant la tête en arrière, elle lui caressa le visage. Lentement, avec attention, comme si ses doigts étaient pourvus de mémoire et cherchaient à fixer ses traits.

— Je ne parle pas seulement de Denver, en fait. Je pensais aussi à toi… à ma place dans ta vie. Je tiens à toi comme je n'ai jamais tenu à personne, hormis Deborah. Mais je sais que cela ne suffit pas.

— Tu te trompes, chuchota Boyd en effleurant ses lèvres des siennes. C'est juste assez. Juste ce qu'il faut.

Découragée, elle secoua la tête.

— Voilà. Ça recommence… Tu ne m'écoutes pas.

— Oh, mais si, je t'écoute. Ce qui ne veut pas dire pour autant que je sois toujours de ton avis.

— Je ne te demande pas d'être de mon avis, mais d'accepter ce que je suis, chuchota-t-elle, le regard noyé dans le sien.

— Je t'accepte plus que tu ne peux l'imaginer, Cilla. Exactement telle que tu es. Quand cette histoire sera réglée, nous pourrons reparler à loisir de ce que l'amour vrai comporte d'acceptation mutuelle.

— Quand cette histoire sera réglée, tu seras peut-être mort.

Sur une impulsion, elle s'agrippa à sa chemise.

— Boyd… Tu t'es mis en tête de m'épouser, n'est-ce pas ? Si je te promets de devenir ta femme, feras-tu en sorte qu'un autre inspecteur soit affecté sur cette affaire ? Et me jureras-tu de te retirer dans ton chalet jusqu'à ce que X ait été démasqué et arrêté ?

Le visage de Boyd se ferma.

— Tentative de corruption sur un agent de l'Etat, O'Roarke ?

— Je ne plaisante pas.

— Je sais. Et c'est bien ce que je te reproche, dit-il avec amertume.

— Je t'épouserai en mon âme et conscience, Boyd. Et je ferai l'impossible pour essayer de te rendre heureux.

Il l'écarta presque avec rudesse.

— Parce que tu crois vraiment que je pourrais passer ce genre de marché, O'Roarke ? s'indigna-t-il en enfonçant les mains dans les poches. Mais qu'est-ce que tu t'imagines, merde ? Le mariage est un engagement, pas un outil de négociation ! La prochaine étape, ce sera quoi ? Un enfant si j'accepte de changer de profession ? Si tu réussis à construire un couple et une famille sur de pareilles bases, je te tire mon chapeau !

Honteuse, elle porta les mains à ses joues brûlantes.

— Je suis désolée, Boyd. Désolée... Je n'aurais pas dû... Mais je ne peux pas m'empêcher de penser aux menaces qu'il a proférées contre toi. Et s'il devait t'arriver quelque chose... ce serait pire que de mourir, admit-elle dans un murmure.

— Je suis là, Cilla. A ton côté et jusqu'au bout.

Avec un léger sanglot, elle l'attira tout contre elle et posa les lèvres dans son cou.

— Ne te mets pas en colère, d'accord ? Je ne suis pas en état de soutenir dignement le combat.

Les bras de Boyd vinrent se glisser autour de sa taille.

— Bon, ça va pour cette fois. On reprendra les armes plus tard.

Plus tard ? Cilla frissonna. Elle n'avait pas le courage de penser au-delà de l'instant présent.

— Viens, chuchota-t-elle. Fais-moi l'amour.

Main dans la main, ils montèrent au premier étage. Cilla ferma la porte de la chambre et donna un tour de clé pour exclure le reste du monde. Le soleil entrait à flots par la fenêtre, mais elle n'éprouva pas le besoin de tirer les rideaux. Avec Boyd, elle n'aspirait ni à l'ombre ni au secret.

Deux jours auparavant encore, elle aurait eu peur.

Peur de se tromper de gestes ; peur d'en faire trop ou pas assez. Mais Boyd lui avait montré qu'il suffisait de tendre la main et d'accepter le partage.

Ils se déshabillèrent en silence. Sans se toucher. Elle voulait le regarder d'abord. Se remplir les yeux de lui : le soleil dans ses cheveux, la texture de sa peau, la beauté des lignes de son corps.

Boyd ne fit pas un geste. Il attendit qu'elle vienne à lui, lèvres entrouvertes pour nouer les bras autour de son cou. Elle murmura son nom en joignant sa bouche à la sienne. « Il est ma terre d'asile, mon seul lieu d'ancrage, ma patrie secrète. » Timide, encore inconsistante, la pensée s'éveillait en elle, prenait forme comme il l'accueillait contre lui. Elle aimait la force de ses bras, la tendresse de ses mains, la générosité de ses gestes. Des larmes brûlèrent ses paupières tandis qu'elle laissait l'élan de leurs baisers l'emporter.

Le studio, ce soir-là, apparut à Cilla comme un univers presque étranger. Assise devant sa console de mixage, elle regardait fixement les commandes familières. Son corps comme son cerveau fonctionnaient au ralenti. Elle se sentait lasse, inquiète, et attendait la fin de l'émission avec impatience.

Boyd lui avait annoncé qu'il partait pour Chicago avec Althea le lendemain. Tant mieux. Tant qu'il serait loin, elle aurait le cœur presque tranquille. Cilla sentait confusément que la phase d'attente et de menaces touchait à sa fin, que X guettait dans l'ombre, tout près, déterminé à frapper.

Et elle n'espérait qu'une chose : qu'il se manifeste en l'absence de Boyd. La police se chargerait de la défendre.

Et elle n'aurait à s'inquiéter que pour elle-même. Boyd avait raison sur un point : elle ne se sentait pas coupable du suicide de John. Mais elle portait sa part de responsabilité. Et la fin tragique de cette jeune vie gâchée la remplissait de tristesse.

Etrangement, elle n'avait plus vraiment peur pour elle-même. C'était pour Boyd qu'elle tremblait ; c'était Boyd qu'elle voulait protéger.

— Hé ho, la DJ ! Tu piques du nez, commenta-t-il avec l'ombre d'un sourire.

Elle se secoua.

— A moitié seulement.

Minuit approchait. La station de radio avait été fermée pour la nuit. Ils étaient seuls jusqu'à la fin de l'émission.

— Puisque Deborah passe la nuit chez une amie, je t'invite à dormir chez moi. Je te ferai écouter ma collection de disques de Miles Davis, proposa Boyd en se levant pour s'étirer.

Elle feignit l'ignorance :

— Miles qui ?

— O'Roarke...

Le voir sourire lui fit du bien.

— Bon d'accord, j'écouterai Miles machin-chose si tu réponds correctement à trois questions.

— Pas de problème.

Elle ouvrit le micro, présenta rapidement un morceau avant de se tourner vers lui.

— Quel était le premier groupe britannique à faire une tournée aux Etats-Unis ?

— Ha, ha ! Une question piège ! Les Dave Clark Five. Les Beatles ne furent que les deuxièmes.

Cilla lui donna une bourrade amicale.

— Pas mal pour un amateur, Fletcher. Et maintenant,

quel fut le dernier chanteur à se produire au festival de Woodstock ?

— Facile. Jimi Hendrix.

— Bon... Tu t'en tires bien jusqu'ici, commenta-t-elle. Mais maintenant, attention. *Horses*... Patti Smith. Quelle année ?

— Mmm... 74 ?

Cilla triompha.

— Faux ! 75. Tant pis pour toi, mon vieux. Tu vas être obligé de venir chez moi pour subir une rétrospective complète des Rolling Stones.

Comme elle bâillait à s'en décrocher la mâchoire, Boyd se mit à rire.

— A mon avis, tu seras endormie avant la fin du premier album. Tu veux que j'aille faire un peu de café ?

— Voilà ce que j'appelle une proposition honnête.

Boyd se leva, lui ébouriffa les cheveux et passa dans le couloir. Nick Peters ayant déserté le navire, il ne restait plus personne, dans cette fichue station, pour préparer le dernier café du soir. Il regarda l'heure à sa montre. Plus qu'un quart d'heure avant l'ouverture du standard. Bien décidé à rejoindre Cilla avant le début des appels, il vérifia rapidement que toutes les portes étaient fermées et qu'aucune autre voiture que la sienne ne se trouvait sur le parking. Rassuré sur ce point, il rinça la cafetière.

L'enquête tirait à sa fin, par chance. A présent qu'ils tenaient la piste McGillis, trouver le frère « spirituel » de John ne serait plus qu'une question de jours. Peut-être d'heures. Pour Cilla, ce serait une délivrance. Il avait hâte de voir l'ombre de la peur disparaître de son regard.

Boyd ajouta une mesure supplémentaire de café moulu et mit la cafetière en marche. Un haut-parleur diffusait l'émission en sourdine. Il ne put s'empêcher de sourire en entendant les accents rauques et troublants qui passaient si bien à l'antenne. Dès le début, il avait été affecté par sa voix. Sans imaginer que la femme qui se cachait derrière bouleverserait son existence à jamais !

Dès que X serait mis hors d'état de nuire, il l'emmènerait passer une semaine à la montagne. Ils avaient grand besoin de vacances l'un et l'autre. Alerté par un bruit léger dans le couloir, Boyd pivota sur lui-même et tendit l'oreille. Craquement d'une latte ? Bruit de pas ? Sortant son arme, il s'avança sans bruit jusqu'à la porte et inspecta le couloir. Rien.

Bon. C'était sans doute la tension accumulée qui commençait à lui jouer des tours. Sans rengainer son revolver pour autant, il fit un pas supplémentaire et se retrouva… dans le noir total. L'éclairage de sécurité venait de s'éteindre dans le couloir.

Jurant tout bas, Boyd leva son arme. La musique continuait à sortir du haut-parleur au-dessus de lui et il vit que le studio était toujours éclairé. *Cilla*, hurla une voix en lui. Le dos au mur, il se déplaça latéralement dans sa direction.

Il n'était plus qu'à quelques mètres lorsqu'il entendit un glissement léger derrière lui. Se retournant d'un bond, il vit la porte du cagibi s'ouvrir.

Le couteau, en revanche, il n'eut même pas le temps de l'apercevoir.

Les sourcils froncés, Cilla jeta un coup d'œil à la pendule. Boyd en mettait du temps pour préparer deux tasses de café !

— Il est 11 h 52, mes oiseaux de nuit, et la tempé-

rature extérieure atteint péniblement les six degrés.
Vous écoutez Cilla O'Roarke sur Radio KHIP. Si des
envies de rock vous démangent, précipitez-vous sur vos
téléphones car minuit approche et j'accéderai bientôt à
tous vos désirs... musicaux, bien entendu.

Cilla ferma le micro et retira ses écouteurs. Elle
fredonna tout bas en vérifiant le déroulement de l'émission
sur le conducteur. Une pub. Le bulletin d'informations
à minuit précises. Parfait. Elle s'écarta de la console
pour préparer le segment suivant et se figea en voyant
que le couloir derrière elle était plongé dans l'obscurité.
Un brusque afflux de sang lui monta à la tête. Si les
lumières étaient éteintes, l'alarme ne fonctionnait sans
doute pas non plus...

X était dans la place.

Le front couvert d'une sueur glacée, elle agrippa le
dossier de sa chaise. Il n'y aurait pas d'appel ce soir :
X, fidèle à ses promesses, était venu en personne. Cilla
voulut crier mais le hurlement s'étrangla dans sa gorge.
Boyd... Il avait dit que Boyd serait sa première victime.
Propulsée par un nouvel élan de peur, elle se rua vers
la porte.

— Boyd ?

L'ombre qui se détacha lentement de l'obscurité n'était
pas la sienne. La gorge serrée par la terreur, elle fit un
pas en arrière.

— Où est Boyd ? Qu'avez-vous fait de lui ? demanda-
t-elle en reculant jusqu'à la porte du studio.

L'homme s'avança et Cilla faillit s'évanouir de
soulagement.

— Mon Dieu, c'est vous. J'ignorais que vous étiez
ici. Je croyais que tout le monde était parti.

— Il n'y a plus personne, en effet, répondit-il en se plaçant en pleine lumière.

Le sourire qu'il lui adressa alors figea de nouveau son sang dans ses veines. Il tenait un couteau. Un couteau de chasse. Et la lame était tachée de sang. Elle voulut hurler mais il secoua la tête.

— Inutile de crier. Nous sommes seuls, toi et moi, Cilla. Le flic ne peut plus rien pour toi maintenant. Il y a longtemps que j'attendais ce moment.

Le sang sur la lame... *Boyd*. La douleur anéantit la peur. Elle le regarda sans crainte, presque avec indifférence.

— Pourquoi, Billy ?

— Tu as tué mon frère.

Elle secoua la tête en reculant dans le studio.

— John ? Je le connaissais à peine.

— Tu mens. Il t'aimait.

Billy s'avança, les yeux fixes, la lame pointée sur elle. Il était pieds nus et portait seulement un pantalon de camouflage. Ses cheveux grisonnants étaient dissimulés sous une cagoule. Même s'il s'était noirci le visage et la poitrine, elle reconnut aussitôt les deux couteaux tatoués sur son cœur. Elle avait vu les mêmes sous la chemise de John McGillis.

— Tu avais promis de l'épouser. Il me l'a dit.

— Il a mal compris, protesta-t-elle avec lassitude.

Le visage de Billy se crispa et la main avec le couteau fendit l'air. Avec une exclamation sourde, Cilla se rejeta en arrière. Sa chaise se renversa et elle se retrouva acculée contre la console.

— N'essaie pas de me mentir, catin. Il m'a raconté comment tu l'as séduit. Il était encore trop jeune pour savoir ce que valent les filles comme toi. J'aurais dû le

protéger comme je l'ai toujours fait. John était bon.
Trop bon pour toi.

Billy s'essuya les yeux avec la main qui tenait le
couteau et sortit un revolver. Il tira et une balle s'enfonça
dans une latte de bois, juste au-dessus de l'écran de
contrôle. Les deux mains pressées sur la bouche, Cilla
étouffa un cri.

— Il m'a expliqué comment tu lui avais menti, comment
tu l'avais trompé, comment tu t'étais jetée à sa tête.

— Je n'ai jamais eu l'intention de lui faire du mal.

Calme. Elle devait rester calme. Boyd n'était peut-être
que blessé. Et s'il avait besoin de secours, c'était à elle
d'obtenir de l'aide. D'une main, elle tâtonna dans son
dos jusqu'à ce que ses doigts rencontrent le micro. Elle
l'ouvrit sans cesser de soutenir son regard.

— Je vous jure que je ne voulais que du bien à votre
frère, Billy.

— Tu mens! hurla-t-il en lui fourrant le couteau sous
la gorge. Tu ne t'es jamais intéressée à lui. Tu l'utilisais,
c'est tout. Les femmes comme toi sont des bouffeuses
d'hommes, des vampires.

— J'avais de l'affection pour John, protesta-t-elle
dans un effort désespéré pour relancer la conversation.

Billy émit un rire torturé et la lame s'enfonça de
quelques millimètres dans sa chair. Elle sentit un filet
de sang tiède dégouliner le long de son cou.

— C'était… c'était un garçon très sensible. Il tenait
beaucoup à vous, Billy.

Le couteau trembla dans sa main mais il écarta
légèrement la lame. Cilla respira.

— John, je l'aimais, murmura Billy. C'est le seul être
qui ait jamais compté dans ma vie. Je me suis toujours
occupé de lui.

— Je sais.

Elle humecta ses lèvres desséchées et fit un effort sur-humain pour ne pas se mettre à pousser des hurlements hystériques. Quelqu'un allait nécessairement venir en entendant ce qui se passait à l'antenne. Elle n'osait pas tourner les yeux vers le téléphone où les voyants cligno-taient frénétiquement. Le regard de Billy se fit pensif :

— John n'avait que cinq ans lorsque j'ai été placé dans sa famille. C'est pour lui que je suis resté chez eux jusqu'à dix-huit ans. Même si nous n'avons vécu qu'un an et demi ensemble, nous étions frères. De vrais frères.

— Vous étiez proches, oui, acquiesça Cilla doucement.

— A dix-huit ans, je me suis enrôlé dans l'armée. Quand j'avais des permissions, John se sauvait de chez lui pour me voir en cachette. Sa vieille vache de mère le lui interdisait. J'étais de la mauvaise graine, selon elle. Mais j'étais heureux à l'armée. Et John aimait bien mon uniforme. Et puis ils nous ont envoyés au Viêt-nam... J'étais sûr que j'allais crever sur place. En fin de compte, j'ai seulement perdu une jambe et le sommeil à tout jamais. Mais au retour, ça a été pire. Tout le monde nous haïssait. Mais pas John. John m'admirait ; il était fier de moi. On se comprenait, tous les deux.

— C'était votre frère, murmura Cilla.

Pour toute réponse, Billy fit feu et une balle vint se loger au-dessus de la console, envoyant voler une rangée de bandes enregistrées.

— Mon frère, oui. Deux fois, ils ont essayé de l'enfermer. C'était un poète et ils le traitaient comme un malade.

Une sueur glacée se cristallisa sur le front de Cilla. Elle respirait à peine.

— Au bout de quelques années, je suis parti en

Californie pour trouver du boulot. John devait me rejoindre. Je comptais louer une maison pas trop loin de la mer où il pourrait écrire ses poésies. Et puis il t'a rencontrée.

Le voile pensif qui avait obscurci le regard de Billy se déchira, laissant place à l'éclat meurtrier de la haine.

— Il n'était plus question de venir me retrouver en Californie, du coup. Il n'y en avait plus que pour toi. J'ai reçu des dizaines et des dizaines de lettres où il me racontait tout. Un jour, il m'a appelé pour m'annoncer que vous aviez fixé la date du mariage à Noël.

Médusée, Cilla secoua la tête.

— Il n'a jamais été question que je l'épouse, Billy. Il était très jeune encore et il me prenait pour quelqu'un que je n'étais pas. Je regrette du fond du cœur qu'il ait perdu la vie. Mais je ne suis pas responsable de sa mort.

Le visage de Billy se convulsa.

— Tu l'as tué. Toi et toi seule. Et tu vas payer.

La lame du couteau glissa sur sa joue.

— Je ne peux pas vous empêcher de me tuer et je n'essayerai même pas. Mais au moins dites-moi ce que vous avez fait de Boyd…

Billy eut un sourire absent, empreint d'une terrifiante douceur.

— Le flic ? Je l'ai tué.

— Je ne vous crois pas.

Toujours avec la même expression débonnaire, Billy leva le couteau pour observer la lame à la lumière.

— Il est mort et bien mort. Ça a été moins difficile que dans mes souvenirs. J'ai fait vite, tu comprends. Lui ne méritait pas de souffrir. Mais toi… toi tu vas vraiment le sentir passer, catin. Tu te souviens de ce que je vais te faire, hein ? Tu te souviens ?

— Si vous avez tué Boyd, chuchota-t-elle, c'est comme si j'étais déjà morte.

De nouveau, il approcha la pointe du couteau de sa gorge et y traça un léger trait de sang.

— Je veux que tu me supplies, que tu demandes pardon à genoux pour ce que tu as fait à John.

— Faites-moi ce que vous voulez, chuchota Cilla. Ça n'a plus d'importance.

Elle ne sentait plus rien. Ni la morsure de la lame ni même la douleur. De loin, comme d'un autre monde déjà, elle perçut le hurlement des sirènes. Ils arrivaient, mais il était trop tard. Boyd était mort. Son regard croisa celui de Billy. Il avait mal, tellement mal, lui aussi. Elle comprenait sa souffrance et même sa folie. Ils étaient deux à avoir perdu la personne qu'ils aimaient le plus au monde.

— Je suis désolée, murmura-t-elle, se préparant à mourir.

Avec un hurlement de frustration et de rage, Billy la frappa au visage avec le manche du couteau. Elle s'effondra sous le choc, avec l'impression que sa tête venait d'éclater. Elle serait restée à terre si elle n'avait pas vu la silhouette de Boyd se découper en vacillant dans l'encadrement de la porte.

En l'espace d'une fraction de seconde, sa vision s'éclaircit, ses forces lui revinrent. Vivant. Il était vivant. Avec un cri de terreur, elle vit Billy diriger son arme sur Boyd. Se levant d'un bond, elle se jeta sur lui et ils s'écroulèrent à même le sol. Les yeux de Billy brûlaient d'une rage meurtrière. Elle le supplia alors, comme il avait rêvé qu'elle le supplierait. Mais en luttant pour sa vie et pour celle de l'homme qu'elle aimait.

Boyd tomba à genoux et faillit lâcher son arme. A travers le brouillard rouge devant ses yeux, il vit le couteau se lever, dessiner un arc meurtrier. Il voulut hurler mais il n'en avait plus la force. Faisant un ultime effort, il tira.

Cilla sentit Billy se contracter violemment puis retomber dans un soubresaut. Elle le repoussa aveuglément et vit Boyd, à genoux, tenant son revolver à deux mains. Derrière lui, Althea venait de s'immobiliser, livide, son arme braquée sur la forme inerte de Billy. Avec un cri étouffé, Cilla se leva et courut vers Boyd au moment où il s'effondrait à terre.

— Non... oh, non! sanglota-t-elle en couvrant son corps du sien. Boyd... Boyd, tu m'entends?

Les larmes ruisselant sur son visage, elle repoussa les cheveux qui lui tombaient sur les yeux et palpa sa poitrine et ses flancs.

— Il saigne, Althea...

Le visage de l'inspecteur Grayson paraissait taillé dans le marbre.

— Je sais, répondit-elle d'une voix blanche. L'ambulance arrive.

Cilla arracha sa chemise et l'appliqua contre la plaie pour contenir l'hémorragie. A genoux, aveuglée par les larmes, elle se pencha sur ses lèvres.

— Je ne le laisserai pas mourir, murmura-t-elle.

Son regard croisa celui d'Althea.

— Nous serons deux à mener ce combat, murmura la coéquipière de Boyd d'une voix sourde.

12

Ensuite tout était devenu très confus. Il y avait eu beaucoup de bruit, d'agitation, et d'innombrables visages...

Alors que Cilla faisait les cent pas dans la salle d'attente, la scène continuait à se répéter inlassablement dans son esprit. Dans le grand silence de l'hôpital, elle entendait encore la cacophonie des sirènes, les hurlements, les ordres qu'on criait. Les ambulanciers étaient venus et lui avaient arraché Boyd de force. Dehors, sur le parking, Mark l'avait tenue dans ses bras lorsqu'elle était passée de la frénésie hystérique au grand silence de l'état de choc. Jackson, ferme et rassurant, lui avait fait boire de la tisane pendant que Nick était venu lui prendre les mains en balbutiant des paroles d'excuses.

Il y avait eu beaucoup d'inconnus aussi. Ses auditeurs fidèles s'étaient précipités en masse vers la station lorsqu'ils avaient entendu le drame se dérouler en direct sur leurs postes. Deborah était arrivée peu après, en larmes, se frayant un chemin à travers la foule des curieux pour la prendre dans ses bras et s'inquiéter de ses blessures.

Cilla souleva sa main bandée et la porta à son front. Elle n'avait même pas senti la morsure de la lame pendant la courte lutte qui l'avait opposée à Billy. Ses plaies n'étaient qu'égratignures mais son cœur était comme saigné à blanc. D'après ce que lui avait dit Althea, Boyd vivait toujours, même s'il avait perdu beaucoup de sang. Mais son destin se jouait à l'instant même sur la table d'opération.

Et elle ne pouvait rien pour lui. Rien. Juste arpenter la moquette fatiguée et attendre... Althea, pâle et silencieuse, n'avait pas bougé de sa chaise. Deborah se leva pour venir passer les bras autour de ses épaules.

— Tu ne veux pas t'allonger un instant, Cilla ?

Elle effleura la joue de sa sœur.

— Non, il faut que je bouge, sinon je vais devenir folle. Je n'arrête pas de voir Boyd. Dans son chalet à la montagne. Assis avec son bouquin dans un coin du studio... Il était tellement calme. Tellement sûr de lui, de nous, de tout. J'ai essayé de l'éloigner de moi, mais il n'a rien voulu entendre. Et maintenant...

— Tu n'es pas responsable de ce qui lui est arrivé.

— S'il ne m'avait pas rencontrée, il n'en serait pas là.

— Boyd t'interdirait de te sentir coupable, Cilla !

Elle faillit sourire.

— Je n'ai jamais eu l'habitude de respecter ses interdits... Il m'a sauvé la vie, Deb. Mais si c'est au prix de la sienne, je ne m'en remettrai pas.

— Pour le moment, nous n'en sommes pas là, O.K. ? Boyd lutte pour la vie et nous devons y croire avec lui. Tu veux du café ?

— Juste une goutte, oui, merci.

Cilla s'immobilisa devant la fenêtre, regarda sans la voir la ville aux innombrables lumières se détachant sur le fond noir des montagnes. Ce fut Althea qui s'approcha pour lui tendre un gobelet de café déjà tiède.

— Merci.

Elle prit la boisson et oublia de la boire.

— C'est long, chuchota-t-elle.

— En principe, il devrait bientôt sortir du bloc opératoire.

Rassemblant son courage, Cilla chercha le regard de la coéquipière de Boyd.

— Je ne te demande pas de le croire, mais j'aurais fait n'importe quoi — n'importe quoi, tu m'entends ? — pour éviter qu'il lui arrive malheur.

Althea lui posa la main sur le bras.

— Je te crois… Tu vois, Cilla, dans un sens, j'aurais aimé pouvoir t'accuser d'être responsable de ce drame. Boyd est mon meilleur ami et je le considère comme ma seule famille. Je tremble pour lui et cela m'aurait soulagée de trouver un exutoire à ma colère. Mais je sais que tu n'es pas plus coupable que moi de ce qui lui est arrivé. Au contraire, même. Il est possible qu'en ouvrant le micro, tu lui aies sauvé la vie. Chaque seconde compte pour un blessé grave. En agissant comme tu l'as fait, tu as permis aux renforts d'arriver plus vite. Pense à ça, Cilla.

— Je pense surtout que c'est à cause de moi que Billy s'en est pris à lui.

— A cause de toi, vraiment ? Ou à cause de la fable inventée par John McGillis ? On pourrait accuser d'abord l'imagination malade de ce garçon. Et le système qui a fait qu'un Billy Lomus a été ballotté toute son enfance entre des familles toutes plus indifférentes les unes que les autres. Tu peux également reprocher à Mark de ne pas avoir contrôlé les références de Billy. Ou t'en prendre à Boyd et à moi parce que nous avons piétiné sur cette enquête. Des reproches, nous en méritons tous car nous sommes humains et faillibles.

Cilla allait répondre lorsqu'un homme en tenue verte de chirurgien entra dans la salle d'attente. Sa blouse était collée par la sueur et il paraissait exténué.

— Inspecteur Grayson ?

— C'est moi, dit Althea.

Livide, Cilla chercha à déchiffrer le regard du chirurgien. Mais rien n'y transparaissait, hormis peut-être une pointe d'admiration très masculine pour une femme flic habillée comme une photo de couverture de *Vogue*.

— Je suis le docteur Winthrop. Vous êtes la coéquipière de M. Fletcher, je crois ?

Althea acquiesça d'un simple signe de tête. Elle était livide. Sans même s'en rendre compte, Cilla chercha sa main et la serra fort dans la sienne.

— Votre collègue a eu de la chance. Si la lame avait frappé quelques millimètres plus à droite, vous ne l'auriez pas revu. Actuellement son état est toujours critique, mais le pronostic est bon.

— Il est vivant, murmura Cilla en luttant contre le vertige.

Le chirurgien tourna vers elle un regard préoccupé.

— Je suis désolé, madame. Vous êtes une parente, peut-être ?

— Non, je suis... euh...

— Mlle O'Roarke est la première personne que Boyd souhaitera voir en se réveillant, trancha Althea. La famille de M. Fletcher a été avertie, mais ils sont en Europe et n'arriveront que dans quelques heures.

— O'Roarke... O'Roarke, répéta pensivement le chirurgien.

Son regard s'éclaira soudain. Il prit la main bandée de Cilla et l'examina d'un œil critique.

— Ça y est, j'y suis, dit-il. On m'a raconté toute

l'histoire. Si vous étiez ma patiente, vous seriez couchée en ce moment, et sous tranquillisants.

— Je me porte très bien, merci.

Winthrop secoua la tête.

— Vous avez subi un choc grave, mademoiselle O'Roarke. Quelqu'un peut vous raccompagner chez vous ?

— Je ne rentrerai pas chez moi avant d'avoir vu Boyd.

— Cinq minutes alors. Mais pas une seconde de plus. Je vous ferai appeler dès qu'il sera sorti de la salle de réanimation. Mais il lui faudra bien huit heures avant de se réveiller de l'anesthésie.

— J'attendrai.

Le chirurgien haussa les épaules et partit se changer. Lorsque Cilla se tourna vers Althea, celle-ci luttait visiblement pour contenir son émotion.

— Il faut que j'aille appeler le commissaire, dit-elle d'une voix étranglée. Quand tu auras vu Boyd, reviens ici, d'accord ? J'aimerais le voir une minute ou deux, moi aussi.

— Bien sûr, murmura Cilla en l'entourant spontanément de ses bras. Oh, mon Dieu, il est vivant, Thea... vivant...

Le fait qu'elles pleuraient toutes les deux à chaudes larmes n'avait plus franchement d'importance. Elles demeurèrent un long moment enlacées. Avec un grand espoir au cœur.

Lorsque Althea sortit téléphoner, Cilla se tourna aveuglément vers la fenêtre. Deborah vint lui effleurer le bras.

— Il va s'en sortir, Cilla.

— Je sais... Mais j'ai besoin de le voir. De lui toucher la main.

— Tu lui as dit que tu l'aimais ?

Cilla fit non de la tête.

— Ce serait peut-être le moment de te lancer, non ?

Elle se mordit la lèvre.

— Je ne sais pas… je ne sais pas si je peux prendre le risque d'un engagement durable avec Boyd, Deb. Crois-tu que j'aurai la force de revivre une angoisse comme celle-ci une seconde fois ? De faire les cent pas dans des antichambres d'hôpital en me demandant si, cette fois-ci encore, il franchira le cap ? Ou ouvrir la porte, un jour, trouver son commissaire sur le pas de la porte et m'entendre dire : « Je regrette, madame, mais vous ne reverrez plus votre mari » ?

— Vivre, c'est accepter de prendre des risques, Cilla. Sinon, c'est la mort lente.

D'une main tremblante, elle repoussa les cheveux qui lui tombaient sur le front.

— Encore faut-il en avoir le courage, chuchota-t-elle avant de se tourner vers l'infirmière qui venait la chercher pour la conduire à l'unité de soins intensifs.

Elle longea les couloirs comme un automate, le cœur battant et la gorge sèche. En entrant dans le service, elle refusa de voir l'appareillage, les moniteurs, toute la machinerie terrifiante qui maintenait Boyd en vie. Délibérément, elle se concentra sur son visage. Il était si blanc encore. Mais *vivant*.

Elle saisit sa main inerte dans la sienne et la porta à ses lèvres.

— Pense à guérir maintenant, chuchota-t-elle en se penchant pour effleurer son front, ses lèvres, ses cheveux. Je serai là à ton réveil.

Malgré les protestations de Deborah, elle passa la nuit dans la salle d'attente. Toutes les heures, elle avait le droit de s'asseoir cinq minutes au chevet de Boyd, toujours sans connaissance.

A l'aube, une pâle lumière rosée se dessina aux fenêtres. L'infirmière de nuit partit, laissant la place à l'équipe de jour. Cilla assista au réveil de l'hôpital, entendit les voix joyeuses, les chariots dans les couloirs.

Elle consulta sa montre et se leva pour retourner à l'unité de soins intensifs. Alors qu'elle attendait devant la porte, elle vit un petit groupe de trois personnes se hâter dans le couloir. L'homme était de haute taille avec des cheveux argentés, un visage maigre, marqué par l'anxiété. Il tenait la main de son épouse qui pressait un mouchoir contre ses lèvres. La jeune femme qui les accompagnait était plus jeune. Leur fille, assurément… et la sœur de Boyd, comprit Cilla en croisant une paire d'yeux verts en tout point semblables aux siens.

— Nous venons voir Boyd Fletcher, dit la jeune femme à l'infirmière. On nous a dit que c'était possible.

— Deux personnes à la fois, seulement.

Ils se concertèrent quelques secondes, puis les parents pénétrèrent dans l'unité et la sœur de Boyd alla s'asseoir sur un banc. Cilla songea à se présenter mais ne parvint pas à émettre un son.

Ni elle ni la sœur de Boyd n'avaient cessé un instant de se tordre les mains en silence lorsque M. et Mme Fletcher ressortirent dix minutes plus tard.

— Dieu soit loué, Natalie, il a repris connaissance ! annonça la mère de Boyd en rejoignant sa fille. Il est encore un peu groggy mais il nous a reconnus tout de suite. Il m'a même demandé ce que nous fabriquions ici à Denver, alors que nous étions censés faire du tourisme à Paris.

Les yeux de Mme Fletcher se remplirent de larmes et

elle tapota ses poches avec impatience pour en extraire un mouchoir.

— Son chirurgien est en train de l'examiner, mais tu pourras le voir dans quelques minutes, assura-t-elle à sa fille.

Les yeux étincelant de joie, Natalie Fletcher se leva, glissa un bras autour de la taille de sa mère et attrapa son père de l'autre.

— Hourra ! Il s'en est sorti !

— Heureusement qu'il a la peau dure, dit Mme Fletcher en rangeant son mouchoir. En ouvrant les yeux, il a demandé une certaine Cilla. Je ne crois pas que ce soit le nom de sa coéquipière.

Les jambes faibles, Cilla se leva.

— Je suis Cilla, annonça-t-elle, se sentant pâlir lorsque trois paires d'yeux se tournèrent vers elle. Je... je suis désolée. Boyd a été blessé alors qu'il tentait de me protéger... Je regrette, balbutia-t-elle.

— Excusez-moi, intervint l'infirmière de jour. L'inspecteur Fletcher vous demande, mademoiselle O'Roarke. Et il donne des signes d'agitation.

— Je vous accompagne, décréta Natalie en lui prenant le bras d'autorité.

Boyd reposait sur le dos, les paupières closes. Craignant qu'il ne se soit rendormi, Cilla posa la main sur la sienne. Mais au contact de ses doigts, il ouvrit aussitôt les yeux. Elle se força à sourire.

— Alors, Holmes ? Ça gaze ?

Le regard de Boyd glissa sur elle.

— Tu n'as pas été blessée ? demanda-t-il faiblement.

Cilla secoua la tête.

— Je me porte comme un charme. C'est toi qui es branché sur toute cette tuyauterie, Fletcher, lança-t-elle en lui caressant la joue avec toute la tendresse que ses paroles n'exprimaient pas.

Il mêla ses doigts aux siens.

— Tu m'as sauvé la vie, chuchota-t-elle. Je te revaudrai ça.

— J'y compte bien. J'exige des dédommagements conséquents. Et uniquement en nature.

— Nous verrons cela en temps utile, murmura Cilla, la gorge nouée. Ta sœur est ici, Boyd.

Natalie, qui attendait au pied du lit, s'approcha pour lui poser un baiser sur le front.

— Tu nous as fait une jolie frayeur, mon vieux. Tu n'aurais pas pu choisir une vocation simple et devenir un homme d'affaires aux dents longues, comme tout le monde ?

Boyd sourit.

— Je te laisse ce rôle. Il te va comme un gant... Tu as fait la connaissance de Cilla, apparemment ?

— Il y a environ cinq minutes.

— Sois gentille et fais-la dégager d'ici en vitesse, Nat.

Cilla tressaillit et se mordit la lèvre.

— Tu n'es pas obligé de me faire évacuer de force. Si tu ne veux pas de moi ici, je...

— Stop !

Boyd prit l'air stoïque qu'il adoptait si souvent avec elle et qui, stupidement, lui mit les larmes aux yeux.

— Tu as besoin de te reposer, Cilla. Après la nuit que tu as passée, tu devrais être dans ton lit.

Cilla réussit à sourire.

— Tu crois vraiment que tu peux continuer à exercer ta tyrannie sur moi, allongé sur le dos et sous perfusion ?

— Et comment. Embrasse-moi !

— Tu as de la chance que je sois de bonne humeur,

sinon j'aurais attendu que tu me supplies, murmura-t-elle en se penchant sur ses lèvres.

En sentant la bouche de Boyd, vivante et chaude sous la sienne, Cilla comprit dans un sursaut de panique qu'elle allait craquer.

— Puisque tu tiens tant à me virer, je file, murmura-t-elle en se redressant. C'est bien gentil tout ça, mais j'ai une émission à préparer, moi.

— Hé… O'Roarke ?

— Mmm… ? dit-elle sans se retourner.

— Reviens vite.

Cilla courut hors de l'unité sans s'arrêter et alla se réfugier tout droit dans les toilettes pour femmes. Lorsque Natalie la rejoignit dix minutes plus tard, elle était recroquevillée par terre dans un coin et sanglotait à corps perdu. Sans un mot, Natalie prit une provision de serviettes en papier, en humidifia quelques-unes sous le robinet et s'assit à côté d'elle sur le sol carrelé, dans son ensemble haute couture.

Cilla se tamponna les yeux.

— Merci, murmura-t-elle. Je déteste pleurer.

— Moi aussi, admit Natalie en se mouchant à son tour. Je vous raccompagne chez vous.

— Non, merci. Je vais prendre un taxi.

— Pas question. Je vous dépose.

Cilla froissa la serviette en papier pour la jeter dans la poubelle et examina Natalie.

— Vous avez pas mal de traits communs avec votre frère, on dirait ?

— C'est ce qu'on raconte… Boyd m'a appris que vous alliez vous marier ?

— C'est ce qu'il raconte.

Avec un bel ensemble, les deux jeunes femmes éclatèrent de rire.

Pendant la semaine qui suivit, Cilla campa plus ou moins dans les couloirs de l'hôpital. A mesure que l'état de Boyd s'améliorait, cependant, leurs tête-à-tête se faisaient plus rares. Dans la chambre du malade, c'était un défilé constant de collègues, de connaissances et d'amis.

Au bout de quelques jours, lorsqu'elle fut entièrement rassurée sur son sort, Cilla commença à espacer ses visites et à s'esquiver sous différents prétextes.

Ce fut par Althea qu'elle finit par obtenir les détails de l'histoire de John McGillis et de Billy Lomus. Entre le grand adolescent et le petit garçon, il y avait eu d'emblée une complémentarité dangereuse où chacun alimentait les faiblesses de l'autre. La première tentative de suicide de John, à l'âge de dix ans, avait coïncidé avec le départ de Billy pour le Viêt-nam.

Lorsque Billy, mutilé et amer, était revenu des combats, John s'était sauvé de chez lui pour le rejoindre. Ils avaient été séparés, bien sûr. Mais ils avaient toujours réussi à maintenir un contact. Le suicide de John avait constitué l'élément déclencheur qui avait fait basculer Billy dans la folie.

— Il était dans un processus de décompensation paranoïaque, conclut Althea alors qu'elles se tenaient toutes deux sur le parking de l'hôpital. D'autres parleront de syndrome post-traumatique. Peu importe le terme.

Cilla hocha la tête.

— Toute cette semaine, je n'ai cessé de passer et de repasser cette histoire avec John McGillis dans ma tête en me demandant s'il n'y aurait pas eu moyen pour moi de procéder autrement. Mais, en toute honnêteté, je ne crois pas.

— Bon. Tu vas pouvoir commencer à laisser tout cela derrière toi, alors ?

Cilla se força à sourire.

— Ce ne sera pas facile, mais je vais tenter de tourner la page, en effet. Avant de tracer un trait sur cet épisode, cependant, j'aimerais te remercier pour tout ce que tu as fait.

— Ce que j'ai fait ? Rien de plus que mon boulot, en fait. Nous n'étions pas encore amies, à ce moment-là. Même si nous le sommes presque maintenant.

Cilla se mit à rire.

— Presque, oui.

— En tant que ta presque amie, j'aimerais te dire que je vous ai observés depuis le début, Boyd et toi. C'est assez difficile de déterminer si tu exerces ou non une action positive sur lui, mais je sais que Boyd t'aime et cela me suffit. Il te reste à décider, toi, si Boyd est l'homme qu'il te faut.

— Il pense qu'il l'est, murmura Cilla en regardant fleurir les premières primevères printanières dans la pelouse enfin reverdie.

Althea sourit mais ne réagit pas.

— Je monte le voir. Je suppose que tu en viens ?

— Je suis juste passée en coup de vent. Sa chambre était noire de monde, comme d'habitude.

— Mmm… C'est difficile de le voir seul, n'est-ce pas ? Tu as un message à lui faire passer ?

— Non, rien de spécial. Ah si, dis-lui d'écouter mon émission ce soir. Je tâcherai de lui trouver un petit air de banjo.

— Un petit air de banjo ?

— C'est cela. A un de ces quatre, Thea.

Althea la suivit des yeux et conclut une fois de plus que l'amour était décidément une drôle de maladie.

Au début, Cilla avait connu une certaine appréhension en retournant à la station. Mais ses réflexes professionnels avaient très vite repris le dessus. Les visions sanglantes avaient disparu peu à peu et dialoguer avec ses auditeurs était redevenu un plaisir.

Quand Nick entra ce soir-là pour lui proposer un café, elle ne fit pas un bond sur sa chaise, comme cela aurait encore été le cas deux semaines auparavant, mais elle se retourna calmement pour lui sourire. Le jeune stagiaire était revenu sur son mouvement d'humeur et Mark avait accepté de le reprendre à la station. Avec le retour de Nick, les longues soirées à Radio KHIP reprenaient leur rythme d'antan.

— Tu sais, Cilla, je suis vraiment désolé d'avoir été agressif avec toi, l'autre fois, déclara le stagiaire en lui tendant son café. Je suis d'autant plus ennuyé que j'ai appris toute l'histoire au sujet de Billy et de ce type de Chicago qui te harcelait…

— Tu n'as rien à voir avec un John McGillis, Nick, rassure-toi. Je suis ravie que tu sois revenu travailler ici. Et très flattée que tu aies eu un petit faible pour moi alors que tu fréquentais ma petite sœur qui est, elle, une beauté authentique !

— Deborah est super. Mais elle est trop intelligente pour moi.

Cilla éclata de rire.

— Merci. C'est très flatteur pour moi ce que tu dis là !

Avec un clin d'œil pour le stagiaire effondré, elle se pencha sur le micro et annonça son titre.

— Dis-moi, Nick, tu veux bien me faire passer la cassette de…

Tournant la tête, elle s'interrompit net en découvrant que la mère de Boyd se tenait à l'entrée du studio. Se levant d'un bond, elle faillit s'étrangler avec ses écouteurs.

— Madame Fletcher…

Nick marmonna une excuse et disparut avec un sourire en coin, laissant Cilla à son désarroi. La mère de Boyd était une femme mince, attirante, vêtue avec une grande recherche… et terriblement intimidante aux yeux de Cilla.

Elle épousseta son jean et lui trouva un aspect pas très net.

— Ainsi, c'est ici que vous travaillez ? dit Mme Fletcher en examinant les posters aux murs d'un air dubitatif.

— Oui… Je vous ferais bien visiter, mais…

— Ne vous dérangez surtout pas, Cilla. Je sais que vous êtes en pleine émission. Mais comme je n'ai pas pu vous parler à l'hôpital ces derniers jours, j'ai voulu faire un saut ici pour vous dire au revoir.

— Vous partez ? s'écria Cilla.

— Boyd est hors de danger et les affaires nous appellent… Vous avez traversé une épreuve terrible, Cilla, murmura-t-elle en prenant sa main blessée dans la sienne.

Elle haussa les épaules.

— C'est fini, maintenant.

La mère de Boyd examina la plaie dont les points de suture venaient d'être retirés.

— Certaines expériences laissent des cicatrices plus

profondes que d'autres. Boyd m'a dit que vous alliez vous marier ?

— Eh bien, je...

Cilla s'éclaircit la voix, se souvint tout à coup où elle était et se précipita sur son micro pour enchaîner sur un nouveau titre.

— Excusez-moi, madame Fletcher. Mais c'est l'heure de notre disque-mystère. Le gagnant remporte deux places pour le concert de Madonna à la fin du mois.

— Très intéressant, répliqua Mme Fletcher avec un sourire en tout point semblable à celui de Boyd. Mais nous parlions de vos projets de mariage.

— Eh bien, en fait, je n'ai jamais dit que... Excusez-moi.

Rouge de confusion, Cilla prit un appel, puis un second et un troisième. La voix de son quatrième candidat lui fut immédiatement familière.

— Salut, O'Roarke !

— Boyd... Je travaille.

— Oui. Et moi, j'appelle.

Boyd déclina sans faillir le nom du groupe, le titre et l'année. Cilla ne put s'empêcher de sourire, bien qu'elle sentît le regard de Mme Fletcher rivé sur elle.

— Pas mal, Holmes. Pas mal du tout. Je te mets tes places de concert de côté.

Le rire de Boyd s'éleva à l'autre bout du fil.

— Merci. Mais j'attends toujours mon air de banjo.

— Continue à écouter, Fletcher. C'est peut-être ton jour de chance.

Cilla prit une profonde inspiration, annonça au micro qu'ils avaient un gagnant et se tourna vers la mère de Boyd qui avait eu l'air d'apprécier l'intermède.

— Je suis vraiment désolée pour toutes ces interruptions, balbutia-t-elle en portant les mains à ses joues en feu.

— Oh, mais c'était très amusant d'entendre mon fils ainsi !

Cilla se passa la main dans les cheveux.

— Pour ce qui est du mariage, madame Fletcher…

— Appelez-moi Liz.

— D'accord… Je voulais juste dire que rien n'était vraiment décidé encore, admit Cilla, tête basse. Ne croyez pas que je m'amuse à faire marcher votre fils. Je respecte l'homme qu'il est et je ne lui demanderai jamais de changer. Mais je ne suis pas certaine de pouvoir vivre en paix…

— Parce qu'il est dans la police ? Vous craignez qu'il puisse disparaître comme c'est arrivé pour vos parents ?

Cilla contempla fixement ses mains jointes.

— En gros, cela revient à ça, oui.

— Je comprends que cela vous inquiète, commenta Liz doucement. J'ai peur pour lui, moi aussi.

Relevant la tête, Cilla chercha son regard.

— Et comment faites-vous pour rester si sereine ?

— Je l'aime. Et je respecte ses choix. Le décès de vos parents a été une tragédie. Mais ce drame n'était pas une fatalité ; il s'agissait d'un accident que rien ne justifiait a priori. J'ai très peu connu ma mère, moi aussi.

— Je suis désolée.

— Elle est morte lorsque j'avais six ans, d'une septicémie. Parce qu'elle s'était fait une minuscule coupure au doigt en taillant ses rosiers. La vie est ainsi faite, Cilla : un proche aimé peut nous être enlevé à tout moment. Personne n'est à l'abri d'une maladie, d'un accident. Mais ce serait vraiment triste que la peur nous empêche d'aimer.

La mère de Boyd lui effleura la joue.

— Il faut que je parte, maintenant. J'espère vous revoir bientôt.

Cilla la raccompagna jusqu'à la porte.

— Merci d'être venue, Liz.

Mme Fletcher sourit en contemplant le poster d'un chanteur de rock chevelu au sourire cynique.

— Tout le plaisir a été pour moi. Mais je crois que je garde une petite préférence pour Franz Liszt.

Cilla se surprit à sourire en déclamant au micro une pub pour la pizzeria Rocco, sur Larimer Street.

A minuit, à l'ouverture du standard, sa décision était prise.

— C'est Cilla O'Roarke qui vous parle sur Radio KHIP. Vous pouvez appeler dès maintenant pour me demander le titre de votre choix. Mais avant de commencer, j'aimerais passer un message personnel. Boyd, ce que tu vas entendre maintenant ne s'adresse qu'à toi. Pour ce qui est du banjo, je préfère le laisser à sa place, au fin fond d'un passé à jamais révolu. Je vais t'offrir ce soir un souvenir d'un type musical différent. Il s'agit d'un très vieux titre des Platters : *Only you*. J'espère que tu m'écoutes car je veux que tu saches que...

Pour la première fois en dix ans de carrière, Cilla s'étrangla à l'antenne.

— Désolée, mais ça a un petit peu de mal à sortir... Ce que j'aimerais dire, tout simplement, c'est que je sais maintenant que tu es le seul pour moi, Boyd. Et si ton offre tient toujours, je pense qu'il y a moyen de parvenir à un accord.

Elle envoya la chanson sur les ondes et écouta, les yeux clos. Puis, le cœur battant, elle commença à prendre ses appels. Le nom de Boyd était sur toutes les lèvres et il y eut quantité de plaisanteries et de questions. Mais pas de coup de fil de Boyd lui-même. Alors qu'elle avait eu la certitude qu'il se manifesterait.

— Si ça se trouve, il n'écoutait même pas ! pesta-t-elle tout haut.

Alors qu'elle prenait enfin son courage à deux mains pour lui exprimer ses sentiments, Boyd trouvait le moyen de ne pas l'entendre. C'était à se taper la tête contre les murs !

Les deux heures qui suivirent furent une torture. Cilla se maudit mille fois d'avoir obéi à une impulsion aussi stupide. Elle s'était couverte de ridicule à avouer ainsi son amour devant la ville de Denver tout entière ! Quant à Boyd Fletcher, il ne perdait rien pour attendre. C'était l'esprit de contradiction fait homme. Elle lui avait ordonné de partir et il était resté. Elle lui avait assuré qu'elle ne voulait pas l'épouser et c'était tout juste s'il n'avait pas déjà envoyé ses invitations. Et maintenant qu'elle lui demandait une chose toute simple : l'écouter à la radio, il s'arrangeait encore une fois pour faire tout le contraire !

— Pas mal, ta petite déclaration sur les ondes, commenta Jackson avec un large sourire lorsqu'il vint prendre la relève.

— La ferme, O.K. ? Je ne suis pas d'humeur.

Jim s'installa à la console en fredonnant.

— Désolé.

Les mâchoires crispées, Cilla ouvrit son micro pour prendre congé de ses auditeurs.

— Si tu tiens à ta peau, tu t'abstiens de tout commentaire, aboya-t-elle en croisant le regard amusé de Jim.

— Ai-je dit quelque chose ? s'enquit le disc-jockey innocemment.

Jetant son blouson de cuir sur les épaules, Cilla sortit du studio au pas de charge. Tête basse, les mains enfoncées dans les poches, elle se dirigea vers sa voiture. Elle avait déjà la main sur la poignée lorsqu'elle découvrit que Boyd était assis sur le capot.

— Belle soirée, n'est-ce pas ? commenta-t-il aimablement.

— Boyd ! Bon sang, mais que fais-tu ici ? ! Tu es fou ?

Toute colère envolée, elle courut se planter devant lui.

— Tu n'avais pas le droit de quitter l'hôpital ! Ta date de sortie officielle est pour après-demain !

— J'ai fait le mur. Viens ici.

— Boyd Fletcher ! Tu es là, en plein courant d'air alors qu'il y a deux semaines, tu balançais encore entre la vie et la mort. Tu veux me faire avoir une crise cardiaque ou quoi ?

Il l'attira en riant contre lui pour l'embrasser.

— De ma vie, je ne me suis senti aussi en forme.

— Grimpe immédiatement dans cette voiture, Fletcher. Je te reconduis à l'hôpital.

— A l'hôpital ? Merci bien. J'ai mieux à faire.

Il l'embrassa de nouveau. Si amoureusement que Cilla en eut le vertige. Elle soupira, laissant courir ses mains sur son visage et dans ses cheveux. C'était si extraordinairement bon de pouvoir le toucher de nouveau, de savoir qu'il était vivant, indemne et sien.

— Tu sais que ça fait une éternité que tu ne m'as pas embrassé, O'Roarke ? Ces chastes petits baisers à l'hôpital comptaient pour du beurre.

— Nous n'étions jamais seuls, protesta-t-elle.

— Parce que tu t'arrangeais toujours pour te sauver à temps. J'ai aimé ta chanson, au fait, murmura-t-il en pressant un baiser dans ses cheveux.

— Ma chanson ? Parce que tu écoutais ? s'exclama-t-elle en reculant d'un pas, les joues soudain en feu.

Boyd leva les yeux au ciel.

— Quelle question… Plus encore que la chanson, j'ai apprécié tes paroles. Tu peux les répéter maintenant ?

— Je…

Elle soupira et se mordilla la lèvre. Patient comme toujours, Boyd lui prit le visage entre les mains.

— Lâche le morceau, O'Roarke.

— Je t'aime, murmura-t-elle, très vite et non sans soulagement. Et arrête de rire, Boyd, parce que ce n'est pas drôle du tout. Et en plus, c'est ta faute, car je n'ai vraiment pas pu faire autrement que de tomber amoureuse de toi. Tu ne m'as pas laissé le choix un seul instant !

Il eut un large sourire.

— Je dois dire que je ne suis pas mécontent de moi, admit-il en l'entourant de ses bras. Tu as une voix absolument extraordinaire, Cilla. Et elle ne m'a jamais paru aussi belle que ce soir.

— J'avais une peur bleue de te faire cet aveu.

— Je sais.

— Mais, bizarrement, je ne me sens plus inquiète du tout. T'aimer me paraît presque naturel. C'est étonnant, non ?

— Pas du tout. Et pour répondre à ta question : oui, mon offre tient toujours, Cilla. Tu acceptes de m'épouser, alors ?

Elle prit son temps pour répondre. Pas par appréhension, mais pour le plaisir de savourer l'instant. Elle voulait mémoriser chaque détail : la lune était pleine, les étoiles brillaient dans le ciel pur. L'air avait une qualité de fraîcheur propre à ces régions et un léger parfum de fleurs flottait dans l'air.

— J'ai quand même une question à te poser au préalable, Boyd.

— Je t'écoute.

— On pourra réellement embaucher une cuisinière ?

Boyd éclata de rire et posa ses lèvres sur les siennes.

— Absolument.

— Alors, ça roule, Fletcher. Tu as gagné deux billets pour le concert de Madonna et une épouse en prime. Riche soirée, non ?

Vous avez aimé
Une voix dans l'ombre ?

Ne manquez pas
Mission à haut risque,

le deuxième tome de la série :

ENQUÊTES À DENVER

*Disponible dès le mois de septembre 2019
dans votre collection*

Nora
Roberts

HARLEQUIN
www.harlequin.fr

Composé et édité par HarperCollins France.

Achevé d'imprimer en juin 2019.

Barcelone

Dépôt légal : juillet 2019.

Pour limiter l'empreinte environnementale
de ses livres, HarperCollins France s'engage
à n'utiliser que du papier fabriqué à partir de
bois provenant de forêts gérées durablement
et de manière responsable.

Imprimé en Espagne.